KB248964

박조열 희곡 연구

무천극예술학회 편

국학자료원

『박조열 희곡 연구』를 펴내면서

지난 해 5월 한 달 동안 대구의 소극장 '예전 아트홀'에서는 매우 의미 있는 연극제가 개최되고 있었다. 무천극예술학회와 소극장 예전이 함께 기획하고 추진한 '한국 극작가 집중 탐구Ⅲ—박조열 연극제'가 바로 그것이었다. 이 연극제는 이근삼 연극제와 차범석 연극제에 이어 세 번째 기획 시리즈로 마련된 것이었다.

이미 무천극예술학회 회원들은 '한국 극작가 집중 탐구Ⅱ—차범석 연극제'를 성공적으로 마무리한 뒤 곧바로 내년 연극제의 대상 작가를 누구로 선정할 것인가 하는 문제를 앞에 놓고 토론에 토론을 거듭했다. 그리고 마침내 극작가 박조열로 하자는 데 의견의 일치를 보았다.

왜 하필 박조열인가. 다음 해는 서기 2000년이 되는 해이다. 새 천년이 시작되는 해인 것이다. 사람이 살아가는 데 숫자가 무슨 큰 의미를 지니랴마는, 그래도 사람들은 바뀐 숫자에 어떤 의미를 부여하고자 한다. 그렇다면, 2000년은 우리 민족에게 어떤 의미로 다가설 것인가. 그것은 아마도 민족 분단의 문제일 것이다. 지구상에 유일하게 남아 있는 분단 국가의 국민으로서 새로운 세기, 새 천년이 시작되면 이 문제를 해결하기 위해 고민하지 않을 수 없을 것이기 때문이다. 그리고, 박조열은 작품 속에서 민족 분단의 문제를 집요하게 추구한 거의 유일한 작가이기 때문이다.

새 천년의 벽두에 대구의 조그만 극장 무대에 민족의 분단 문제를 화두(話頭)로 던져 보자. 그리고, 우리들이 걸어온 길과 지금 서 있는 곳, 나아가 앞으로 나아갈 길을 한 번쯤 생각해 볼 수 있는 계기를 만들어 보자. 극작가 박조열이 선택된 데에는 이런 요인이 결정적으로 작용되었다.

연극제에 참가할 극단이 선정되고, 드라마투르기가 완성되어 연습이 본격적으로 이루어지던 지난 2월, 엄청난 뉴스가 한반도의 남과 북을 휩쓸었다. 4월에 남과 북의 정상이 만난다는. 그리고 이후의 일은 모두 익히 알고 있는 바처럼 진행되었다. 두 정상이 평양에서 만나고, 이산 가족이 50여 년 만에 만나서 눈물의 바다를 이루고…….

결국, 무천극예술학회의 박조열 연극제는 새 천년에 이루어질 변화의 징후를 예감하고 그것을 위한 굿판을 벌인 셈이 되었다. 3,000여 명의 관객이 매일 밤 극장의 불편한 객석을 메웠고, 연극제 도중에 극작가 박조열 선생이 세미나를 위해 대구를 찾기도 했다. 그리고, 연극제가 끝난 뒤 '한국희곡문학연구 제5집' 『박조열 희곡 연구』 발간을 서둘렀다. 그 동안 박조열에 관한 연구는 더러 있었지만, 아직 원론적인 수준에 머물러 있는 형편이다. 또, 워낙 과작(寡作)의 작가라 발표된 작품이 그리 많지 않은 것도 연구의 진행을 더디게 했을 수도 있다.

우리 학회 회원들은 작가의 창작 작업을 대체로 10년 단위로 묶고, 이를 다시 전반기와 후반기의 작품으로 나누었다. 그리고 회원 한 사람이 한 시기의 작품을 맡아 연구를 시작했다. 이러한 작업과 병행해서, 오랫동안 박조열의 작품을 연구해 온 부산과 광주 지역의 전문가에게 총론적인 논문 집필을 의뢰했다. 연구에 보다 객관성을 유지하면서, 숲과 나무를 함께 살필 수 있는 방법이라 생각했기 때문이다. 그래서 부산에서 김영희 선생이, 광주에서는 최상민 선생이 참여하게 되었다. 두 분께 감사의 뜻을 전한다.

우리들은 여기에 발표된 논문들이 박조열 희곡에 관한 연구의 마무리라고 생각하지 않는다. 그보다는 본격적인 연구를 위한 디딤돌 하나를 놓았다는 것이 바른 표현이 될 것이다. 이 조그만 작업이 작가의 작품 속에 숨겨 있는 논쟁거리를 찾아내고, 많은 사람들이 박조열 희곡 작품의 온당한 가치를 찾아 나서는 일의 계기가 되기를 바란다. 그리고, 어려운 출판 환경에도 불구하고 우리들의 작업을 한 권의 책으로 세상에 빛을 보게 해 준 국학자료원 사장님을 비롯한 가족들에게도 감사의 뜻을 전한다.

첨언으로, 박조열 선생의 미발표작 2편을 실었다. 대본을 가지고 있다가 활자화할 수 있게 한 이영규 대구시립극단 감독에게 감사를 드린다.

2001년 2월에 글쓴이들을 대신해 권순종이 적다.

차 례

박조열의 희곡 창작 원리와 작가 정신 연구
- 박조열론 -

이 홍 우

I. 희곡 연구 방법의 제언

본고는 1960년대에 작품 활동을 시작한 희곡 작가 박조열의 삶을 통하여, 그의 희곡 창작 원리와 작가 정신을 구명하는 데 그 목적이 있다.

그 동안 한국 희곡 작가들은 그 출발점[1]으로 삼은 1910년대부터 지금까

---

1) 여기서의 출발점은 서구의 영향을 받아 새로운 희곡 방법론을 모색하던 시기라

지 수많은 작품을 양산해 왔다. 조일재에서부터 김우진, 유치진 등으로 이어지는 일제 강점 하에서 활동한 극작가와 1950년대의 차범석, 1960년대의 이근삼, 박조열, 박현숙 등에 이르기까지 그들은 각기 그 시대와 극 양식에 호응하여 다양한 주제와 표현 방식 및 형식을 동원하여 희곡 작품을 창작하였다. 또 다른 편으로는 표현주의에서부터 부조리에 이르기까지, 또는 민족 문제에서부터 개인의 사소한 갈등에 이르기까지, 또는 비극, 희극, 우화 등의 방법으로 그들의 욕망을 작품을 통하여 드러내려고 했다.

그런데 지금까지의 희곡 연구자들은 이들이 어떤 작품을 썼으며, 어떻게 작품을 창작하였는가-주제 의식, 창작 동기, 극 양식-에 대해서만 연구의 대상으로 삼아 왔을 뿐이다. 물론 이러한 연구 방법도 다양한 희곡 연구 방법론[2]이라는 측면에서 이해할 수 있지만, 대부분의 희곡 연구가 이런 방향에서 접근을 한다면 문제라고 지적하지 않을 수 없다.

이러한 연구 방법이 아무런 문제 의식 없이 지속되어온 원인은 희곡 갈래가 아직 문학의 하위 갈래로서 확고하게 자리잡지 못한 데서도 찾을 수 있겠지만, 보다 근본적인 원인은 희곡 연구자들의 안일한 연구 태도에서 기인한다고 보아야 할 것이다. 달리 말하면 '작가도 변하고 수용자들도 변하고 있는데, 희곡 연구자들만 과거의 연구 방법을 답습하고 있다'고 할 수 있다. 이제 희곡 연구는 새로운 방법론을 모색해야 한다. 굳이 김만수의 주장을 언급하지 않더라도 새로운 희곡 연구의 패러다임을 모색해야 할 것이다.

다행히, 최근 들어 희곡의 이중적 속성에 바탕을 두고 작품에 접근하려는 연구자들이 있어 희곡 창작과 희곡 연구에 희망을 주고 있다. 이들은 주로 그 동안 희곡 연구의 문제로 인식해 왔던 소설적 연구 방법을 지양하고 새

는 의미로 사용했다.

2) 김만수는 희곡의 다양한 연구 방법론에 대해서 ① 발신자 중심, ② 메시지 중심, ③ 수신자 중심, ④ 맥락 중심, ⑤ 접촉 중심, ⑥ 기호 중심 비평 등으로 나누고 있는데, 이 또한 지금까지 희곡 연구 방법론에 대한 문제 의식에서 제기했다고 볼 수 있다. 김만수, 「희곡 연구 방법론 재검토」, 『한국극예술연구 제11집』, 2000. 4. 30.

로운 방법론을 모색하려는 의도에서 접근하려 하는데, 희곡만이 가지는 독특한 특징을 구명하려고 한다.[3] 그러나 이러한 연구 태도는 자칫하면 문학으로서의 희곡의 독자성을 스스로 파기시켜 버리는 오류를 범할 수도 있다.

이에 본고는 희곡 연구의 또 다른 방법으로 그 동안 몇몇 외국 서적에만 의존했던 희곡 창작 원리 및 작가 정신에 초점을 두었다. 한국 근대극의 역사가 근 일 백여 년을 차지하고 있는 만큼, 창작 원리와 작가 정신에 대한 탐구 또한 그에 뒷받침이 되어야 한다고 본다.

지금까지 박조열에 대한 연구 경향은 크게 네 가지로 압축된다. 첫째는 주제 의식의 측면에서 작품을 분석한 박혜령과 최상민의 경우이다. 박혜령[4]은 작품의 간략한 소개와 더불어 작가가 무엇을 말하려고 했는지에 초점을 두고 있으며, 최상민[5]은 지금까지 연구의 단선적인 한계를 지적하고, 다양한 극작 방법상의 실험을 통한 현실 사회의 모순을 풍자하고 휴머니즘의 경지에까지 이르렀음을 주장하고 있다.

두 번째는 주제 의식과 관련하여 표현 방법의 측면에 초점을 둔 연구로 오영미와 정우숙의 경우이다. 오영미[6]는 1960년대 희곡 전반의 상황을 다루는 과정에서 박조열의 주제 의식을 분단 문제의 비사실적 형상화로 규정하고, 그것의 형상화 방식으로 사실적 형상화 과정을 벗어난 비사실적 창작술을 들고 있다. 그러면서 그의 작품이 대체로 희극성에 기반하고 있으나

---

3) 최근의 연구들은 희곡이 문학성과 연극성이라는 이중성의 속성을 인정하면서 문학으로서의 희곡과 무대 공연 대본으로서의 희곡의 양면을 아우르면서 연구를 하고 있다.
　① 극적 상황에 중심을 둔 연구 ; 이홍우, 『한국 희곡의 극적 상황 연구』, 월인, 1999.
　② 무대적 상황을 고려한 연구 ; 김소정, 「희곡의 연극적 읽기」, 『한국극문학』제2집, 한국극문학회, 2000. 6.
　③ 의사 소통의 관계를 고려한 연구 ; 이정순, 『한국근대희곡의 형성과정 연구』, 부산대학교 대학원 석사학위 논문, 1999.
4) 박혜령, 「박조열 희곡 읽기」, 『국어국문학』제8호, 부산외국어대학교, 1997. 11.
5) 최상민, 『박조열 희곡의 주제 의식 연구』, 조선대학교 석사학위 논문, 2000. 8.
6) 오영미, 「분단희곡연구」, 『한국연극연구』 창간호, 한국연극사학회, 1998.

부조리극과 같은 현대적 추상화의 과정 속에서 창작된 것 또한 무시할 수 없다고 주장한다. 한편 정우숙[7]은 비교 문학적 견지에서 작품을 분석하고 있는데, 그의 작품이 부조리극의 기법에 의존하고 있다는 것을 전제한 상태에서 아리스토텔레스 식의 극 전개 구조를 파기하면서, 현실 은폐의 단선 구조를 취하고 있다고 한다.

지금까지 밝힌 두 연구 경향의 근거는 1960년대 연극계의 상황이다. 박조열이 작품 활동을 시작한 1960년대는 그야 말로 다양한 실험극 양식들이 희곡계에 소개되고, 무대화하기 시작한 시기였다. 특히, 이 시기는 전후의 부조리한 상황으로 인하여 문화 전반에 영향을 미친 부조리 양식이라든지, 서사극 등의 양식이 연극에도 영향을 줌으로써, 이 시기에 등장한 희곡 작가들에게 새로운 패러다임을 제공했다. 그러므로 박조열 또한 이러한 희곡계의 경향에 영향을 받을 수밖에 없었고, 실제로 그의 작품은 1960년대의 특징을 그대로 지니고 있다는 평가를 받고 있는 것 또한 사실이다. 그러므로 지금까지 그에 관한 연구 경향들도 극 양식의 측면에서는 부조리극, 기록극, 서사극, 소극적 특징을 지닌다고 결론을 내리고 있다.[8]

세 번째는 공간의 측면에서 기호학적으로 작품을 분석한 백로라와 김상열의 경우이다.[9]

지금까지 살펴본 연구 방법은 대체로 기존의 연구 방법을 답습하고 있으며, 그들의 주장 또한 이미 유민영이 제기한 틀에서 크게 벗어나지 않는 것이라고 할 수 있다.

그런데 지금까지의 연구 방법과는 달리 창작 욕구의 측면에서 작품을 분

---

7) 정우숙, 「박조열의 희곡 <목이 긴 두 사람의 대화 고찰」, 『이화어문논집』제12집, 이화여대 한국문학연구소, 1992.

8) 김성희, 「분단 현실의 극복과 동화적 세계-박조열론」, 『연극의 사회학, 희곡의 해석학』, 문예마당, 1995.

9) 김상열, 「박조열 희곡에 나타난 공간적 대립의 성격에 관한 연구」, 『반교어문학』 제7집, 반교어문학회, 1996.
   백로라, 『박조열 희곡의 공간 연구』, 숭실대 대학원 석사학위 논문, 1994.

석한 박명진[10]의 경우가 있어, 희곡 연구의 새로운 방법론의 측면에서 그 의의를 인정할 수 있다. 그는 시대 상황과의 관련 하에서 박조열의 글쓰기 방법을 지적하고 있다. 그의 창작 방법은 일종의 '타협적 글쓰기'의 방법이라고 하면서 <모가지가 긴 두 사람의 대화>의 창작 배경을 분단과 냉전 이데올로기, 정치·경제적 낙후성에 의한 시간적 강박증 및 정치적 무의식이 피해 의식으로 나타난 작품이라고 주장을 한다. 그러면서 그의 작품 세계는 분단 자체를 문제삼고 있을 따름이지, 분단 모순이 초래하는 각종의 사회 부조리—근대 초극의 지연, 반공 이데올로기의 폭력성, 정권 유지용 반공 정책—등에 대해서는 폭로하고 있지 못하다고 그 한계를 밝히고 있다.

지금까지 살펴본 바와 같이, 박조열에 대한 기존의 연구는 박조열뿐만 아니라, 한국 희곡 전반에 걸쳐 문제점으로 지적되어온 연구 방법론에서 크게 벗어나지 못하고 있으며, 그 결과 문학으로서의 희곡의 독자성을 확립하지 못하고 있다고 보아야 할 것이다.

한 작가의 희곡 창작 원리를 고찰하기 위해서는 주제 형상화 방식, 등장 인물의 성격 형상화 방식, 극적 상황 설정 방식, 무대 설정 방식 등 다양한 측면에서 고찰을 해야 객관적인 답을 도출할 수 있다. 먼저, 주제 형상화 방식은 모든 희곡 작가들이 전제 사항으로 삼고 있는 '무엇을 말하려고 하는가?'에 해당한다. 두 번째는 희곡이 결국은 등장 인물의 성격에 의존할 수밖에 없으므로, 작가가 자신이 의도한 전제 사항을 효과적으로 형상화하기 위해서는 성격 형상화에 신경을 쓸 수밖에 없다. 따라서 성격을 어떻게 형상화하여 제시하는가 또한 창작 원리를 살펴 볼 수 있는 근거가 된다. 세 번째는 극적 상황의 설정 방식인데, 이른바 박조열의 작품은 아리스토텔레스 식의 플롯의 개념으로는 접근할 수 없고, 인물의 상황 자체가 중요하게 취급되므로 이것을 고려하여 그의 창작 원리를 살펴보는 것도 유용하리라 여겨진다. 마지막으로 무대 설정 방식인데, 이것은 창작에 있어 필수적으로 고

___

10) 박명진, 「1960년대 희곡의 정치적 무의식과 알레고리」, 『한국극예술연구』제11집, 한국극예술학회, 2000. 4. 30.

려해야 하는 사항이므로 그가 무대를 어떻게 활용하는가 하는 것이 또한 창작에 영향을 줄 것으로 기대한다.

그렇지만, 본고에서는 지면의 한계상 작가가 무엇을 말하려고 했는가, 즉 전제 사항을 근거로 하여 '그것을 왜 말하려고 했는가'를 그의 삶과 연계시켜 살펴보도록 하겠다. 이것은 곧 작가의 삶의 여정에서 필연적으로 작품들이 나올 수밖에 없다는 전제 하에서 시도한 것이다.

Ⅱ. 결핍과 탈출의 반복적 삶의 드라마

글쓰기는 '주제 설정→자료수집→구상→집필→퇴고'의 순서로 하는 것이 일반적이다. 그리고 주어진 텍스트를 분석할 때는 역방향으로 살펴보게 된다. 여기서 재구하기 가장 어려운 것은 작가가 왜 이런 것을 작품에서 이야기했는가의 문제이다. '이런 것'이라는 것은 결국 작가가 작품에서 이야기하고자 하는 주제에 대한 문제 의식이라고 할 수도 있는데, 이러한 문제 의식을 탐구하는 것은 어찌 보면 무모한 작업일 수도 있다. 왜냐하면, 작가가 주어진 환경에서 세계를 어떻게 바라보는가의 문제, 그것을 어떻게 인식하는가의 문제 등의 차원으로까지 확대해야만 그것을 밝혀낼 수 있기 때문이다.

따라서, 창작 원리의 탐구는 결국 주어진 텍스트를 기본 자료로 하여 작가론의 차원에서 살펴볼 수밖에 없다. 텍스트는 결국 작가가 표출하고자 한 욕망의 벌판이며, 결핍과 충족의 마당이기 때문이다. 그러므로 텍스트를 통해서 작가의 결핍이 무엇이며, 그러한 것이 왜 생겨났는가에 까지 이르러야만 한 작가의 창작 원리 및 작가 정신을 제대로 파악할 수 있게 된다.

따라서, 박조열 희곡에 나타난 창작 원리와 작가 정신에 대한 탐구는 작가적 욕망을 삶과 연계시키면서 살펴볼 수밖에 없다.

1. 생명의 위협으로부터 탈출과 군인

지금까지 박조열의 작품론은 어느 정도 이루어지고 있지만, 작가론의 차원에서 접근한 연구는 미진한 편이다. 그 결과 그에 대한 평가 또한 단선적일 수밖에 없었다. 단순히 그가 실향민이라는 근거를 가지고 작품 또한 고향에 대한 그리움과 실향의 원인 제공이었던 분단의 문제를 작품에서 형상화하였다고 할 정도이다.[11] 이러한 단선적 시선으로 그의 작품을 대할 때 봉착하는 문제는 분단의 문제나 통일의 문제를 다루지 않은 작품—<토끼와 포수(1964)>, <불임증부부(1967)>, <소식(1969)>, <흰둥이의 방문(1970)>, <오장군의 발톱(1974)>, <못난이 일등병의 휴가(1973)>, <일 소대에서 있었던 일(1973)>[12]—을 어떻게 해석해야 하는가 이다.

그러므로 이에 대한 객관적인 접근은 그의 생애를 통하는 방법밖에는 없다. 박조열의 생애를 간단히 정리하면 다음과 같다.

· 1930년 10월 함경남도 하주군 지주 아들로 출생.[13]

---

11) 이러한 연구 방식은 유민영의 연구이래 그대로 답습을 해 온 결과라고 최상민은 밝히고 있다. 필자 또한 이러한 견해에 동조하고 있는데, 같은 실향민 작가에 속하는 이근삼의 경우는 작품을 통해서 분단의 문제나 민족 통일의 문제를 전혀 언급하고 있지 않은 것을 감안한다면, 단순히 실향민이라는 이유로 그의 작품 세계의 뿌리를 정해 버리는 것은 무리가 아닐 수 없다. 최상민, 앞의 논문, 참고.

12) <불임증부부>에 대해서 작가의 창작 방식의 하나인 '경계선'의 문제를 확대한 나머지 분단의 문제로까지 해석하는 것은 다소 무리였다고 할 수 있다. 박혜령, 앞의 논문 참고.
　　<일소대에서 있었던 일>과 <못난이 일등병의 휴가>는 일종의 교육극이면서 목적극이라고 할 수 있는데, 지금까지 작가조차도 이러한 작품을 썼다는 것을 잊어버릴 정도로 알려지지 않은 작품이다. 자료를 제공해준 대구시립극단 이영규 감독에게 감사를 드린다.

13) "지주라고 해야 남한에서와 같이 거창한 지주라고 생각하면 잘못입니다. 북한에서는 자기 땅을 가진 자체를 지주로 봤으니까, 우리 집도 그렇게 보면 됩니다."

· 1946년 토지 개혁으로 집안이 망함.
· 1947년 중등교원 자격 시험 합격, 강원도 원산공업학교 교원 생활.
· 1947년 강원도 원산 마전리에서 중학교 교원 생활.[14]
· 1950년 6·25발발 후 유엔군의 북진과 함께 교원 생활 그만 둠.
· 1951년 1·4후퇴시 흥남 부두에서 육군에 입대하고 배를 타고 월남.[15]
· 1963년 2월 육군 장교로 전역한 후, 드라마 센타에 입교하여 작가
  생활 시작.

　본격적인 작가 생활을 하기 이전 그의 생애는 거의 군 생활에 몸을 담았
다. 여기서 의문 부호를 던져볼 수 있는 것은 그가 북한에서 생활할 때 좌경
서적을 탐독하고 사회주의에 대해서 별 거부감이 없었다는 사실과 그럼에
도 불구하고 지주라는 이유로 정상적인 교원 생활을 할 수 없었다는 사실,
그리고 월남과 동시에 군에 입대하였다는 사실, 군 전역 후 곧바로 드라마
센타 연극 아카데미 연구과정에 입학한 사실 등 어떻게 보면 앞뒤가 맞지
않는 아이러니한 삶의 여정이다. 삶을 도식화하여 이해하는 것 자체가 무리
이지만, 지금까지 그의 작품에서 일관되게 보여줬던 분단 모순의 문제를 이
해하기 위해서는 이 부분을 좀 더 객관적 시각으로 해석을 해야만 한다.
　결론부터 말하자면, 그의 일련의 삶의 여정은 '충족→결핍→충족'의 연속
이었다. 위에서 제시한 생애에서 볼 수 있듯이, 그는 한 마디로 살기 위한
몸부림으로 일관해 왔다. 지주 집안의 출신으로 집안이 망하게 된 것은 심
정적으로 대찬성이었다고는 하지만, 그것은 어찌 보면 풍족한 삶에서 가난
으로 접어드는 결핍으로의 진입이다. 이러한 상황에서 그는 민청위원장이
었던 친척의 도움으로 중등교원자격검정시험을 볼 수 있었고, 어느 정도의

박조열, '한국극작가집중탐구3-박조열연극제' 세미나 중에서, 2000. 5. 20.
14) 지주 출신이라는 사실을 숨기고 당시 민청위원장이던 친척의 신분 보증으로 교
　　원 시험에 응시하였다고 한다. 나중에 이것이 밝혀져 학교에서 쫓겨나 시골로 발
　　령이 났다고 하였다.
15) 알려진 바에 의하면, 묵호항에 내려서 곧바로 1군단에 입대했다고 하는데, 작가
　　는 배 안에서 입대를 했으며, 군인의 신분이었다고 정정하였다.

충족한 삶을 누리게 되었다. 그 뒤의 삶 또한 이러한 결핍과 충족의 과정으로 일관해 왔다. 그러므로 그의 청년기 대부분을 차지하는 군대에 입대한 것도 이데올로기의 문제라기보다는 살기 위한 방편이었음이 확인된다. 그의 회고에 의하면 흥남 부두에서 LST를 타기 위해서는 군인만 가능했다고 한다. 그리고 그 뒤의 군 생활은 그의 회고대로 고통의 나날이었다.

따라서, 그의 북한 생활은 한 마디로 결핍으로부터의 탈출로 일관한다. 여기서의 결핍은 지적, 정신적 목마름이라기보다는 생활과 생명의 위협에서 발생한 것이었다. 청소년기 대부분을 이러한 상태에서 보낸 그의 삶은 그 이후 작가 생활에 직·간접적으로 영향을 미치게 된다.

2. 정신적 결락으로부터 탈출 <관광지대>

죽음으로부터의 탈출구이자 충족의 공간이었던 군대는 또 다른 결핍의 공간으로 다가오게 된다. 그것은 그 이전의 생명의 위협이나 생활의 문제가 아니라, 정신적 결핍이었다. 군 전역 이후 곧바로 드라마 센타에 입교한 이유 또한 군 생활에서 상실한 '정신적 결락'부분을 충전하기 위해서였다고 한 것으로 보아, 그의 군 생활은 한 마디로 체질에 맞지 않았던 것이다.

> 그 후, 실로 만 12년 남짓 군에 복무했다. 2년 남짓은 사병으로, 9년 남
> 짓은 부관병과장교로, 장교복무의 반은 여군훈련소·부관학교 교관으로,
> 반은 제1, 2군단사령부·육군본부의 행정·기획장교로 일했다. 원체가 반
> 규율적이고 허약체질인 내가 그 긴 군대 생활을 어떻게 견디었는지 스
> 스로도 아찔할 정도이다.[16]

이 무렵 그의 정신적 결락은 허무의식으로 나타난다. 잃어버린 고향, 만날 수 없는 가족, 살기 위해 혼자서 남쪽행 배를 탔다는 죄의식 등이 결국

---

16) 박조열, 「꼬리말—작자의 옛이야기」, 『오장군의 발톱』, 학고방, 1991.

허무 의식으로 나타난 것이다. 이것은 지금까지 다가온 결핍에 대한 충족의 대응 방식으로는 해결하지 못하는 또 다른 결핍이었다.

그러므로, 작가는 <관광지대>를 창작할 당시까지는 현실을 똑바로 볼 수 없는 정신적 허무 의식에 사로 잡혀 있었던 것이다. 이러한 상태는 당시로서는 정설(?)화 되다시피 한 군 의병 제대의 편법을 쓴 데서도 확인된다.

> 상위계급적 체제로 진급이 안 되고, '교관 요원'임으로 해서 제대도 안 되기 때문에 1962년에는 마침 부대 인근의 육군 병원 군의관으로 부임한 중학 동기의 도움을 얻어 멀쩡한 몸으로 입원, 의병 제대의 편법을 쓰려다가 쫓겨나기도 했다.17)

어떤 식으로 정신적 허무감을 보충할 것인가. 이 허무함의 탈출 욕구가 그로 하여금 작가가 되는 길을 선택하게 했는지도 모른다. 다소 비약적이지만, 이 허무 의식이 나중에 부조리극으로 나아가는 데 결정적 방향타의 구실을 해 버린다. 그리고 그는 바로 이 결핍에 대한 충족의 방편으로 <관광지대>를 창작하게 된다.

<관광지대>에 나타난 그의 작가적 정신은 '비아냥거림'이다. 이 비아냥거림의 이면에는 웃음이 담겨 있다. 결핍에 대한 충족의 희망이 사라질 때 웃음이 나온다. 그 웃음은 단순한 웃음이 아니라, 비웃음이며 비아냥거림이다. 극단적인 비극적 상황이 그를 희극적 창조 정신으로 유도했는지도 모른다.

그러므로, 그는 자신을 결핍으로 몰았던 두 체제를 희화화시킬 수밖에 없었던 것이다. 남쪽과 북쪽은 갈수록 고착화되고, 자신의 욕구는 충족되지 않는 상태에서 선택한 창작 원리인 것이다. 그러기에 가장 심각한 공간인 판문점에서 '메카시'와 '괴공산'의 대립적 구도를 희극적으로 처리할 수 있었던 것이다.

---

17) 박조열, 앞의 글, 354쪽.

그러면서 다른 한 편으로 이 희화화의 이면에다 양 체제를 부정하는 의식을 담아놓고 있다. 오로지 자기 부정과 평계를 일삼는 북측 수석 대표인 괴공산이나, 교활하고 황금밖에 모르는 UN군측 수석 대표인 맥카시 소장의 대립은 가장 심각한 공간에서 별 희한한 사건을 다루고 있는 것으로 그려냄으로써 분단 상황이 절대적인 것이 아니고, 허상임을 우회적으로 보여준다.

그리고 이러한 체제 부정의 욕구는 허상과 본질의 뒤바꿈을 통한 결핍 충족의 방향 제시로 나아간다. 충족의 공간으로 생각했던 남쪽에서의 삶이 오히려 정신적 결핍으로 다가오고, 두 체제를 모두 경험하고 난 후의 새로운 삶의 탈출구가 없었던 상황에서 당연한 선택이 아닐까 한다. 이것이 바로 현실과 욕망을 역전시킨 상황 처리이다.

이처럼 작가가 발을 디디고 있고, 작가의 목을 조이고 있는 현실을 오히려 있을 수 없을 법한 상황으로 처리를 해 버림으로써, 자신의 결핍이 오히려 삶의 본질임을 역설적으로 드러내는 방법을 취하고 있다.

> 이것은 1963년 4월 1일, 판문점에 있는 휴전 회의실에서 벌어진 파아스를 스케치한 것이다. 그러나 작가가 구태여 소위 '만우절'을 택한 점으로 봐, 이 파아스는 터무니없는 거짓말일 수도 있다는 것을 짐작하기는 어렵지 않다.[18]

그리고 이러한 역전적 상황 제시의 이면에 작가 자신의 정체성을 찾으려는 욕망의 본질이 숨겨져 있음을 간과해서는 안 된다. 상실한 자신의 객관적 상관물을 '한남북'으로 설정한 이유가 바로 여기에 있다. 한남북을 자신의 정체성이라고 할 수 있는 이유는 제목에서부터 나타난다. 한남북은 판문점 일대가 자신의 땅이며, 철조망이 쳐진 곳이 바로 자기 집임을 강조한다. 남쪽과 북쪽의 경계선은 안방과 정지방의 경계선이며, 항상 이것을 경계로 하여 아버지와 어머니의 싸움이 시작되었다고 한다. 이것은 지극히 사적인

---

18) 박조열, 앞의 책, 15쪽.

글이라도 제3세계에서는 항상 집단적, 민족적 상황에 대한 알레고리 형식을 띤다는 제임슨의 주장[19]을 이야기하지 않더라도, 우리 민족의 문제를 한 가정의 문제로 축소화·단순화시켜 제시하면서 자신이 처한 결핍에 대한 해결의 실마리를 찾으려 한 작가의 의도에서 나온 것이다.

한남북이 작가의 객관적 상관물이라는 점은 이것뿐만이 아니다. 자신은 판문점을 지키는 초병이고, 북한의 초병은 자신의 선배이자 매형이라는 데에서도 나타난다. 자신의 누이가 북한 초병에게 시집을 갔고, 자신의 조카를 낳았다는 데에서 남과 북은 하나이며 둘이 될 수 없다고 한다.

이것이 바로 박조열이 생각하고 있는 결핍 충족의 방식이었던 것이다. 그러므로 판문점의 땅은 언젠가는 되찾아야 할 땅이며, 그 땅을 되찾기 위해서 작품의 부제를 '판문점 명도 소송'이라고 했던 것이다.

그러나, 자기 상실의 정신적 결핍에서 집을 찾기 위해서 명도 소송을 준비한 작가는 오히려 자신이 소송을 당하는 아이러니한 상황에 처한다. 작품을 통해서 정신적으로나마 충족의 삶을 살아가려 했고, 희극을 통해서 사회적 일체감을 확인하려 했던 것이 오히려 검찰청 공안부의 조사를 받게 된 것이다. 그야 말로 '악질'로 분류되어 자신의 일거수 일투족이 경찰에 보고되는 상황에 처하고서야 그는 현실을 직시하게 된다.

결국, 작가는 결핍으로부터의 충족을 꾀하려 한 <관광지대>를 통하여 또 다른 결핍의 상황에 놓일 수밖에 없었으며, 이러한 결핍은 허무에서 현실 직시로 나아가는 단초가 된다.

3. 현실 직시의 단초로서의 <토끼와 포수>와 기다림의 공간으로서의 <모가지가 긴 두 사람의 대화>

<관광지대>를 발표한 후 박조열은 공안 당국으로부터 요주의 인물로 낙

---

19) 박명진, 앞의 논문, 265쪽.

인찍히게 된다. 이것은 상상도 할 수 없을 정도의 공포로 다가와 그를 엄습한다. 정신적 결락 상태에서 허무 의식으로 나아가는 자신을 붙잡고, 살기 위한 방편으로 발표한 작품이 거대한 공룡의 발톱을 건드리게 될 줄은 상상도 못했던 것이다.[20] 이 사건을 계기로 박조열은 남북 분단의 현실을 객관적으로 직시하게 된다.

이러한 상황에서 자기 변신의 모습을 보여줘야만 하는 필요성에서 나온 작품이 바로 <토끼와 포수>이다. 살기 위한 욕망의 변형된 모습이었다. 공안 당국으로부터의 감시가 결핍이라면, 이 작품의 창작은 그러한 결핍으로부터 탈출의 결과물이다.

> 제2작이며 데뷔작이기도 한 '토끼와 포수'는 물론 '관광지대'의 '경계선'
> 에서 발상되고 이상발달(?)한 결과이다.[21]

여기서 '이상 발달'이라는 단어에 부여한 의문 부호의 의미는 무엇일까? 이것을 혹자는 고도의 우회적 수법으로 남북 분단과 통일 의식을 드러낸 작품이라고도 평가하는데, 이 작품 어디를 보아도 그러한 의미는 보이지 않는다.[22] 이러한 평가는 위에서 인용한 작가의 말을 잘못 해석한 데서 기인한 것이 아닐까 한다. 작가가 이상 발달이라고 말한 이유는 자신이 처했던 현실 상황과의 관련 하에서 찾아야 한다.

<토끼와 포수>에서 제시한 작가의 전제 사항은 '인간 관계의 단절'이다.

---

20) "그때 나를 조사한 경찰을 매수도 해보려고 했지만 그게 잘 안 되었습니다. 결국에는 경찰과 형님 아우하는 식으로 발전할 정도로 당시 공안 당국이 나를 악질로 봤습니다" 박조열은 당시의 상황을 이렇게 우스갯소리로 이야기했다.

21) 박조열, 앞의 글, 355쪽.

22) 이 작품을 필자가 연출할 당시에는 경계선을 표시하는 말뚝에다 실제로 '38선'이라는 푯말을 붙여 공연하기도 했다. 이는 드라마투르기를 담당한 권순종 교수의 의견에 따랐고, 공연 당시 남북 정상 회담을 발표한 상태에서 극적 재미를 위해서 의도적으로 필자가 삽입한 부분일 따름이다. 이홍우 연출, <토끼와 포수>, 『한국극작가집중탐구3 - 박조열 연극제』, 2000년 5월. 팜플렛 참고

여기서 단절의 상황은 빨랫줄로 형상화되고 있는데, 자기 스스로 자신의 울타리를 만드는 혜옥과 끝없이 혜옥을 향하여 자신의 메시지를 던지는 장운의 갈등이 바로 그것이다. 여기서 중요한 것은 이유도 없이 두 인물 사이에 단절의 상황을 만들어 놓은 점이다. 이유 없음. 이것이 바로 작가가 은연중에 내비치고자 했던 현실에 대한 조그마한 목소리이자, 창작 원리가 아닐까 한다.

그런데 문제는 작가가 왜 하필 이 시기에 인간 관계의 단절을 작품에서 이야기하려고 했는가 이다. 이 문제는 당시 작가가 처한 상황이 해결의 실마리로 작용한다. 작가는 <관광지대>를 쓸 당시만 하더라도 현실 인식의 능력을 가지고 있지 않았다. 모두가 자신의 처지를 이해해 줄줄 알았고, 남북 분단의 문제가 민족의 해결 과제라고 생각할 정도로 지극히 원론적인 사고의 상태에 처해 있었다. 이러한 점은 그가 드라마 센타에 입교하고 얼마되지 않은 상태에서 '건방지게도 남북 분단을 제재로 한 야심적 대하 소설'23)을 구상하고 있었다는 점에서도 확인된다. 그런데 <관광지대>가 오히려 그로 하여금 또 다른 결핍의 구렁텅이로 몰아붙여 버리는 공포의 상황에서 그는 좌절을 느끼게 된다.

> 민간인이 되고나서 처음으로 체감한 공포스런 억압 상황으로 인한 위축
> 과 함께 당시의 따분한 '주제의식 편향 연극(?)'에 대하여 반발을 느끼고
> 있었던 나의 연극관이 반영되고 있다.24)

그리고 이 좌절은 극의 양식적 측면에서는 기존의 모든 연극적 방식에 대한 부정으로 나아가게 한다. '편향연극(?)'은 바로 이를 뒷받침한다. 또 주제의식의 측면에서는 인간 관계의 단절로 형상화시키게 되고, 그것을 혜옥과 장운을 통하여 제시한다. 끝까지 도망가는 토끼와 같은 혜옥, 그러면서 포

---

23) 박조열, 앞의 글, 355쪽
24) 박조열, 앞의 글, 355~356쪽.

수와 같은 장운이 자신을 끝까지 추적하여 잡아주기를 바라는 그녀의 행동은 어찌 보면 작가 자신의 무의식의 현신이 아닐까 한다. 혜옥이 작가의 또 다른 가면이라면, 장운은 바로 자기를 알아주기를 바라는 현실적 상황의 변형된 모습이 되는 셈이다.

또한, 작가는 이 작품에서 단순히 자신의 결핍을 하소연하는 것만을 보이지 않고, 그것에서 탈출할 수 있는 방법까지 제시하고 있다. 그것이 바로 장운에게서 발견된다. 끝없이 도망가는 혜옥을 장운은 끝까지 따라잡는다. 그 결과로 혜옥은 마음의 문을 열었다. 여기서 장운에게서 발견되는 행동의 함의는 '관용'과 '이해'이다. 그리고 이 함의의 이면에는 바로 '사랑'이 있다. 사랑이 죽음을 초월할 수도 있지만, 새로운 삶을 줄 수도 있다. 장운에게 이러한 역할이 부여되지 않았다면, 이 작품은 결코 화합으로 나아가지 못한다. 바로 여기에서 박조열은 새로운 결핍 충족의 조건을 보았던 것이다. 휴머니즘, 바로 그것이었다. 그러므로 <토끼와 포수>에서 보이는 작가 정신은 바로 '휴머니즘'이다. 이것이 자신의 결핍을 충족시켜 주리라 생각했던 것이다.

전쟁과 고향 상실의 보상이 <관광지대>이었다면, <관광지대>에 대한 보상은 <토끼와 포수>인 셈이다. 그렇기 때문에 허무 의식에서 웃음을 찾았듯이, 기존 가치관과의 단절과 연극에 대한 부정에서 희극을 발견했던 것이다. 그것이 나중에는 수용자 중심의 연극관과 연결되어—이상 발달하여—연극은 재미있어야 한다는 주장의 제기에 이른다.

그러나, 이러한 것을 드러내 놓고 이야기할 수는 없었다. 그것을 의식의 저변에 숨겨 놓고 살기를 강요하는 현실이 있었기 때문이다. 그렇다고 완전히 잊을 수도 없는 처지였다. 한 마디로 정신적 결락에서 완전히 벗어날 수 없었다. 끝없이 그의 목을 조이는 분단 현실이 엄연히 존재하고 있었기 때문이다. 그러한 무의식의 발로를 <관광지대>를 통해서는 직접적으로 제시한 것과는 달리, 여기서는 간접적으로 제시하게 된다.

회의실은 정확하게 양분되어 있으며 이 철조망은 테이블 위까지도 사양
치 않고 있다.[25]
관객석에서 보면 이 응접실은 거의 대칭형이다.[26]

결국, <토끼와 포수>는 작가에게 주어진 억압된 상황으로 인하여 결핍
의 상태에 놓여 있던 자신을 탈출시키기 위한 정신이 투영된 작품이라고 할
수 있다. 그것은 바로 작가에게 직접적인 위협이었던 전쟁으로부터 탈출하
기 위해서 군대에 입대한 것과는 달리, 군사 정권의 위협으로부터 자기 보
호의 방편으로 희극적 양식과 간접적 제시로 나타났던 것이다. 그렇지만 그
에게 부과된 원죄 의식은 늘 따라다니게 되는데, 그러한 흔적이 작품에서는
'경계선'과 '대립적 구도'로 변형되어 나타났다.

작가에게 부과된 원죄 의식과 그 변형의 욕망은 <모가지가 긴 두 사람의
대화(1966)>까지 그대로 이어지고 있다. 그런데, <관광지대>에서 보여 줬
던 직접적 제시나 <토끼와 포수>에서 보여 줬던 간접적 제시가 아니라, 이
작품에서는 고도의 상징성과 은유를 통하여 자신의 욕망을 제시하고 있는
데, 이 점이 바로 그의 작가적 역량이 어느 정도 성숙 단계에 이르렀음을
증명한다.

물론, 이 작품을 베케트의 <고도를 기다리며>와 비교 문학적인 견지에
서 그 영향 관계를 탐구하려는 연구[27]들도 몇몇 나와 있고, 작가 자신도 이
작품을 구상하고 방황하고 있을 때 여석기로부터 베케트의 작품을 소개받
고 완성할 수 있었다[28]고 밝히고 있는 것으로 보아, <고도를 기다리며>와
의 관련성을 완전히 부정하지는 못할 것이다.[29]

---

25) 박조열, 앞의 책, 15쪽.
26) 박조열, 앞의 책, 38쪽.
27) 정우숙, 앞의 논문, 참고.
28) 박조열, 앞의 글, 357쪽.
29) 이 부분에 대해서 김성희는 그의 『한국근대극연구』, 현대미학사, 1994에서 <목
    이 긴 두 사람의 대화>를 '작가는 당시 베케트를 읽지 않고 독자적으로 이 형식

   그렇지만, 중요한 것은 왜 그가 베케트의 기다림을 자신의 기다림으로 변형을 시켰는가 이다. 이럴 때, 베케트의 기다림이 '부조리한 실존 상황'을 그렸다면, 박조열의 기다림은 '부조리한 분단 상황'을 그렸다[30]고 한 김성희의 주장은 어느 정도 설득력을 지니게 된다. 이것이 바로 그 동안 쌓아왔던 작가적 역량의 반영인 셈이다.

   박조열은 이 작품에서 원죄의 속박에 자신을 머무르게 한 현실에 대해서 고발과 비판과 냉소의 자세에서 벗어나 '기다림'의 자세를 취한다. 언제 올지도 모르는 '대장'을 기다리는 A와 B는 다름 아닌 작가 자신의 분신이기도 하다. 이 작품에서는 <관광지대>에서 보여 줬던 '희망'이 '싫증'으로 변하고, 그것이 다시 기다림으로 변형되는 일련의 과정을 읽을 수 있다.

      A (의자를 눈짓하며) 오늘은 올텐데?
      B 내 육감으론…….
      A 올 것 같아?
      B 그래.
      A 매일 같은 소리군.
      B 그럴 수밖에.
      A 싫증이라는게 있잖아.
      B 희망은 싫증을…… 으음 어어 ……[31]

   기다림의 원형은 무엇일까? 시간에 대한 강박증[32]일까? A, B의 의미 없는 대화의 나열이 시간의 강박증으로 나타난 것이라면, 역설적으로 이 두 인물은 부조리한 인물이 될 수 없다. 그것보다는 오히려 <관광지대>에서 직접

   을 개척했다고 밝히고 있다'라고 주장하지만, 사실 작가는 베케트의 작품을 읽고 난 뒤 자신의 작품을 완성할 수 있었다고 분명히 밝히고 있다.

30) 김성희, 앞의 책, 399쪽.
31) 박조열, 앞의 책, 108~109쪽.
32) 박명진, 앞의 논문, 266쪽.

적으로 보여줬던 '정신적 결락'을 충족시키고자 하는 욕구가 변형되어 나타
난 것이 아닐까 한다. 즉, 직접적 고발에서 기다림으로의 욕구 변용이다. 그
렇다고 '타협적 글쓰기'의 방법을 취한 것은 아니다. 그의 욕구를 억압한 현
실과의 타협은 절대 아니다. 현실과의 타협은 이차적인 문제이고, 물위에
떠오른 빙산일 따름이다. 보다 근본적인 문제는 새로운 삶의 탈출구를 택한
사실이다. 생명의 직접적 위협에서 군인이 된 것이나, 군인의 회의에서 작
가가 된 것과 일련의 연장선상에서 이 작품의 기다림을 바라보아야 한다.
  그러면서 또 다른 한편으로는 기다림의 저변에 자신의 원죄 의식을 숨겨
놓았음을 감추지 못한다. '궁여지책'으로 이 작품을 썼다고 한다.

> '목이 긴……' 역시 '경계선'이 발상의 원천이기 하지만, 그 표현(연극)
> 방법의 형성과정을 구체적으로 설명하기는 어렵다. 암튼 '남북통일'문
> 제를 제재로 한 작품을 극단하게 금기시하고 있던 당시의 정치 상황 속
> 에서 어떻게든 남북분단의 슬픔과 통일에의 열망을 우회적·상징적 방
> 법으로 표현하고 싶었던 욕구가 움트게 하고 점점 구체화되어 간, 아마
> 도 '궁여지책'이라는 표현이 가장 어울릴 극작 작업의 결과이다.[33]

  왜 궁했을까? 궁함의 이면에는 바로 죄의식이 숨겨져 있었다. 그러한 죄
의식이 바탕이 되어 대장은 결코 오지 않을 것이라고 기다림의 한 쪽 편에
서 이야기하고 있다.
  결국, <모가지가 긴 두 사람의 대화>에 이르기까지도 박조열은 거의 이
십여 년 간 그를 괴롭혀 온 죄의식에서 벗어나지 못하고 있다. 그렇다고 그
러한 죄의식에 파묻혀 괴로워하는 삶만을 보여주는 것도 아니다. 끊임없는
자기 탈출과 변신을 꾀하면서 원죄 의식에서 벗어나려는 몸부림을 쳐 왔지
만, 그것이 오히려 더욱더 결핍의 구렁텅이로 자신을 끌고 가는 오류의 삶
을 살아 왔던 것이다. 그 과정에서 때로는 자기 자신에―군 생활―의해 억

---

33) 박조열, 앞의 글, 357쪽.

압당하기도 하고, 외부의 현실-<관광지대>-에 의해서 자신이 억압당하
는 객관적인 모습을 보기도 하였다. 이러한 삶의 여정의 언저리에는 항상
살아야겠다는 욕망이 자리 잡고 있었다.

그런데, 시간의 정체가 아니라, 살아야 하겠다는 욕구의 변형된 모습일까.
그는 드디어 원죄 의식에서 벗어나려는 기지개를 펴기 시작한다. 그것은
'슬픔'에서 '좌절'로, '열망'에서 '현실 안주'로의 방향 전환의 전주곡이며,
현실에서 해결하지 못한 자신의 결핍을 저승에서라도 해결하기를 바라는
기형적인 탈출욕으로 구체화되어 나타난다.

4. 기다림의 새로운 변용, 재생의 신화적 공간 <불임증부부-저승에서 만난 부부->

갈등의 극단적 해결이 죽음이라 했던가. 박조열은 이 시기 죽음을 생각하
게 된다. 기다려도 오지 않는 대장을 현실에서, 황량한 벌판에서 의미 없는
대화를 나누며 기다리느니, 차라리 저승에서나 기다리는 것을 선택했던가.
고요한 공간을, 아무 것도 존재하지 않는 저승을 그는 새로 태어남의 카오
스(chaos)의 공간으로 인식한다. 거기에서 문득 '툭' 떨어지듯이, 자신에게
주어진 결핍 해결의 실마리를 찾고자 한다.

<불임증부부-저승에서 만난 부부-(1967)>는 <모가지가 긴 두 사람의
대화>에서 짐 지워진 결핍으로부터 탈출하려는 욕구가 반영된 작품이다.
당시 공연 상황에 맞추려 급작을 하다보니 두 부부의 애증의 엇갈림이 일반
화되지 못했다[34]거나, 보편적 공감을 얻지 못했다[35]는 비판도 있으며, 인간
관계의 단절이나 저승과 이승의 경계선으로, 또는 소외된 현대인의 표본으
로 보려는 시각도 있다.[36]

---

34) 이미원, 앞의 책, 402쪽.

35) 박혜령, 앞의 논문, 193쪽.

36) 박혜령, 앞의 논문, 192쪽. "인간 관계의 단절(의사 소통의 부재) 문제와 그 극복
    을 우화로 보여주는 이 극은 아이러니를 통해 희극적 상황을 만들고 있다."
    박명진, 앞의 논문, 267쪽. "<불임증 부부>에서는 이승과 저승의 보이지 않는 경

그러나 거듭남의 새로운 해결 방식을 제공했다는 의의는 인정을 해야한다. <관광지대>를 통하여 객관화시켜도, <토끼와 포수>에서 새로운 방법을 제시해도, <모가지가 긴 두 사람의 대화>에서 고도로 상징화시켜도 끝내 벗어 날 수 없었던 원죄 의식을 이 작품에서는 죽음으로, 미분화되지 않은 공간으로 그 탈출구를 제시하고 있다. 그의 작품 이해를 위한 보다 근원적인 문제는 박조열의 뇌리를 끝까지 떠나지 않았고, 그 동안 끊임없이 결핍으로 다가왔던 원죄 의식에 대한 탈출구의 모색 과정이다.

그러면서 이 작품은 현실에 대한 항거의 목소리도 내포하고 있다. 여기서는 자식을 갖지 못한 두 부부의 자살 사건을 다룬다. 서로의 오해가 빚어진, 그로 인하여 아이를 낳지 못하게 된 부부가 저승에서 만나 서로의 오해를 해결하는 구조로 되어 있다. 그렇다고 부부의 화합을 다룬 작품은 아니다. 화합을 하기에는 이미 건너지 않아야 할 강을 건너 버렸기 때문이다.

갈등을 해결하고 화합을 하기에는 시간이 너무 늦어버렸다는 의식, 바로 이 점이 작가가 은연중에 내비치는 현실의 벽을 향하여 외치는 목소리이다. 앞선 작품에서 계속적으로 반복된 결핍들이 이 작품을 공간도 시간도 없는 곳으로 내몰아 이별에 대한 경고의 메시지를 담게 했는지도 모른다. 이 경고의 메시지는 자신을 기다리게 한 대상에 대해서 '살인자'라고까지 할 정도로 강력하다. 왜냐하면 더 이상 기다릴 수 없었기 때문이다. 이십 년이나 참고 기다렸던 것이다.

박조열에게 있어 시간의 개념은 명확하다. <모가지가 긴 두 사람의 대화>에서 기다림의 출발점을 제시했다면, 이 작품에서는 기다림의 종착지를 제시하고 있다.

계선 설정을 통해 '분단'을 알레고리화 한다.
김성희, 「분단 현실의 극복과 동화적 세계-박조열론」, 『연극의 사회학, 희곡의 해석학』, 문예마당, 1995, 503쪽. "이 작품도 증오와 고립을 택한 부부의 얘기에 빗대어 우리의 분단 현실과 그 극복의 전망을 그리고 있는 것이다."
이미원, 앞의 책, 402쪽. "저승에서조차 육신의 본능에서 헤어나지 못함을 한탄하는 이 부부는 자신 속에 갇혀버린 소외된 현대인의 한 표본이라 하겠다."

A 무슨 뜻이지?

B 우리가 첨 만난 날은 언젠가?

A 아아, 언제부터 기다리기 시작했는가?

B 마찬가지 듯 아니야?

A 그럴까?

B 그럼. (C에게) 반세기……

A (B에게) 정확하게!

B 도, 더 됩니다.

(중략)

C (AB를 번갈아 보다가) 만세(한번만) 내가 고향을 잃은 날.

(중략)

A 각하, 무슨 말씀이온지?

C 아니오, 계속하시오.

A 곧 다시, 태양은 작아지고 그때부터 우리 두 사람은, 여기서 만나
　게 되었습니다.[37]

나는 내 속의 <구체적인 것>을 현실의 벽을 뚫기 위해 추상화하고, 그
것이 무대 위에서 다시 <구체적으로 나타날 것>을 기대하는 방법을 썼
다. 예컨대, 1945년 8월 15일 정오는 나에게 있어서 태양이 세 배나 커
보였던 기억으로 생생하게 남아 있다. 그 날은 국토 분단의 시작이기도
했다. 그 후 나(많은 동포들과 함께)는 고향을 잃었다.[38]

여인 그 동안 견뎌온 이십년을 생각하면…
사내 용케도 참았다는 생각이 드오.
여인 잔인하고 끈덕진 살인자…
사내 닥쳐! 또 다시 살인자라고 불렀다간…
여인 (발딱 일어서며) 얼마든지 부를테예요. 살인자! 살인자![39]

---

37) 박조열, <목이 긴 두 사람의 대화>, 앞의 책, 117~118쪽.
38) 박조열, 「연출, 연기에 대한 작자의 협조」, 앞의 책, 139쪽.
39) 박조열, <불임증부부>, 앞의 책, 161쪽.

그러나 기다림의 새로운 변형이었던 죽음의 공간도 그를 결핍에서 끌어
내지 못한다. 오히려 카오스의 공간에서 새로운 화합을 기대했던 그는 자신
도 모르게 영원한 이별의 길로 접어들게 된 모습을 보게 된다. 단 한 번의
잘못됨으로 인하여 절망의 구렁텅이에서 영원히 벗어날 수 없는 나락으로
빠졌던 것이다. 그 상태에서 그는 말을 할 수 없는 벙어리의 이미지를 떠올
리게 된다.

> 안내원 너무 놀라셔서 말이 잘 안 나오시는군요. 하기야 죽음이란
> 　　　　인간이 경험하는 가장 충격적인 사건이지요. 하지만 안심하십
> 　　　　시오. 이제 모든 것은 끝났으니까요.
> 여인 B (여전히 안내의 입만 쳐다본다.)
> 안내원 여기선 모든 게……
> 여인 B (비로소 손짓을 하며 입을 움직인다. 벙어리였던 것이다.)[40]

　이러한 현실에 대한 대응 방식은 이데올로기의 또 다른 갈등이었던 월남
전을 겪고 난 뒤 또 다시 변이 되어 나타난다. 현실적 억압이 그를 억누르고
있을 때에도 결코 놓지 못한 미련의 덩어리를 그는 과감하게 떨쳐 버림으로
써 새로운 삶의 탈출구를 시도하게 된다. 이 즈음 그에게 다가온 결핍은 '정
지된 현실'과 '생활의 고통'으로 나타나는데, 그것이 바로 <소식>에서 그
대로 드러나고 있다.

5. 재생에서 포기로, 새로운 삶의 탈출구 <소식>

　유구무언. 일찍이 고은이 세상의 모든 소리가 싫어서 자신의 귀에 청산가
리를 넣었듯이, 박조열은 세상에 대해 소리쳐도 메아리조차 돌아오지 않은
현실과 더 이상 대응하지 못하는 포기의 방편으로 벙어리의 이미지를 떠올

---

40) 박조열, <불임증부부>, 앞의 책, 170쪽.

렸을까. 아니면, 새로운 삶의 탈출구로 <소식(1969)>을 썼을까. 이제 박조열에게 끝까지 따라 다니던 원죄 속죄는 포기로 나아간다. 이십여 년 동안이나 그를 괴롭히던 원죄 의식에서 벗어났을 때, 그에게 다가온 것은 생활의 어려움이었다. 이제 그는 자신의 생활을 쳐다보게 된다.

그런데 문제는 그 동안 잊었던 것이 또 다른 결핍으로 도사리고 있었던데 있다. 이 상태에서 그는 다시 희곡 원리이기도 한 결핍과 탈출의 밑바닥에 자리 잡고 있던 살고 싶다는 욕망을 드러내게 된다.

그의 이러한 욕망은 결국, 방송극에 손을 뻗치게 한다.

> 이 무렵에는 몹시도 궁핍했다. 술을 사겠다는 친구더러 버스 정류장으로 나오게 해서 내 버스값까지 물게 한 적도 있을 정도였다. 64년부터 라디오의 각색 드라마를 간단히 쓰고 있기는 했으나 이 무렵부터 생활을 위해 방송극(라디오, TV극)을 본격적으로 쓰기 시작했다.[41]

<소식>은 바로 이 과정에서 이상 출현한 작품이다. 작가 자신이 밝혔듯이, 이 작품은 라디오 단막극으로 쓴 것을 그대로 옮겨 썼다고 한다. 그러므로 이 작품은 그 동안 박조열이 보여주었던 날카로운 비판 정신[42]과는 다소거리가 먼 작품이다.

문제는 왜 이 시기에 하필 그 동안 추구해 왔던 작품의 성향을 바꾼 것인가 이다. 이에 대한 해답은 작품의 내용으로도 충분히 찾아낼 수 있다.

이 작품은 추운 겨울 한 도둑이 어떤 집에 들어가 그 집 주인인 할머니와 대화를 나누는 식으로 되어 있다. 자신을 월남에 파병간 할머니의 손자 친구라고 속이고서는 손자의 무용담을 거짓으로 늘어놓는다. 그 과정에서 할머니의 손자에 대한 사랑과 가족의 따뜻한 정을 느끼고, 마지막으로 손자에게 편지로 자신의 잘못을 고백하면서 자신이 할머니에게 한 거짓 내용을 끝

---

41) 박조열, 앞의 책, 359쪽.
42) 이미원, 앞의 책, 402쪽.

까지 숨겨 달라고 하는 내용으로 끝을 맺는다.

죽음 이후의 저승에까지 가서 벙어리의 이미지를 떠올린 작가가 자기 자신을 되돌아보았을 때, 거기에는 추운 겨울 어깨를 움츠리며 이 집 저 집을 기웃거리는 도둑이 서 있었던 것이다. 어느 한 곳에 안주하지 못하고, 어느 한 곳 반기지 않는 자신의 삶을 도둑에 비유했다.

그리고 그곳에서 그는 진정한 의미에서의 가족의 사랑을 확인하게 된다. 고향에 두고 온 부모 형제, 언제나 방랑자일 수밖에 없었던 자신은 그 동안 거짓된 삶의 원형만 찾아 다녔던 것이다. 자신의 원죄 속죄는 분단된 조국의 통일에 있는 것이 아니라, 오히려 자기 자신의 육체적 안주에 있다는 것을 발견하였다. 이것은 어쩌면 그 동안 끈질지게 견뎌온 이십 년의 세월 속에서 찾은 진정한 삶의 탈출구가 아닐까 한다.

이것이 바로 이 작품에서 도둑의 이미지와 가족의 따뜻함을 함께 보여주게 된 그의 창작 원리이다. 도둑과 온유함의 결합이 아이러니[43]가 아니라, 그가 끊임없이 삶의 탈출구로 찾아온 필연적인 결과인 셈이다. 그것은 다름 아닌 가족의 사랑이었다.

> 도 둑 (관객에게) 전 고아로 자란 놈입니다. 가정집에서 자는 것도
> 이 날이 처음이었거니와 할머니와 다정하게 얘기해 보기도
> 이날이 첨이었습니다. 전 모자간의 정이란 어떤 건지 모르지
> 만 아마 그것은 이날 저녁 저와 할머니 사이처럼 흐뭇하고
> 다정한 것이 아니겠나 짐작이 됩니다.[44]

어쩌면 이다지도 '남북분단'에만 집착했을까. 이 자화상은 자기 연민에 빠지게 한다. 스무 살까지 북쪽 땅에서 살다가 홀로 월남하여 환갑이 되도록 남쪽 땅에서 살아 온 그 동안의 나의 개인사(個人史)의 여러 대목들이 상기되면서 슬퍼졌던 것이다. 이제와서 나는 비로소, 나의 작품의

---

43) 이미원, 앞의 책, 403쪽.
44) 박조열, <소식>, 앞의 책, 186쪽.

거의 모두가 생사조차 알 길 없는 북쪽 땅의 나의 혈육과 고향 산천을
향한 정념의 소산이었음을 깨닫는다. 한편, '남북분단'에 대한 집착은
통일 문제를 제재로 한 작품을 금기시하였던 지난날 정치상황과 상충하
면서 일종의 자멸작용도 하였음도 깨닫는다.[45]

그를 괴롭혀 온 결핍의 실체는 집단 권력의 실체도, 남북 분단도 아니었
다. 홀홀 단신 월남한 자신의 외로움, 가족의 따뜻한 사랑의 상실이었던 것
이다.

그러므로 그는 그 동안 도외시해 온 현실적 생활의 방편을 찾을 수밖에
없었고, 가정의 중요함을 깨달을 수밖에 없었던 것이다. 이러한 삶의 방향
전환은 현실과의 타협이라기보다는 진정한 삶의 본질을 되찾음으로 해서
현실에 안주하고자 하는 작가 정신에서 기인한 것이라고 해야 옳을 것이다.
그러나 그의 이러한 삶의 안주는 그 후 점점 본질에서 벗어나 버리고 만다.

6. 빗나간 현실 안주의 드라마 <못난이 일등병의 휴가>, <일 소대에서 있었던 일>

<못난이 일등병의 휴가(1973)>는 여러 개의 삽화 형식에다 시간과 공간
을 초월하는 인물을 등장시켜 군인의 휴가 일정을 나레이터 형식을 취하여
보여주기에 치중한 작품이다. 이 작품은 원래 작가조차도 잊어 버렸던 작품
인데, <일 소대에서 있었던 일(1973)>과 더불어 군대 홍보용으로 창작된
듯하다.

이 작품은 세 개의 삽화로 구성되어 있다. 첫째는 못난이 일등병이 휴가
를 받아 가면서 버스에서 생긴 일을 제시한다. 군인이라고 버스 여차장에게
요금을 지불하지 않는 못난이 일등병의 횡포를 그리고 있다. 이것은 당시
군인들이 흔히 저지르던 대사회적인 민폐의 하나로 꼽히던 것인데, 어떤 군
인이든지 이러한 짓을 할 수 있다는 의미에서 일반화시켜 놓은 듯하다. 그

---

45) 박조열, 앞의 글, 353쪽.

런데 요금을 내라는 여차장과 낼 수 없다는 못난이 일등병이 한창 실랑이를 벌이는데, 어디에서 나타났는지 갑자기 중대장이 나타나 일을 처리한다. 둘째는 그 못난이 일등병이 다방에 들어가 전화기를 오랫동안 사용함으로써 민간인에게 피해를 입히는 것과 노인에 대한 공경 문제를 다루고 있다. 이때에도 마찬가지로 느닷없이 중대장이 나타나 사태를 해결하고 못난이 일등병을 나무란다. 셋째는 서울 한 복판에서 소변을 보는 못난이 일등병을 등장시켜 경찰의 지시에도 따르지 않는 군인의 모습을 보여준다. 이 또한 마찬가지로 중대장의 출현으로 사태를 해결하고, 못난이 일등병과 같은 군인이 있어서는 안 된다는 식의 연설조로 막을 내린다.

> 나레이터 (다시 한참 노려보다가 관객을 향하여) 못난이 일병의 못난이 행각은 이 정도로 그만 두게 해야겠읍니다. 화가 나서 더 이상 참고 볼 수가 없군요. 자아 그럼 이제부터 이 연극의 교훈을 생각해 보기로 합니다. 이 연극은 일부 군인들이 갖고 있는 열등감과 오만을 보여주고자 한 것입니다. 뼈슬 타고 요금을 안 내려 한다던지 대로상에서 오줌을 누는 따위에 국한된 행위가 아니라도 우리 군징들 가운데서 스스로를 더럽히는 행위를 하는 경우를 자주 부게 됩니다.[46]

<못난이 일등병의 휴가>가 군 외부의 사건을 다루었다면, <일소대에서 있었던 일>은 군 내부의 비리를 고발한 작품이다. 등장 인물의 성명 부여에서도 알 수 있듯이, 요적당 중위, 이엉망 상사, 오비겁 일병, 박덕보 일병, 김선달 일병 등 유형적 인물의 제시를 통하여 상사가 사병을 갈취하는 모습과 군인들이 술집 아가씨와 놀아나는 모습 등을 다루고 있다. 특히, 사령관의 처남이 자기 중대로 배치 받았다고 하자 스스로 알아서 충성을 하는 요적당 중위와 이엉망 상사의 모습과 자신의 신분을 거짓으로 보고하는 김선

---

46) 박조열, <못난이 일등병의 휴가>. 미공연.

달 일병의 행동에서 오로지 윗사람에게 잘 보여 출세를 하려는 출세지향주의와 군대에서 편한 곳으로 배치 받기 위해서 온갖 수단을 동원하는 인간의 더러운 모습을 고발하기도 한다.

> 나레이터 (연기자들에게) 그만! (관객에게) 미안합니다. 다시는 연극을
> 중단시키는 일이 없을 겁니다. 왜냐하면 연극은 이제 다아 끝
> 났으니까요……. 예? 연극이 아직 끝나지 않은 것 같다구요?
> 김선달 일병은 그 후 어떻게 됐느냐. 그리고 요적당 중위와
> 이엉망 상사 오비겁 일병 같은 나뿐 장병들에게 처벌을 주는
> 장면도 있어야 할 것 아니냐구요? 아, 그건 제가 간단히 설명
> 해 드리겠습니다. 요적당 중위와 이엉망 상사는 현재 사단 감
> 찰부에서 조사를 받고 있읍니다. 오비겁 일병과 김선달 일병
> 역시 마찬가지입니다. 이건 제 개인의 의견입니다만 아마도
> 요저당 중위와 이엉망 상사, 그리고 김선달 일병 오비겁 일병
> 은 중징계 이상의 처벌을 받게 되거나 아니면 군법 회의에 회
> 부될 것 같습니다. (중략) 자아, 그럼 이제부터 이 연극의 교훈
> 을 생각해 볼까요? 한 마디로 금력이나 권력이 부대 지휘에
> 절대로 영향을 주어서는 안 되겠다는 것입니다. 금력이나 권
> 력이 부대 지휘에 영향을 줄 때 그것은 곧 인사 관리를 불공
> 평하게 만들고 따라서 장병들의 불만을 일으키게 되고 따라서
> 장병의 단결을 해치게 되고, 따라서 군 전투력에 치명적인 해
> 독을 끼치게 되는 것입니다. 따라서 금력이나 권력과 타협하
> 는 행위를 근절하려는 노력은 곧 적과 싸우는 전쟁과도 조금
> 도 다름 없는 중대성을 지니고 있는 것입니다. (후략) [47]

이 두 작품은 물론 일반 사병을 교육하기 위한 군의 요청에 의해 쓰여진 목적극이나, 교육극같은 인상을 주기는 하지만, 앞에서 다룬 작품에 비해서 작품의 구성이나 주제 의식 측면에서 많이 뒤떨어지고 있다.

---

47) 박조열, <일 소대에서 있었던 일>, 1973년 육군 보안 부대에서 공연.

그런데 문제는 왜 이 시기에 그것도 유신의 깃발이 한층 드날리고, 분단이 더욱 더 고착화되어 가는 시점에서, 그리고 자신이 그토록 정신적 결락을 느꼈던 군대를 위해서 이런 작품을 창작하였는가에 있다. 물론 군의 요청을 거부할 수 있는 처지가 아니었겠지만, 지금까지 그의 작품에서 일관되게 보여 주었던 결핍과 충족의 욕구, 인간의 근원적인 사랑의 모습은 찾아볼 수조차 없다. 이러한 현상은 <소식>에서 어느 정도 보여준 현실 적응의 모습이 완전히 방향을 잘못 잡은 결과가 아닐까 한다. 탕아라고나 할까. 아무튼 박조열은 이 두 작품에서 정신적 혼란과 체제 순응의 모습을 함께 보여주고 있다.

그리고 그 이듬해 <오장군의 발톱>에서 보여주는 군인의 모습과는 완전히 다른 그야 말로 이상 발달한 작품이라고 하지 않을 수 없다. 왜 이런 작품을 썼는가는 지금까지 본고가 그의 삶을 관통하는 정신이자, 창작 원리로 본 '결핍'과 '탈출'의 선상에서 이해하면 될 것 같다.

Ⅲ. 맺으면서

지금까지 본고는 박조열의 희곡 창작 원리를 작가 정신의 측면과 연계시켜 살펴보았다.

그 결과, 박조열의 삶에 끊임없이 제기되었고, 희곡 창작의 밑바탕이 된 것은 바로 결핍과 탈출의 욕구였다. 이러한 그의 삶의 욕구는 때로는 교사로, 때로는 군인으로 삶을 살게 했지만, 이것은 생활과 생명의 위협이라는 결핍에서 취한 일시적인 욕구였을 따름이다. 그가 최종적으로 겪은 정신적 결핍은 그로 하여금 작가가 되게 하였고, 그 정신적 결핍을 극복하기 위한 욕망이 작품 창작의 원리로 작용하고 있었음을 확인할 수 있었다. 그것은 때로는 무모하리만큼 직설적으로, 때로는 간접적인 냉소와 희극 정신으로,

또는 고도의 상징적 기법으로 변용시키면서 나타났다. 그리고 그 탈출의 이면에는 항상 살기 위한 욕망이 자리잡고 있었다.

그리고 그의 작품은 '세계관의 다양성이 결여'[48]되었다는 평가에서 벗어나 다양한 작품 세계를 구현해 왔으며, 그 이면에는 항상 그의 작품 창작 정신이 내재해 있었다.

살기 위한 욕망. 인간의 근원적인 욕구이기도 한 이 욕망의 언저리에 박조열의 작품이 놓여 있었다. 이러한 창작 원리와 작가 정신은 특별히 시대에 대한 반항의식 때문이 아니라, 그가 월남했다는 사실과 우리 시대의 상황에서 나온 필연적인 것이었다. 그러므로 그의 작품을 분단과 냉전 이데올로기, 정치, 경제적 낙후성에 의한 시간적 강박증으로 무의식화 하였다는 것은 이차적인 문제로 작용한다. 그의 작품은 끝없는 결핍과 탈출 및 충족의 순환 과정에서 나타난 필연적인 것이었다.

이러한 작가 정신의 종착지가 어디였는지는 그가 작가로서 더 이상의 활동을 할 수 없었던 시기에서나 찾아봐야 하지 않을까 한다. 그것은 작가 자신이 밝힌 바대로 일종의 '자멸 작용'의 결과로 나타난다. 이 자멸 작용은 두 가지 측면에서 이해해야 한다. 하나는 그의 말대로 금기시한 소재가 정치적 상황과 상충한 결과로, 다른 하나는 더 이상 그런 소재를 쓸 필요의 상실로 이해할 수 있다. 그런데 그가 작품 활동을 중단한 이유는 후자에 더 무게가 실려 있다. 왜냐하면, 그는 본고에서 밝힌 바와 같이 금기시한 소재는 금기시해야만 한다는 스스로의 현실 안주의 방법을 택했기 때문이다. 그러므로 그는 당연히 작품 활동을 중단할 수 없었고, 할 필요성조차도 없었던 것이다.

본고에서 미처 다루지 못한 작품─<행진하는 나의 분신들(1965)>, <흰둥이의 방문(1970)>, <오장군의 발톱(1974)>─등도 그의 창작 원리인 결핍과 탈출의 연장선상에서 바라볼 수 있다.

---

48) 김성희, 앞의 책, 500쪽.

◈ 참고문헌 ◈

• 자 료

박조열, 『오장군의 발톱』, 학고방, 1991.

• 박조열 희곡연구논문

김길수, 「<오장군의 발톱>을 통해 본 대조의 연극 미학」, 『드라마의 현실과 실제』,
　　　한국드라마학회, 1997.
김상열, 「박조열 희곡에 나타난 공간적 대립의 성격에 관한 연구」, 『반교어문연구』
　　　제7집, 반교어문학회, 1996.
김성희, 「분단현실의 극복과 동화적 세계」, 『연극의 사회학, 희곡의 해석학』, 문예
　　　마당, 1995.
박명진, 「1960년대 희곡의 정치적 무의식과 알레고리」, 『한국극예술연구』제11집,
　　　한국극예술학회, 2000. 4.
박혜령, 「박조열 희곡 읽기」, 『국어국문학』제8호, 부산외국어대학교 국어국문학과,
　　　1997.
백로라, 『박조열 희곡의 공간 연구』, 숭실대 대학원 석사학위 논문, 1994.
오영미, 「분단 희곡 연구 I」, 『한국연극연구』 창간호, 한국연극사학회, 1998.
이미원, 「박조열 작품론 : 양식적 실험과 통일에의 집념」, 『한국근대극연구』, 현대
　　　미학사, 1994.
정우숙, 「박조열의 희곡 <목이 긴 두 사람의 대화> 고찰」, 『이화어문논집』제12집,
　　　이화여대 한국문학연구소, 1992.
최상민, 『박조열 희곡의 주제 의식 연구』, 조선대 대학원 석사학위 논문, 2000.

• 일반 참고자료

김만수, 「희곡 연구방법론 재검토」, 『한국극예술연구』제11집, 한국극예술학회,
　　　2000. 4.
김창화, 「극작술 방법론」, 『한국연극학』제10호, 한국연극학회, 1998.
이정순, 『한국근대희곡의 형성과정 연구』, 부산대학교 대학원 석사학위 논문, 1999.

박조열 희곡의 구조와 의식 연구

김 영 희

차 례

I. 알레고리와 자기 인식

박조열은 분단을 소재로 일관되게 희곡을 창작한 작가다. 그리하여 작가 스스로 "나의 작품의 거의 모두가 생사조차 알 길 없는 북쪽 땅의 나의 혈육과 고향 산천을 향한 정념의 소산"[1]이라 밝히면서 그의 첫 번째 희곡집을 북녘 땅에 계신 어머니께 바친다.

사실 한반도에 살면서 분단이란 문제와 무관할 수 있는 사람은 아무도 없

---

[1] 박조열 희곡집 『오장군의 발톱』의 꼬리말 (작자의 옛이야기) 중에서 작자의 말 인용.

을 것이다. 더구나 시대의 아픔을 가장 예민하게 느끼는 실향작가의 경우, '분단'과 '통일'의 문제가 그의 작품 창작의 화두로 떠오름은 너무도 자연스러운 일이다. 기존 연구자들이 박조열 희곡을 '경계선 모티브'나 공간의 대립성이란 측면으로 작품을 분석한 것은, 바로 분단 자체가 내포하는 분열, 대립, 반목에 초점을 맞춘 결과라 할 수 있다.

실제 박조열 희곡은, 남과 북이라는 이질적인 공간을 사이에 두고 발생하는 여러 가지 정치적 모순을 희화화하거나 (「관광지대」), 혹은 무대의 분할을 통해 두 남녀의 갈등을 시각적으로 보여주거나(「토끼와 포수」), 항상 두 다리 사이로 경계선이 지나가는 바람에 한 몸이지만 결코 하나로 합치지 못하고 두 개의 입장을 가질 수밖에 없는 인물을 통해, 분단 현실을 우회적으로 폭로한다.(「목이 긴 두 사람의 대화」). 때에 따라서는 평화로운 원시공동체인 시골 마을과 위험과 살생 그리고 거짓이 난무하는 전쟁터를 대립시켜 보여줌으로써 전쟁의 무모함 속에 쓰러져 가는 순수한 백성들의 운명을 비극적으로 드러내기도 한다(「오장군의 발톱」).

그런데 박조열은 분단과 통일의 문제를 작품 속에 형상화하는 구체적인 방법으로 알레고리를 자주 사용한다. 알레고리는 역사적인 배경과 사실적인 행위를 생략하고 비유적이고 단순한 구도를 통하여 작가 의식을 드러낸다. 그가 중요한 극적 장치로 알레고리를 선택한 것은 당시 한국의 특수한 정치적 상황과 아울러 관객과의 만남을 통해 비로소 작품이 완성되는 희곡 문학의 특성 때문이다. 이는 공연 검열과 관계된 문제인데, 작품의 감상이 극장이라는 공적인 영역에서 이루어지는 연극의 경우 더욱 예민한 문제로 등장하게 된다.

박조열이 주로 창작 활동을 했던 6,70년대는 반공을 국시로 삼고 있었던 시기였을 뿐만 아니라 정치적으로 기득권을 가진 자들이 자신들의 권력유지에 방해되는 세력을 억압하고 순종하도록 유도했던 시기이기도 하였다. 이런 억압적이고도 굴절된 정치적 상황에서 작가들은 자신의 목소리를 직접적으로 분명하게 드러내는 데 있어 부담과 한계를 느낄 수밖에 없다. 더구나 공연을 전제로 하는 희곡문학의 경우 관객에게 보여준다는 특성상 더욱 그러하다. 이런 상황에서 정치 세력에 대한 직접적인 비판이 내포되어 있는 작품은 검열의 대상에 오르는 것이 당연하다. 따라서 박조열 희곡에 일관되게 등장하는 정치세력에 대한 불신과 그에 따른 풍자가 고도의 상징과 비유적인 성격을 띠는 것은 이런 상황의 연장선 위에서 만들어진 극적 전략이라고 할 수 있다.[2]

그러나 알레고리가 일상성을 배제하고 작품을 단순한 대립적 구조로 환원시킴으로 해서 구체적 현실을 담아내지 못한다는 한계가 있을 수 있다. 하지만 알레고리의 일상성의 배제는, (단순한 초월화가 아니라) 추상화의 과정 속에서 일상 속의 부르주아 이데올로기를 제거함으로써, 그것에 은폐된 모순의 실상을 충격적으로 제시하는 효과를 지닌다. 알레고리에 의해 나타나는 단순화된 대립구도는 일상 속에서 (이데올로기로 인해) 무의식적으로만 감지되었던 모순의 정체를 선명하게 우리 눈에 보이게 만든다. 또한 알레고리는 현실의 총체적 연관관계를 드러내지는 않지만 이항대립의 억압 구조를 우리의 의식 속에 각인시킴으로써 그 부자연스러운 관계양상이 지양되어야 할 필요를 자각하게 만든다.[3] 이렇듯 알레고리의 자기 인식적 태도를 생각한다면 박조열 희곡이 분단 자체를 문제삼고 있을 뿐이지 분단 모순이 초래하는 각종의 사회 부조리를 폭로하지 않음으로 해서 그의 통일 모티브가 원론적이거나 휴머니즘 취향에 경도된 듯 하거나 혹은 관념적이라는 지적[4]에서 일단 자유로울 수 있을 것 같다.

그런데 알레고리는 모더니즘 문학에서 즐겨 사용하던 형식이다. 리얼리

---

2) 박명진은 "1960년대적 글쓰기적 공간을 전면적 투쟁도 아니고 완전한 굴복도 아닌 '타협적 글쓰기'의 공간"이라고 지적하면서 박조열, 신명순, 윤대성은 "도전도 아닌 순응도 아닌 타협적 글쓰기를 통해 억압된 욕망이라는" <정치적 무의식>을 드러내고 있다고 지적하고 있다.-박명진, 「1960년대 희곡의 정치적 무의식과 알레고리」, 『한국극예술연구 제11집』, 2000, 4 참조
3) 나병철, 『근대성과 근대문학』, 문예출판사, 1995, 227~228쪽.
4) 박명진, 앞의 글, 266쪽.

즘이 전형적 상황에서 전형적 인물을 통해 당대의 구체적 현실을 있는 그대로 객관적으로 반영함으로써 현실 모순을 극복하고자 했다면 모더니즘은 다양한 형식 실험을 통해 사회 모순에 미적으로 대항하고자 했다. 또한 리얼리즘이 당대 사회를 객관적이고도 합리적으로 재현하는 구조적 방법으로 상황에 대한 충분한 배경 설명, 점진적인 사건의 진행과 긴장의 유발 그리고 그럴 듯한 결말을 보여준다. 하지만 모더니즘은 사건이 원인과 결말에 의해 잘 짜여진 채 직선적으로 진행되는 것이 아니라 일탈된 구조를 통해 관객으로 하여금 극적 행위를 낯설게 느껴지도록 한다. 박조열 희곡에서는 줄거리가 이중적이거나 다층적으로 전개되는 방법을 통해 일탈된 구조를 보인다. 이러한 구조적 특성은 알레고리와 함께 당시의 담론을 거부하는 모더니즘적의 형식 실험이자 작가의식의 발현이라 할 수 있다.

이와 더불어 작품 후기에 이르러 기록극과 토론극, 동물의 등장인물화, 동화적 상상력의 활용 등의 다양한 형식 실험을 시도하고 있다. 이 다양한 형식 실험이 분단 이데올로기를 효과적으로 드러내기 위한 작가의 모더니즘적 인식임은 물론이다.

본고는 박조열이 분단과 통일이란 문제 그리고 당대 여러 모순을 어떤 형식으로 작품 속에 제시하고 있으며 또한 그 형식이 가진 특수성을 통해 작가의 세계에 대한 인식이 무엇이지를 살펴보고자 한다.[5] 그런 과정을 통하

---

5) 박조열 희곡에 관한 대표적 연구는 다음과 같다.
　① 김상열, 「박조열 희곡에 나타난 공간적 대립의 성격에 관한 연구」,『반교어문연구』7, 반교어문학회, 1996.
　② 김성회, 「분단현실의 극복과 동화적 세계」,『문화예술』, 1991.
　③ 백로라, 「박조열 희곡의 공간 연구」,숭실대 대학원 석사, 1994, 12.
　④ 오영미, 「이근삼, 박조열 희곡의 희극성 고찰」,『경희어문학』13, 경희대 국어국문학과, 1993, 2.
　⑤ 최상민, 「박조열 희곡의 주제의식 연구」,조선대 대학원 석사 학위, 2000, 8.
　⑥ 이미원, 「박조열 작품론:양식적 실험과 통일에의 집념」,『한국연극학』제5집, 한국연극학회, 1993.
　박조열 희곡 연구는 그의 첫 희곡집 발행(1991)이후 비로소 미약하게나마 이루어지고 있다. 하지만 논문 편수나 연구의 경향, 방법 등이 일정한 작품에만 편중되

여 모더니즘적 희곡 읽기의 가능성을 열어준 박조열 희곡의 의미를 찾아낼 수 있을 것으로 본다. 대상 작품은 <관광지대>(1963), <목이 긴 두 사람의 대화>(1966), <조만식은 지금도 살아있는가>(1976)인데[6], 이 세 작품은 박조열 희곡에서 가장 두드러진 구조적 특징을 보여줄 뿐 아니라 그 중 「관광지대」와 「조만식은 지금도 살아있는가」는 그의 첫 작품과 끝 작품에 해당하면서도 구조의 전이에 따른 일관된 의도를 보여주기 때문이다. 이런 작업을 통하여 작품 활동 후기에 보여준 기록극과 토론극이라는 새로운 형식 실험의 의미까지 짐작해 볼 수 있을 것으로 본다.

Ⅱ 구조의 다중화와 역사의식

연극을 갈등의 연속적 행위라고 했을 때 그것은 아무렇게 나열되는 성질의 것이 아니고 적당한 논리성으로 뒷받침되어야 하기 때문에 인과성과 필연성이 중요하게 된다. 이는 일찍이 아리스토텔레스의 예술의 유기체 이론을 통해 잘 드러나고 있는데, 그는 『시학』에서 비극적 행동의 보편성과 통일성을 강조하면서 감정의 카타르시스를 유발시키는 감정이입을 통한 작중인물과 관객의 일치를 주장했다. 하지만 브레히트는 삶의 실재는 변하기 마련이며, 따라서 예술가는 변화무쌍한 실재를 표현하기 위해서 항상 새로운

어 있어 당대 함께 활동했던 작가와 비교해 볼 때 아직 초보적인 단계임을 짐작할 수 있다.

6) 박조열 희곡집은 지금까지 두 권이 나왔다. 첫 번 째 희곡집은 <학고방>에서 1991년 『오장군의 발톱』이란 이름으로 발행되었으나 곧 절판되었고 그 뒤에 나온 것이 <공간미디어>에서 역시 똑같은 이름으로 출판된 책이다. 먼저의 희곡집은 박조열의 작품 모두가 실려 있고 두 번 째의 것은 장막극만 발췌한 것이 차이가 있다. 이 글에서 분석 텍스트로 삼은 것은 <학고방>에서 발행한 앞서의 책임을 밝혀 둔다. 참고로 박조열 희곡을 소개하면 다음과 같다. 「관광지대」(1963), 「토끼와 포수」(1964), 「모가지가 긴 두 사람의 대화」(1966), 「소식」(1969), 「흰둥이의 방문」(1970), 「오장군의 발톱」(1974), 「가면과 진실」(1975), 「조만식은 지금도 살아 있는가」(1976).

표현방법을 모색하지 않으면 안되기 때문에 시대에 따라 적절한 표현 형식을 모색하는 것은 너무도 당연한 것으로 생각한다. 이는 삶의 실재를 재현하기 위해서는 리얼리즘의 형식만이 절대적인 것이 아니란 점과 시대의 변화에 따라 작가들은 특정한 형식을 통해 그들만의 세계관을 효과적으로 드러냄을 의미한다.[7] 그 점에서 구조는 이미 작가의 의도가 반영된 형식이자 세계관이다.

따라서 박조열 희곡의 비유기적 성격, 곧 구조의 다중화, 특히 몽따쥬식 병치 구조[8]는 아리스토텔레스식의 플롯 개념에서 벗어나 6,70년대라는 특정한 시대 문제를 드러내기 위한 형식이라 보여지고 이 형식은 곧 작가의 세계관을 반영한다.

1. 이중적인 극의 구조와 비판의식 : <관광지대>의 경우

「관광지대」(일명 - 판문점 명도 소송 - , 1963)는 박조열의 데뷔작임과 동시에 분단에 대한 작가의 태도가 잘 드러난 대표작이다. 이 극은 두 개의 구조를 통해 텍스트가 구성되어 있다. 그 하나는 한남북의 가정사에 대한 것이고 나머지는 남파간첩과 월북한 소를 바꾸는 남북 회담에 관한 이야기이다. 그런데 이 두 줄기의 이야기는 이미 전쟁 전후라고 하는 시간적인 차이를 가지고 일어난 일임에도 불구하고 매우 유사한 상황으로 동시적으로 전개되고 있다. 이것을 대비시켜 살펴보면 다음과 같다.

---

7) 김욱동, 「리얼리즘과 도그마」, 『리얼리즘과 그 불만』, 청하, 1989, 218~228쪽 참조.

8) 여기서 말하는 구조의 몽따쥬화란 에이젠쉬쩨인식의 편집 개념이다. 일찍이 그는 편집(montage)의 의미는 두 개의 대조적인 쇼트를 서로 부딪히게 함으로써 관객을 그 두 쇼트의 총합보다 더 크고 각 부분들의 어떤 것과도 다른 개념으로 이끌어 가는 것이라고 했다.(Jack C.Ellis, 변재란 역, 『A History of Film 세계영화사』, 이론과 실천, 1990, 135쪽. 따라서 구조의 몽따쥬화는 두 개 이상의 구조가 병치됨으로써 인식의 확산을 통해 은폐된 이데올로기적 진실을 드러내는 경우를 말한다.

이야기 1) 한남북의 가정사
　① 전쟁 전 판문점은 한남북의 집터이다.
　② 어머니와 아버지는 반찬 때문에 안방과 정지방 사이에 경계선을
　　　그어두고 싸운다.
　③ 두 사람의 싸움은 사흘을 넘기지 못하고 화해한다.

이야기 2) 남북회담
　① 전쟁 후 판문점은 남과 북의 휴전 회의소이다.
　② 남과 북의 대표들은 남파한 간첩과 월북한 소 문제로 서로 싸운다.
　③ 자주 휴회를 선언하다 결국 간첩과 소를 교환하고 회담은 끝난다.

　리얼리즘의 유기적 형식적 구조는 기본적인 갈등이 전제되고 그에 따라 행위가 인과적이면서도 점층적인 상황으로 전개되며 그럴 듯한 결말로 진행되는 전제 과정을 극적 환상이라는 심리적 메카니즘 속에서 관객의 감정에 호소한다. 하지만 「관광지대」는 일련의 행위가 직선적으로 진행되지 않고 두 사건의 겹침을 통해, 판문점은 바로 한남북의 집으로 정치적 군사적 목적에 따라 두 개로 나뉘어진 현실이 매우 불합리하다는 사실과 그에 따라 언젠가 집주인으로서 한남북은 다시 땅의 권리를 찾아야 한다는 점, 또한 남과 북의 정치적 대립과 싸움은 마치 어머니와 아버지의 싸움의 발단이 아무렇지도 않은 상황에서 출발한 것처럼 아무 의미가 없는 소모전임을 말하고 있다. 아울러 어머니 아버지의 싸움이 사흘을 넘기지 못했듯이 남과 북의 대립과 반목 또한 사흘을 넘기지 않고 곧 끝내기를 바라는 작가의 통일에 대한 간절한 염원이 반영되어 있는 것이다.
　그런데 텍스트에서 동시에 진행되는 두 사건의 겹침은 그 제시 방식이 특이하다. 곧 한남북의 가정사 이야기는 무대 전면에 공개되지 않고 은폐되어 진행되는 줄거리로, 남북 회담은 무대 위에 가시화 되어서 시각 청각으로 접촉되어 확실히 장면화되는 행위 줄거리로 제시되어 진행되고 있으며 이 두 줄거리를 연결하는 매개항으로 한남북을 설정해 두고 있다. 뿐만 아니라

한남북은 등장인물과 독자를 매개하는 자로서도 기능한다. 곧 그는 서사적 자아이며 때에 따라 연출적 서사적 자아가 되기도 한다.9)

> 한남북 (무대 뒤에 대고) 아버지, 어머니, 준비됐어요?
> 　　　(무대 뒤에서 어머니와 아버지가 동시에 「그래!」하고 대답을 하
> 　　　는 소리가 들린다.)
> 한남북　　그럼 어머니부터 시작하세요.
> 어머니　　얘, 아버지 진지 듭시라고 해라.
> 한남북　　네, 아버지 진지 듭시랍니다.
> 아버지　　오냐, 반찬은 뭐냐고 물어봐라.
> 한남북　　예, 어머니 반찬은 뭐냐고 물으셔요.
> 어머니　　김치뿐이라고 일러라.
> 한남북　　네, 아버지. 김치뿐이랍니다.
> 아버지　　뭐, 김치뿐이라구!
> 어머니　　그래요, 김치뿐이에요.
> 아버지　　왜 김치뿐이냐.
> 어머니　　몰라서 물어요?
> 아버지　　그렇다.
> 어머니　　등신같으니!
> 아버지　　뭐라구!
> 한남북　　(무대 뒤에 대고) 그만, 그만, 이제 됐어요. (16-17)

　일반적인 경우 무대 위에 직접적으로 구체적으로 눈으로 보고 귀로 들을 수 있는 공개적인 사건이 은폐된 사건에 비해 보다 더 중요한 의미를 가진다. 은폐된 사건은 공개적인 사건이 무대 위에 실연하기 힘든 여러 상황이

---

9) 희곡에서의 줄거리를 무대공간을 기준으로 나눈 유형에 대해서는 민병욱, 『현대 희곡론』, 삼영사, 1997, 76~90쪽을 참조할 것.

나 줄거리를 이해하기 쉽도록 도와주는 극의 정보, 분위기 등을 암시해주거나 보충해 주는 역할을 한다. 호라티우스가 『시학』에서 귀로 듣는 은폐된 사건은 믿음직한 눈으로 본 것이나 관객이 직접 목격한 것보다는 영혼에 깊은 감명을 주지 못한다[10]라고 한 것은 바로 이런 의미에서 이해할 수 있을 것이다.

그런데 <관광지대>의 경우 은폐된 줄거리인 한남북의 가정사의 이야기는 공개된 줄거리인 남북회담의 이야기를 단순히 보조해 주는 역할에만 머무르고 있지 않다. 그것은 공개된 줄거리의 구조와 동일한 구조의 상징적 반복을 통해 독자로 하여금 새로운 의미를 적극적으로 채워 놓도록 하고 있기 때문이다. 다시 말하면 구조의 이중화를 통해서 독자 스스로 당시 남북회담이 가진 가볍고 억지스럽고 유치한 실상을 폭로하고자 하는 것이다. 이러한 몽따쥬적인 구조는 독자로 하여금 작가에 의해 조정되고 계획된 단일한 줄거리를 따라 등장인물의 꼬여진 상황에 동참하거나 혹은 줄거리의 파국이 거행됨에 따라 감동을 느끼는 식의 수동적인 독서를 탈피하도록 한다.[11] 다시 말하면 두 개의 구조가 한쪽으로 종속되지 않은 채 서로가 똑같은 무게와 균형으로 서로의 목소리를 내고 있는 <관광지대>의 구조의 이중성은 독자로 하여금 작가의 구조의지에 수동적으로 함몰되지 않고 무대 위의 사건에 대해 일정한 거리를 유지하도록 한다. 이때의 거리는 분단과 굴절된 통일 정책에 대한 비판적 거리이며, 이는 표면적으로 작가의 정치적 목소리를 내세우지 않으면서도 독자로 하여금 작가의 의도를 여러 가지 방향에서 생각해 보고 독자 스스로의 현실적 판단을 결정해 보게 하는 극적 장치라고 할 수 있다.

그리고 한남북이라고 하는 서사적 자아의 등장은 사실주의극에서 볼 수 있는 의사소통체계에서 일탈함으로써 비판적 거리를 더욱 효과적으로 증대

---

10) 호라티우스, 『시학』, 문예출판사, 1985, 216쪽.
11) 백찬욱, 「로브그리예의 문학세계」,『현대의 문제작』, 문예미학5, 문예미학회, 1999, 6월호.

시키고 있다. 다시 말하면 허구적 세계에 존재하는 내부적 의사소통과 현실적 공간에 존재하는 외부적 의사소통의 이항대립의 경계를 해체하고 서사적 자아를 통해 매개적 의사소통구조를 강조하는 것이다.「관광지대」의 한 남북이 바로 매개적 의사소통 층위에 있는 인물로 허구적 세계와 현실적 세계를 연결하고 있다. 이는 희곡문학의 시·공간적 한계를 뛰어넘는 탈장르의 현상을 보인다는 점에서도 일단 의의가 있지만 무엇보다 연극을 낯설게 보도록 한다는 점에서 앞서 말한 구조의 이중성이 주는 비판적 거리를 더욱 강화시키고 있다.

이처럼 구조의 이중성과 서사적 자아의 궁극적인 기능은 극적 환상의 파괴이다. 일찍이 P. 쏜디(Peter Szondi)는 "극적인 환상은 수용심리학적으로 드라마의 동질성 세계, 다시 말하면 드라마의 절대성을 표현한다. 드라마의 구조가 자체 속에서 구분될 때, 말하자면 인간 상호간의 관계를 가로지르는 어떤 다른 관계가(초개인적인 혹은 개인 내면적인 관계가)성립될 때 이 환상은 파괴된다."[12]고 했다. 극적 환상은 연극보기에서 극적 내용에 동화되어 관객의 주체성 상실을 의미한다면 이 환상의 파괴는 극적 내용에 대한 수용과 비판을 동시적으로 진행시킴으로써 관객 주체의 현실의식을 유지케 하는 것을 말한다. 그렇게 볼 때 올바른 관극 태도는 극적 내용과 일정한 거리를 두고 보는 비판적 태도의 필요성이 강조된다.

사실 근대 사실주의극은 있는 그대로의 현실을 객관적으로 무대 위에 충실히 반영하는 재현의 원리에 바탕을 두고 있다. 실험과 관찰을 중요하게 생각하는 과학적 사고로서 논리와 이성을 기본적인 태도로 갖고 있는 것이다. 논리적이고 합리적인 이성으로써 사회 문제를 통찰하고 그 과정을 무대 위에 재현함으로써 문제를 해결하고자 한다.

그렇지만 이러한 근대 사실주의극은 그 형상화 과정에서 논리와 이성이 기존 이데올로기에 습합된 내용을 띰으로써, 즉 지배자의 논리에 부합되는

---

12) Peter Szondi, 송동준 역,『현대 드라마의 이론』, 탐구당, 1983, 136~137쪽.

내용으로 편향됨으로써 도구적 이성13)의 성격을 띠어 본래의 목적과 취지에서 멀어진 형태를 취하게 되었다. 따라서 사실주의극이 표상하는 극적 내용은 기존 이데올로기가 용인한 현실의 객관적 반영이거나 현실에 대한 부정적 탐색없는 안이한 표출로 머무르고 마는 경향을 띠게 되었다. 따라서 사실주의극의 기법은 기존 이데올로기를 주입시키기 위한 하나의 방식으로 변질되고 그 과정에서 극적 환상은 지배논리를 합리화시키는 도구로써 중요한 의미를 띠게 된 것으로 보인다.

이로 볼 때 <관광지대>의 이중적 극 구조는 지배 이데올로기에 수렴되지 않으려는 역사의식의 발로이며, 60년대라는 시대상황을 염두에 두고 생각할 때 이는 당시 반공이데올로기로 민족의 문제가 굴절되고 사시화되는 것을 비판한 것이라 하겠다.14)

아울러 <관광지대>의 병치된 이중 구조에서 보여지는 모더니즘적 특성은 작품 후기로 넘어갈수록 더욱 다양한 방식으로 나타나, 동물과 인간의 교감(<흰둥이의 방문>, <오장군의 발톱>) 서술적 자아의 적극적인 활용(<소식>), 비현실적인 저승의 공간에서 보여주는 부부간의 갈등(<불임증 부부>), 구체적인 성격과 행위 없이 기다림만을 보여주는 방식으로 확장되기도 한다.(<모가지가 긴 두 사람의 대화>)

---

13) M. 호르크하이머/Th.W. 아도르노, 김유동. 주경식. 이상훈 역, 『계몽의 변증법』, 문예출판사, 1995, 60쪽.

14) 그런데 비교적 박조열의 후기작품이라 할 수 있는 <오장군의 발톱> 1974, 1988 개작)도 구조의 이중화와 서사적 자아를 보인다. 이 작품에 등장하는 서사적 자아는 편집자적 논평으로서 언어를 거부하고 있다는 점이 매우 특이하다. 이는 언어불신으로 당시 제도화된 언어에 대한 거부의 한 형태로 해석할 수 있는 것이다. 남북분단이라는 주제와 관련지어 볼 때 당시 제도적이고 정치적인 언어가 갖는 함의는 이미 반공이데올로기에 오염된 바가 많다고 보았기 때문에 이를 '비껴선' 원시적이고도 주술적인 언어를 통해 당시 분단 민족의 절박한 심리 상태를 표현하고자 했던 것으로 보이는 것이다.

2. 다층적 구조와 인식의 개방-<조만식은 지금도 살아 있는가>

<조만식은 지금도 살아 있는가>(1976)는 민족 지도자인 조만식의 불법 감금의 진상을 파헤치기 위한 극이다. 조만식을 위시하여 김일성, 치스챠코 프, 로마넹코, 최용건, 김책 등 해방직후 북한 공산정권 수립시기의 중요한 인물들을 극 속으로 등장시켜 좌우익 이념의 대립에 부당하게 희생된 조만식을 보여주고 과연 우리 가슴에 조만식은 아직까지 살아있는가 반문하는 것으로 극을 끝맺는다.

박조열의 마지막 작품인 <조만식은 지금도 살아 있는가>는 그의 희곡을 통해 실험되고 시도되어 온 여러 가지 기법들이 잘 드러난 작품이기도 하다. 박조열 희곡의 대표적인 특징 중의 하나가 구조의 몽따쥬적 병치라고 봤을 때, <조만식은 지금도 살아 있는가>는 이런 특징이 가장 잘 드러난 작품이라고 할 수 있다. 왜냐하면 <관광지대>에서 볼 수 있었던 구조의 이중성이 발전하여 여기서는 구조의 다층성 등으로 더욱 복잡하게 얽혀 들어 가는 것을 볼 수 있기 때문이다.

우선 이 극은 작가와 조만식이 조만식의 불법감금을 둘러 싼 진상을 파헤치기 위해 무대 위에 연극 만드는 과정을 보여 준다.

① 작 가   예 선생님에 대한 불법감금의 진상을 파헤치는데 필요
　　　　　한 사람들은 거의 다아 요청되었습니다 <…생 략…> 이제
　　　　　여러분께서는 우리가 왜 이 자리에 모이게 되었는가를 짐작
　　　　　하셨을 겁니다.(269면)
② 작 가   동의합니다. (관객에게) 시간은 우리를 배신자로 만듭니
　　　　　다. 결코 잊어서는 안 될 역사를 잊게 한다는 뜻에서, 제가
　　　　　여러분을 초대한 목적은 이 말을 위해서였습니다.(305면)

①은 연극의 시작 부분이고 ②는 끝 부분 작가의 대사이다. 이 극 전체가

현재를 시점으로 작가와 조만식의 연극 만들기로 이루어져 있는데 이것이 전체 연극을 싸고 있는 포괄극이다. 그리고 현장의 무대를 중심으로 1945년 8월 이후 평양에서 조만식이 불법으로 감금될 때까지의 과정을 보여주고 있는데, 이것이 삽입극이다. 따라서 이 극은 극중의 극 구조를 줄거리 전략으로 선택하고 있다. 궁극적으로 극중의 극은 연극 그 자체를 무대로 환원해서 다시 극화시켜 보는 작업이다. 이러한 관점에서 볼 때 연극의 지시물이 되는 것은 세계가 아니고 연극적 언어 행위이고 극중의 극은 연극에 대한 진술이 된다.15) 이는 포스트모더니즘의 한 특성으로서 메타성, 즉 자기 반영성을 가리키는 것으로 어느 한 문학텍스트가 텍스트 밖에 존재하는 세계를 반영하거나 재현시키는 것이 아니라, 세계를 반영한 텍스트 그 자체를 다시 반영하는 것을 말한다. 이것은 지적인 정신의 극대화로 모더니즘의 전통을 계승한 포스트모더니즘에서 가장 잘 드러나는 특성이라 할 수 있다.16) 그의 작품이 주로 대학극 형식으로 상연되었다는 점도 이를 증명하는 한 예라 할 것이다.

이 극에서 '작가'의 위치나 역할은 매우 비중 있게 설정되어 있다. '작가'는 전체 극의 해설자일 뿐만이 아니라 때에 따라서는 연극을 진행시키는 사회자가 된다. 그는 유일하게 극중의 모든 등장인물들과 대화를 한다. 그리하여 증인석에 앉아있는 포괄극의 관객이기도 한 증인들을 간섭하거나 현재의 시점에서 조만식과 대화하기도 한다. 더 나아가 관객에게 사건의 경위를 설명해 주는 것은 물론이다. 이처럼 포괄극과 삽입극의 경계를 뛰어 넘어, 시간과 공간에 구속됨이 없이 자유롭게 자신의 생각과 의견을 제시할수 있다는 점에서 매우 강화된 서사적 자아다. 그 점에서 극 속에서의 '작가'는 통일에 대한 작가 자신의 이데올로기를 보다 직접적으로 전달하기 위한 인물로 설정되고 있는데 등장인물 중 가장 신뢰할 수 있는 인물이다. 이와 같이 작가가 작품 뒤에서 단순히 창작만 하고 있는 것이 아니라 작품 속

---

15) 신현숙, 『희곡의 구조』, 문학과 지성사, 1990, 281쪽.
16) 김욱동 편, 『포스트모더니즘의 이해』, 문학과 지성사, 1990, 456~457쪽.

에 직접 관여하여 극에 이용된 소재와 매체 또는 문체 등 창작과정에 관한 문제를 관객에게 제시해 준다는 점에서도 메타드라마[17]적 성격을 가진다.[18]

그런데 극중의 극 구조를 통해 드러난 이 극 구조의 이중성은 다시 포괄극과 삽입극이 서로 경계를 해체하여 극을 진행시킨다는 점에서 한층 복잡한 양상으로 드러난다. 곧 증인석에 있는 증인들은 현장의 목격자란 입장으로 삽입극에서 일어난 사건을 간섭하기도 하고 현장에 있는 인물인 조만식은 증인에게 말을 건네기도 한다. 삽입극과 포괄극이 시간적 공간적으로 분명하게 구분되지 않은 채 계속 서로 포개지고 침투되면서 극이 진행되는 복잡한 양상을 보인다. 이는 현재와 과거의 시간해체란 점에서, 전체극의 공간과 삽입극의 공간의 경계를 해체한다는 의미로 봐야 한다.

이런 구조의 다층성은 일차적으로 관객들로 하여금 인식의 혼란을 준다. 무엇이 연극이고 현실인지 혼돈스럽다. 그러나 이것은 브레히트식의 소외효과를 의도한 것으로 역사현실에 대한 재인식과 은폐된 이데올로기의 정체를 추적하고 분석하여 개방된 인식에 이르고자 하는 것이다.

베르톨트 브레히트(1898-1956)는 세계는 고정되어 있고, 주어져 있어서 변화할 수 없으며 극의 기능은 그런 가정에 사로 잡혀 있는 사람들에게 도피적인 오락을 주는 것에 대해 반대하였다. 그는 현실은 인간이 만들어내는 변화하는 불연속적인 과정이며 따라서 인간에 의해 변형될 수 있다고 하였다. 이런 시각에서 볼 때 연극은 사회 현실에 대한 반영이라기보다는 사회현실에 대한 숙고이다. 이때 관객은 완성된 대상의 소비자라기보다는 끝이 열려있는 실천의 노련한 협력자가 된다. 이런 상황에서 연극은 하나의 실험이며 공연효과에 따라 피드백 함으로써 자체의 전제들을 검증한다. 그것은

---

17) 황계정, 『메타드라마』, 연세대학교 출판부, 1992, 73쪽.
18) 아울러 이 극은 흔히 재판극이 그러하듯이 연극의 시작에 현재(1976)의 상황을 먼저 설정해 두고 그 상황의 원인을 과거(1945)의 역사적인 사건을 통해 분석해 본다는 의미에서 이 극은 분석극이기도 하다.

자체로서는 불완전하며 오직 관객의 수용에 의해서만 완성된다.[19]

따라서 작가는 텍스트에서 구조의 다층화를 통해 획일화되고 일방적인 이데올로기보다는 관객의 다양한 관점과 인식을 유도해내고 있는 것으로 볼 수 있다.

이는 발터 벤야민(1892-1940) 이 특별히 문자언어와 비교하여 영상언어의 중요한 특징으로 말한 '정신분산'[20]의 특징을 박조열은 구조의 다층화를 통해 실험하고 있는 셈이다. 이러한 구조의 다층화는 독자들로 하여금 작가의 일방적인 목소리에서 벗어나 작품 속의 주체와 일치시키는 것을 방해함으로써 독자들의 보다 이성적이고 논리적인 인식을 유도하고 있다는 점에서 의의가 있다.

그리고 이러한 구조화의 저변에는 당대 사회적 현실과 결부시켜 보자면 민족의 통일 문제에 대해 진지한 접근 없는 남북한 권력 당사자들에 대한 비판, 더 나아가 이러한 남북한을 대리전으로 하는 미국과 소련의 이데올로기적 허구성에 대한 비판, 더 심각한 문제의 본질로는 고착화된 분단현실을 인정하고 거기에 안주해 살아가는 남북한 민중들의 무관심에 대한 비판이 담겨 있다.

3. 패러디의 구조와 부조리 의식의 전경화 <목이 긴 두 사람의 대화>

<목이 긴 두 사람의 대화>(1966)는 상호텍스트성을 통해 작품의 주제가

---

19) 테리 이글턴, 이경덕 역, 『문학비평』;반영이론과 생산이론, 까치, 1986, 89~92쪽 참조.
20) 발터 벤야민은 영화가 전통적인 예술의 독자나 관객과 가장 대비될 수 있는 것으로 '정신분산'을 통한 반원근법적인 인식을 들었다. 이것은 전통적인 예술방식인 글 속의 문장이 주어와 각 문법요소들간의 선조적 집합을 통해 의미를 만드는데 비해, 영화는 파편적인 수많은 플레임과 컷들을 통해 의미를 생성한다. 그러므로 문자매체는 이야기의 연속성을 통해 독자가 주어에 동화될 때만 독서를 허용하는데 비해 영상언어는 수많은 단절을 제시하여 관객 스스로가 이 단절들을 이어가지 않고는 제대로 된 관람을 불가능하게 만든다.

분명해지는 작품이다. 곧 <목이 긴 두 사람의 대화>는 베케트의 「고도를 기다리며」를 패러디한 텍스트이다.

<고도를 기다리며>(1953)의 중요한 극적 사건은 고도를 기다리는 행위이다. 전통적인 관점에서 볼 때 휴식하거나 잠을 자거나 기다리는 행동들은 연극 행동의 일부가 될 수는 있어도 주제가 될 수 없다.[21] 이런 식의 '기다림'은 갈등을 갖고 있지 않음으로 극적 행위로는 부적절하다. 그런데 「목이 긴 두 사람의 대화」 또한 '기다림'을 중요한 극적 사건으로 끌어들이고 있다. 뿐만 아니라 기다리는 동안 등장인물들은 무의미한 작업을 끊임없이 되풀이하는 점도 비슷한데, 「고도를 기다리며」에서의 '장화 벗기'는 「목이 긴 두 사람의 대화」에서 '끈'과 '사탕'을 호주머니에 옮기기로 치환된다. 뿐만 아니라 두 텍스트는 극적 상황과 극적 행위 외에도 등장인물의 설정, 시간과 공간에 대한 인식 등에서 매우 유사하다.

더 나아가 텍스트의 끝부분 <연출, 연기에 대한 작자의 협조>에서 「목이 긴 두 사람의 대화」의 창작 배경을 잘 알 수 있을 뿐만 아니라 '안전하게'[22] 두 텍스트를 비교해 볼 수 있도록 한다.

> 작품을 쓰기 시작하자마자 자기 회의 때문에 멎어졌었다. 그런 때에 결정적인 구원의 기회를 가질 수 있었다. 우연하게 베케트의 「고도를 기다리며」를 읽게 된 것이다. 그것은 계시며 자기 확인이었다. 「고도를 기다리며」의 처량한 수작들과 기다림이야말로 내가 등장 인물들에게 부여코저 했던 바와 흡사했던 것이다.

원전에 대한 작가의 적극적이고 우호적인 태도가 '구원', '계시', '확인'의 말속에 이미 잘 나타나 있다. <목이 긴 두 사람의 대화>는 원전과 일치에

---

21) 사뮈엘 베케트, 김동룡 역, 『오, 행복한 날들』, 세계사, 1991, 작품 해설 부분.
22) 여기서 '안전하다'는 말은 비교문학 연구에서 사용하는 용어로 두 텍스트 사이에서 영향과 수용의 관계가 보다 분명한 역사적 자료에 바탕에 기대어 비교하는 경우를 두고 '안전한' 비교라고 말한다. -윤호병, 『비교문학』, 민음사, 1994, 113쪽 참조.

가까운 그리고 친밀한 의미에서 패러디가 이루어진 것이다.[23] 그러나 엄밀히 따져보면 <목이 긴 두 사람의 대화>는 원전의 이데올로기적 지향을, 패러디 당시 시대 상황에 맞추어 변형시키고 있다.

그렇다면 이 변형된 사항을 살펴봄으로써 텍스트에 들어있는 작가의 의도를 보다 분명히 알 수 있을 것이다. 이를 등장인물, 시간, 공간의 측면으로 나누어 그 변용 양상을 살펴보도록 한다.

우선 「고도를 기다리며」의 등장인물은 블라디미르, 에스트라공, 럭키, 포조, 소년이며 고도를 기다리는 주체로 블라디미르와 에스트라공이 설정되어 있다. 그들은 기다리는 동안 럭키와 포조를 만나고 막이 끝날 무렵 소년으로부터 고도가 오늘 오지 않는다는 전갈을 받게 된다. 반면 「목이 긴 두 사람의 대화」에서 등장인물은 A, B, C 이다. 대장을 기다리는 주체는 A와 B이고 기다리는 동안 C를 만나게 된다. 대장의 소식을 알려 주는 소년의 등장은 빠져 있다. 여기서 변용이란 측면에서 주목할 인물은 C 이다. C는 럭키와 포조에 해당되는 인물이다.

> 포조와 럭키 등장. 포조는 럭키의 목둘레를 감은 줄로 럭키를 끌고 온다. 그래서 럭키가 먼저 들어오고 이어 긴 줄이 보이는데 그 줄이 하도 길어서 럭키가 무대 중간까지 와서야 비로소 포조가 모습을 드러낸다. 럭키는 무거운 가방과 접는 걸상과 소품 바구니와 큼직한 외투를 매고 있다. 포조는 채찍을 갖고 있다. (39쪽)[24]

---

23) 패러디의 어원학적 뿌리는 '대응노래'를 뜻하는 희랍어 명사인 'paradia'에서 왔다. 이 때 접두사인 'para' 는 두 개의 의미를 지니는데, 그 중 하나만이 통상 언급되며 그 의미는 '대응하는(counter)' 혹은 '반하는(against)' 이다. 그리하여 패러디는 텍스트 간의 대비나 대조라는 의미를 갖게 된다. 그러나 희랍어에서 'para' 는 '이외에'라는 뜻도 있기 때문에 대조가 아닌 일치와 친밀성의 의미도 있다. 그렇다면 패러디는 그 아이러닉한 '초문맥성'과 '전도'에 있어서 차이를 가진 반복이라 할 수 있다. 린다 허천, 김상구, 윤여복 역, 『패로디 이론』, 문예출판사, 1992, 55쪽.

24) 사뮈엘 베케트, 이동룡 역, 「고도를 기다리며」,『오, 행복한 날들』, 세계사, 1991에 수록된 것을 대상 텍스트로 삼음.

포조와 럭키의 첫 등장 장면이다. 그런데 포조와 럭키는 긴 줄로 서로 묶여져 항상 함께 붙어 다닌다. 이러한 기형적인 상황은 1막과 2막 전체를 통해 계속된다. 그들은 둘씩 짝을 지어 하나의 유형을 만들고 있을 뿐만이 아니라, 인격체로서의 인간 해체를 보이며 따라서 수동적인 하나의 오브제로 기능하고 있다.[25] 오브제의 등장인물은 구체적인 갈등을 갖지 못한다. 갈등이 만들어 내는 긴장과 대립의 힘이 없기 때문에 극의 행위는 밀도 있게 결론을 향해 나아가지 못한다. 이렇듯 전통적인 의미의 등장인물을 해체시킴으로써 인간의 근원적인 고독과 소외를 둘러싼 철학적 사유를 보여주고 있다.

> 두 사람은 차려 자세로 한곳-무대 뒤쪽을 주목한다. 무대 뒤쪽에서 C가 나타난다. C, 경계선을 가랑이에 타고 이리저리 땅바닥을 살피며 나타난다. 마치 땅에 떨어진 동전이라도 찾듯이. C가 남자인지 여자인지는 전연 짐작할 수 없다. 라고 하는 것은 C의 복장이 상반신은 여자의 차림이고 하반신은 남자의 차림-아니면 그 반대-이기 때문이다. (115~116쪽)

우선 '럭키'와 '포조'에서 보인 기형적이고 수동적인 인물 설정이 <목이 긴 두 사람의 대화>의 C 의 모습에서도 발견된다. <고도를 기다리며>에서 '럭키'와 '포조'를 통해 나뉘어진 인격 분열이 <목이 긴 두 사람의 대화>에서 'C'의 상반신과 하반신의 이질적인 모습을 통해 일어나고 있으며, 'C'가 경계선을 가랑이 사이에 낀 채 땅바닥을 살피며 등장하고 있다. 또한 'C'는

---

25) 신현숙은 <고도를 기다리며>에 등장하는 인물의 중요한 특징으로 짝을 이루어 등장하는 인물을 들었다. 곧, 블라디미르/에스트라공, 럭키/포조가 그러하며 소년과 대화하는 자는 항상 블라디미르라는 점에서 다시 블라디미르/소년이 짝을 이룬다. 이런 상황을 신현숙은 '등장인물의 수동화'라고 했다. 이것은 인격체로서의 인물의 붕괴, 쌍을 이루지 않고는 존립할 수 없는 불완전한 인물, 더욱이 유형화되어 감으로써 복수적, 대중적 형상소가 될 뿐 개인성을 상실해 가는 점 등을 말함이다. 「베케트 연극의 극적 구조」, 『사무엘 베케트 희곡전집 ②』, 이원기 외 역, 예니, 1991.

몇 십 년을 앉지 못했기 때문에 오히려 서 있어야 피곤을 지탱할 수 있다는 이유로 의자에 앉을 수조차 없다.

여기서 '럭키'와 '포조'가 'C' 한 몸으로 설정되어 있다는 점, 상반신과 하반신의 모습이 다름으로 인한 불안전한 인격, 경계선을 가랑이에 끼고 앉지도 서 있기도 불편한 어중간한 상황 등에서 등장인물 'C'를 통해 드러내려는 작가의식을 엿볼 수 있다. 곧 이는 국토의 분단과 그에 따른 모순, 그리고 어중간한 정치적 상황에 대한 상징이라고 할 수 있다.

따라서 논리와 의식과 질서에 대한 해체를 통해 실존적 인간 사유 방식의 한 자락을 드러내 보이고자 했던 원전이 「목이 긴 두 사람의 대화」에서 보다 역사적이고 정치적인 문맥으로 변용되고 있음을 알 수 있다. 무엇보다 'C'를 역사적 상황에서 살펴볼 수 있는 가장 구체적인 이유는 바로 '경계선'으로 드러난 작가의 공간 인식 때문이다.

> 반복하거니와 지명, 인명은 분명하지가 않다. 황량한 벌판이다. 이 벌판 가운데를 낮고 꾸불꾸불한, 흡사 철조망 같은 경계책이 끝없이 피곤하게 뻗어 있다. 멀리 보이는 앙상한 마른 나무들. 이 덩그러니 빈 들판 위를 줄곧 바람이 불고 있다. 빛을 가리는 회색의 구름과 공기. 황량하고 쓸쓸한 세계. 기이하게도 경계책을 사이에 두고 어울리지 않게 크고 위엄만 부리는 의자가 두 개 놓여 있다. 연극적인 순서에 따르자면 우리는 조명의 안내에 따라 먼저 두 개의 빈 의자와 경계책의 일부만을 보게 된다. 조명이 확대되면서 비로소 이미 설명한 바 있는 벌판의 정경이 드러난다.(108쪽)

<목이 긴 두 사람의 대화>의 첫 장면이다. 극작가가 관객에게 사건발달의 상황을 어떻게 주지시키느냐 하는 점 때문에 희곡의 첫 장면은 중요하다. 바로 이 서막에서 관객은 처음으로 극적 긴장감을 유발하게 되기 때문이다.26) <목이 긴 두 사람의 대화>의 경우는 '경계책'을 사이에 두고 놓여

---

26) 볼프강 카이저, 김윤섭 역, 『언어예술작품론』, 시인사, 1988, 308쪽.

있는 '두 개의 빈 의자'를 목격하는 것으로서 연극은 시작된다. 이 때 조명은 대상을 초점화 시키거나 강조하는 역할은 물론, 극적 긴장감을 더욱 고조시키는 역할을 한다. 또한 작가가 경계책과 두 개의 빈 의자를 먼저 강조한 후 남은 배경을 펼쳐 보여 주는 극의 전개를 통해 작가의 관심이 어디에 놓여 있는가를 알 수 있기 때문에 그 어떤 장면보다 작가 의식이 잘 드러나 있다고 할 수 있다. 첫 장면에 드러난 경계책과 두 개의 빈 의자는 연극이 진행되는 동안 전체극의 중심 이미지가 된다.

이것은 <고도를 기다리며>의 첫 장면이 "시골길, 한 그루의 나무, 저녁"으로 간단히 설정되어 있는 것과는 대조적이다. 베케트는 등장인물의 대사를 통해서 공간의 특성을 제시함으로써 관객에게 공간구성의 자율성[27]을 부여하고 있는 반면, 박조열은 전체 극의 목표와 방향을 미리 극의 발단에 제시함으로써 작가의 분단과 통일에 대한 이데올로기가 보다 구체적인 힘을 유지한 채 진행될 수 있도록 한다.

또한 극적 시간 인식의 변용된 부분을 보면,

    A　무슨 뜻이지?
    B　우리가 첨 만난 날은 언젠가?
    A　아아, 언제부터 기다리기 시작했는가?
    …중략…
    B　몰라? 그…여름, 어느 날, 정오…태양이 세 배나 커졌던,
    A　오오.(살아나는 기억. 갑자기 고함)만세에, 만세에, 만세에.(세 번을)
    B　(A를 쳐다보다가) 만세에! 만세에 !(두 번을)
    C　(AB를 번갈아 보다가 침울하게) 만세.(한번만) 내가 고향을 잃은
      날.(117~118쪽)

<목이 긴 두 사람의 대화>에서 두 사람은 태양이 세 배나 커 보였던 어느 날 이후부터 오늘까지 계속해서 대장을 기다리고 있음은, <고도를 기다

---

27) 신현숙, 앞의 글, 179쪽.

리며>의 블라디미르와 에스트라공이 '우리가 이렇게 늘 같이 있은 적은 아마 오십 년은 될 것'이라는 것처럼 비논리적이다.

　하지만 언제 끝날지도 모른 채 끊임없이 기다리기만 해야 하는 오늘은 아주 막연한 시간이지만 기다리기 시작했던 날이, "태양이 세 배나 커져 보였던" 그래서 '만세'를 불렀던 때이며 '내가 고향을 잃은 날'이라는 점에서 원전과 상당한 차이를 보인다.

　박조열과 베케트는 전통적 글쓰기에 회의하고 새로운 형식으로 작가의식을 드러내고자 했던 점은 유사하다. 하지만 인간을 둘러싸고 있는 혼돈, 부조리, 모순, 고독 등을 비전통적 연극 형태로 꾸준히 실험해 온 베케트의 연극이, 인간의 근원적인 조건을 주제로 다룬 '존재의 연극'인데 비해 박조열은 분단과 통일 이데올로기를 보다 효율적으로 드러내는 전략으로 비사실적인 인물설정과 추상적인 시간과 공간을 설정해 두고 이것이 실제 공연에서 관객의 구체적인 상황인식으로 치환될 것을 겨냥한 정치적 우화극이란 점이 다르다.

　관객은 <고도를 기다리며>와 <목이 긴 두 사람의 대화>를 초문맥화하는 과정을 통해 한반도에서 정작 기다려야 하는 '고도'는 누구인가를 '대장'이라는 인물을 통해 생각해 볼 수 있는 것이다. 때로는 한 몸이지만 두 개의 각기 다른 성을 가지고 있는 C에서, 경계책을 사이에 두고 서 있는 A와 B의 모습에서 정말 우리가 기다려야 하는 대장이 누군인가를 생각해 볼 수 있는 것이다.

　박조열은 분단과 통일 이데올로기를 자신의 기득권을 유지하기 위한 수단으로 편파적으로 사용하는 세력에 맞서 자신의 주체적인 목소리를 드러내는 방법으로 <고도를 기다리며>의 구조를 패러디했다. 하지만 <고도를 기다리며>에 녹아 있는 존재의 부조리함과 절대 고독이라는 철학적 사유가 등장인물, 시간과 공간의 구체적 인식을 통해 역사적이고 민족적인 사유로 전환하게 된다. 이 과정에서 작가의 목소리가 보다 직접적으로 드러나게 되고, 기다리는 대상인 대장의 의미가 보다 분명해진다.

Ⅲ. 모더니즘 희곡 읽기의 가능성

　박조열은 분단이란 주제로 일관되게 작품을 창작한 작가이다. 1960년대 이후 이근삼, 윤대성, 오태석의 작품 출발이 말해주듯, 박조열 또한 현실의 모순을 모더니즘적 세계 인식의 방법으로 파악하고자 했다. 예로 알레고리적 작품 구조를 들 수 있다. 알레고리는 일상적인 현실을 구체적으로 드러내지 않는다. 하지만 선명히 부각되는 이항대립의 구도 속에서 지배 이데올로기에 종속되어 있는 현실 문제와 허위 의식을 폭로한다. 곧 알레고리는 형식 그 자체로 현실 문제를 인식하도록 유도한다. 특히 알레고리는 검열에 보다 자유로울 수 있는 극적 장치가 된다. 이는 공적 장소에서 관객과의 만남을 통해 비로소 그 존재를 확인하는 희곡문학의 경우 더욱 절실한 문제이다.

　또한 다양한 형식 실험 시도를 통해 당대의 모순과 부조리를 담아내고 있는데, 그 중 구조의 다중성은 첫 작품 「관광지대」에서 마지막 작품 「조만식은 지금도 살아 있는가」에 이르는 동안 잘 드러난다. 아리스토텔레스의 유기적 구조에 반하는 이 구조는 현실 문제를 낯설게 보도록 유도한다. 현실 문제를 이성적 태도와 문제 해결을 위한 여러 가지 관점을 제시함으로써 모순에 대항하고자 한다. <가면과 진실>(1976)로 대표되는 토론극은 문제의 원인과 해결에 관객의 이성적인 판단을 적극적으로 극 속으로 개입시키는 토론 형식을 취하고 있다. 이는 구조의 다중화가 가진 효과가 극대화된 경우로 생각해 볼 수 있다.

　구조에 대한 탐색은 바로 특정한 역사 사회적 조건에 대응하는 작가 의도와 이데올로기적 인식을 살피는 것으로 볼 때, 박조열은 구조의 다중화를 통해 주제를 보다 효율적으로 전달하고자 한 것이다. 곧 그는 다중적 극 구조를 통해 관객으로 하여금 당대의 정치적 부조리와 고착화된 분단 의식에 대한 비판을 유도하고 있다. 또한 <목이 긴 두 사람의 대화>에서 보이는 패러디 구조 또한 두 개 이상의 구조를 겹쳐 놓은 구조란 점에서 구조의 다중성의 연장으로 볼 수 있다.

한편 관광지대와 조만식은 지금도 살아 있는가에 등장하는 서술적 자아는 등장인물과 독자를 매개하는 자아로 등장하기도 하고 더 나아가서는 전체 연극을 이끌어 나가는 진행자로서의 기능을 함께 한다. 서술적 자아의 등장은 연극이 서사적 형태로 전환되는 모습으로 병치 구조를 통해 얻어내고자 했던 독자의 비판적 태도를 더욱 극대화시킬 수 있도록 한다.

본 연구는 박조열 희곡을 구조의 다중성과 그러한 구조를 통해 드러나는 작가 의식을 중심으로 살펴보았다. 앞으로 박조열 희곡에 나타난 동화적 세계, 비판 의식의 과잉에 따른 기록극 형식의 탄생 등에 대해 살펴보면서 1960년대 이후 현재에 이르는 그의 작가적 위치를 평가하는 일이 남았다. 이 문제는 앞으로 과제로 남기겠다.

최근 들어 박조열 희곡 연구에 대한 관심이 더욱 증폭되고 있는 가운데 그의 연극 세계에 대한 조망이 박조열 연극제를 통해 더욱 진지하게 고찰되고 있다는 점은 참으로 반가운 일이다. 한국 현대 희곡사에서 이근삼 등과 함께 모더니즘 희곡의 서막을 열었던 그의 희곡에 대한 보다 다각적이고 심층적인 연구가 더욱 활발하게 이루어지기를 기대한다.

◆ 참고문헌 ◆

· 박조열 희곡 연구 논문
김상열, 「박조열 희곡에 나타난 공간적 대립의 성격에 관한 연구」, 『반교어문연구』 7, 반교어문학회, 1991.
김성희, 「분단 현실과 동화적 세계」, 『문화예술』, 1991.
박명진, 「1960년대 희곡의 정치적 무의식과 알레고리」, 『한국극예술연구』제11집, 한국극예술연구학회, 2000. 4.
백로라. 『박조열 희곡의 공간 연구』. 숭실대 대학원 석사학위 논문, 1994.

오영미, 「이근삼, 박조열 희곡의 희극성 고찰」, 『경희어문학』13, 경희대국어국문학
　　과, 1993. 2.
이미원, 「박조열 작품론 : 양식적 실험과 통일에의 집념」, 『한국연극학』제5집, 한국
　　연극학회, 1994.
최상민. 『박조열 희곡의 주제 의식 연구』, 조선대 대학원 석사학위 논문, 2000.

· 일반 참고 문헌

Peter Szondi, 송동준 역, 『현대드라마의 이론』, 탐구당, 1983.
김욱동, 「리얼리즘과 도그마」, 『리얼리즘과 그 불만』, 청하, 1989.
나병철, 『근대성과 근대문학』, 문예출판사, 1995.
린다 허천, 김상구, 윤여복 역, 『패러디 이론』, 문예출판사, 1992.
볼프강 카이저, 『언어예술작품론』, 시인사, 1988.
민병욱, 『현대희곡론』, 삼영사, 1997.
백찬욱, 「로브그리예의 문학세계」, 『현대의 문제작』, 문예미학회, 1999, 6월호.
심현숙, 『희곡의 구조』, 문학과 지성사, 1990.
호라티우스, 『시학』, 문예출판사, 1985.
황계정, 『메타드라마』, 연세대학교 출판부, 1992.

박조열 희곡의 주제의식 연구

최 상 민

차 례

Ⅰ. 서 론

본고는 박조열의 희곡작품을 주제의식의 측면에서 고찰함으로써 문학 형식으로서의 그것이 갖는 의미의 실상을 규명해 보려는 데 그 목적이 있다. 사르트르는 작가의 임무에 대해 언급하면서 세계와 사람을 다른 사람에게 폭로[1]하는 것이라 규정하고 있는데, 이는 본고에서 주목하고자 하는 '작가의식' 혹은 '주제의식'이라는 측면을 강조하고 있는 것이라고 생각된다. 연극의 경우 역시 마찬가지이다. 연극은 단순한 구경거리에 불과한 것이 아니라 대사회적 책무 같은 것이 있다. 만일 '연극

---

1) 사르트르, 김붕구 역, 「작품을 쓴다는 것은 무엇인가」, 김현·김주연 편 『문학이란 무엇인가』, 문학과 지성사, 1982, 51쪽.

이 사회에 보다 나은 모델을 제공하는 역할을 하지 않는다면 가치 없는'[2] 것이 될 것이므로, 희곡 작가의 현실인식과 주제의식은 소중한 의미를 갖는 것이다. 본고가 희곡 텍스트에 대한 기호학적 접근이나 표현방식상의 특징, 비교문학적 영향관계[3] 등에 주목하기보다는 작가정신의 측면에서 그가 다루고자하는 주제의식에 집중하는 所以가 바로 여기에 있다.

본고는 1991년 學古房에서 출간된 『박조열 희곡집-오장군의 발톱』에 실린 희곡을 분석의 대상으로 삼았다. 또 이를 다시 (1) 통일 염원의 표출, (2) 집단권력의 고발, (3) 모성으로의 회귀와 휴머니즘 등으로 나눠 고찰하려 한다. 이러한 분류 방식은 일찍이 김성희[4]에 의해서 시도된 바 있는데, 이는 매우 유용한 준거 틀을 제공하고 있는 것으로 판단된다. 사실 그 동안 박조열의 주제의식이 마치 통일문제가 전부인 양 인식[5] 되는 경향이 있기도 했는데, 이는 선행연구자의 단선적 시각 때문이거나, 그의 작품 중 일부만을 논의의 대상으로 삼는 등의 문제가 있었기

---

2) 김희원, 「공연은 사라져도 텍스트는 남는다-이강백 인터뷰」, 『한국연극』, 1998. 5, 7쪽.

3) 박조열 희곡에 대한 ① 기호학적 접근을 시도한 연구 성과로는 백로라의 「박조열 희곡의 공간 연구」(1994)나 김상열의 「박조열 희곡에 나타난 공간적 대립의 성격에 관한 연구」(1996), 김영희의 「박조열 희곡 연구」(1999) 등이 있으며, ② 표현방식상의 특징에 주목한 연구 성과로는 김성희의 「분단현실의 극복과 동화적 세계」(1994), 오영미의 「이근삼·박조열 희곡의 희극성 고찰」(1993) ③ 비교문학적 영향관계-주로 <목이 긴 두사람의 대화>에 집중되고 있다-에 주목한 것으로 정우숙의 「박조열의 <목이 긴 두사람의 대화>연구」(1992)등이 대표적이다.

4) 김성희, 「분단현실의 극복과 동화적 세계-박조열론」, 『연극의 사회학·희곡의 해석학』, (문예마당. 1991), 501쪽. 이에 따르면, 첫째, 분단현실과 통일문제를 다룬 작품으로 <관광지대> <목이 긴 두 사람의 대화> <조만식은 아직 살아있는가> <가면과 진실>, 둘째, 남녀간의 사랑이나 따뜻한 인간애는 경쾌한 희곡으로 그린 작품으로 <토끼와 포수>, <소식>, 셋째 우화적 상징적으로 비인간화의 강압적 시대 현실을 그린 작품으로 <오장군의 발톱> <휜둥이의 방문>등을 지적하고 있다.

5) 이런 저간의 견해는 그의 직접적인 언급을 통해서도 확인되는 바이다. 박조열은 자신의 희곡집 『오장군의 발톱』 꼬리말을 통해서 자신의 작품에 대해 '어쩌면 이다지도 남북분단에만 집착했을까'라고 자기연민조의 탄식을 발하고 있다.

때문이다.

그러나 박조열의 작품세계에 나타나는 현실인식이나 주제의식, 혹은 작가정신의 면모는 그리 간단치 않아 보인다. 물론 작가 스스로 "작품을 쓸 때마다 으레 몇 번씩 「북녘 땅에 두고 온」어머니를 생각하는 버릇이 있다"[6]거나, "나의 작품의 거의 모두가 생사조차 알 길이 없는 북쪽 땅의 나의 혈육과 고향 산천을 향한 정념의 소산"[7]이라고 고백하고 있긴 하다. 그러나 가령 <토끼와 포수>의 어디에도 그런 '분단현실'의 측면을 다룬 부분이라고 읽을 수 있는 부분은 없다. 아마 혹자는 무대 중앙을 가로지르는 '줄' 따위의 경계선 모티프에 주목하려들 것이다. 하지만 경계선 모티프가 있다고 해서 그것을 모두 분단현실에 연결하려 한다면 이것이야말로 넌센스에 불과한 것이다.

박조열의 작품은 선행 연구자들의 시각처럼 적어도 그 주제의식의 측면에서 볼 때 단순히 '분단문제'나 '통일염원'에만 집중된 것은 아니다. 실제로 그의 작품들은 1960년대 극계의 사실주의 일변도의 풍토에서 벗어나 다양한 극작술의 실험을 통한 집단권력의 비인간성과 폭력성을 고발하거나, 모성으로의 회귀를 통한 휴머니즘의 세계로까지 확대되어 있다고 판단된다. 그의 방송극 가운데는 예의 분단 문제를 다룬 <휴전선과 비둘기>나, <핀란디아의 아들> <총독 돌아오다>와 같은 해방 이후 단절된 역사의식을 일깨우기 위한 작품이 있는가 하면, 현대사회의 부조리·부패 등 현대인의 정신적 병리현상을 다룬 <외출> <구름 속의 산책>, 작가 특유의 냉소가 가미되긴 하였지만 중년부부의 미묘한 애정 심리를 통해 인간의 문제를 다룬 <목석> 등의 작품이 있어, '분단문제에(만) 집착한 작가'라는 평가를 다시 한 번 진지하게 검토하게 한다.

따라서 본고에서는 박조열의 희곡작품에 나타난 현실인식과 주제의식의 단면들을 분석 정리하고, 그 결과를 바탕으로 그의 희곡사적 위상

---

6) 박조열, 「꼬리말」, 『박조열 희곡집-오장군의 발톱』, 학고방, 1991, 353쪽.
7) 같은 책, 353쪽.

을 정립하고자 한다. 이를 위해 기존의 연구성과를 긍정적으로 수용하면서, 분단문제에 이은 그의 또 다른 주제인 현대사회의 비인간성에 대한 작가정신의 단면들과 휴머니즘에 입각한 따뜻한 인간애의 모색, 일상적인 삶에서 누릴 수 있는 평온함, 모성으로의 회귀 등을 구체적으로 확인해 보고자 한다.

Ⅱ. 박조열 희곡의 주제의식 연구

1. 추상화된 통일 염원의 표출

박조열의 희곡에서 통일 염원을 표출한 작품으로는 <관광지대> <조만식은 아직도 살아 있는가?> <목이 긴 두 사람의 대화>등이 있다. <관광지대>는 분단현실을 희극적으로 다룬 단막극이며, <조만식은 …>은 분단원인에 대한 작가의 시각을 연극적 브리핑이라는 형식으로 제시한 작품이다. 이 중 가장 관심을 끄는 작품은 <목이…>이다. 특히 이는 박조열의 세 번째 작품으로 추상적 알레고리가 잘 드러나는 단막극이다. 처녀작 <관광지대>가 공안당국의 시달림을 초래한 때문에 정치·사회적으로 민감한 주제에 대해 우회할 방법을 모색한 것이다.

그럼에도 불구하고 그는 남북분단문제와 통일에의 열망을 완전히 잠재우기 어려웠던 것 같다. 이에 대해 박조열은 '궁여지책'이었음을 고백하고 있지만 그 구체적 방법을 모색하는 일은 쉽지 않았던 듯하다.

1965년말 경부터 거의 일년간에 걸쳐서 수백 매의 파지를 내면서 쓴 가장 고생한 작품이다. 자주 몇 주간씩 팽개쳤다가 다시 쓰곤 했는데, 처음 몇 달간은 '이것이 과연 연극으로 성립될 수 있을까?' 하는 자기 회의를 물리치기 어려웠다. 견디다 못한 나는 여석기 선생에게 반쯤 써 내려간 원고를 들고 찾아갔다. 여선생께서는 '성립될 수 있을 것'이라는

간단한 코멘트를 하시고는 일본어판 현대 프랑스 희곡집을 건네주시면
서 나로서는 처음 듣는 한 작가의 작품을 읽어 보라 하셨다. 베케트의
'고도를 기다리며' 였다. ……비로소, 그때까지는 무의식적으로 시도되
고 있었던 나의 방법에 대해 가능성을 자각할 수 있었고, 그 후부터 비
교적 쉽게 진척되었다.[8]

    <목이 긴 두 사람의 대화>가 어떤 과정에 의해 그 방법적 시사점을
얻고 창작되었나를 밝히고 있는 위의 글은 이 작품이 희곡만으로는 감
지되기 어렵게 일부러 추상화시킨 것이었음을 증언하고 있다. <목이 긴
두 사람의 대화>는 1967년 극단 '탈'에 의해 드라마 센터에서 초연되었
는데 작가 스스로는 '자작희곡 공연 무대 가운데선 가장 나를 감동시킨
무대였다'[9]고 한다. 아마 이는 희곡에서는 죽어 있는 '의미'들이 살아있
는 '연기와 연출'[10]을 만나면서 구상화에 성공한 때문일 터이다.

    여하튼 <목이 긴 두 사람의 대화>는 '황량한 벌 한가운데에서 낮고
꾸불꾸불한, 흡사 철조망 같은 경계책이 끝없이 피곤하게 뻗어 있는' 공
간에서 그 경계책을 사이에 두고 마주 선 A와 B라는 두 사내가 별 의미
없는 수작과 동작을 계속하면서 하염없이 대장을 기다리고 있는 것이
주 내용이다. 작품이 지니고 있는 이러한 추상적이며 애매모호한 메시
지에 대해 작가는 작품이 최초 발표된 1966년으로부터 무려 25년이 지
난 다음 간행된 자신의 희곡집에서 다음과 같은 보충 설명을 덧붙이고
있다.

    연출·연기에 대한 작가의 협조-그 동안 작품의 무대화를 보고 작가로
    서 몇 가지 노트하는 것이 연출과 연기에 도움이 될 것이라는 생각을
    가지게 되었다.

---

8) 같은 책.
9) 같은 책, 356쪽.
10) 이 작품은 1967년 5월 18일에서 20일까지 극단 '탈'에 의해 공연되었다. 오군자,
  「1960년대의 한국연극」, 서울대 교육대학원 석사학위 논문, 1971.

1. 이 작품의 내용과 형식은 통일문제가 타부시되었던 시기에 그 벽을 뚫는 방법을 모색한 결과임을 이제 와서 밝혀야겠다. 따라서 모호성이나 추상성은 의도적이었고 불가피하였다.

2. 이 작품을 쓰기 시작하자마자 자기회의 때문에 멎어졌었다. 그런 때에 결정적인 구원의 기회를 가질 수 있었다. <고도를 기다리며>의 처량한 수작(酬酌)들과 기다림이야말로 내가 등장인물에게 부여코자 했던 바와 흡사했던 것이다.

3. 나는 내 속의 '구체적인 것'을 현실의 벽을 뚫기 위해 추상화하고, 그것이 무대 위에서 다시 '구체적으로 나타날 것'을 기대하는 방법을 썼다. 예컨대 1945년 8월 15일 정오는 나에게 있어서 태양이 세 배나 커 보였던 기억으로 생생하게 남아 있다. 그날은 국토분단의 시작이기도 했다. 그 후 나는(많은 동포들과 함께)고향을 잃었다.

4. '대장'이라는 표현은 처음부터 불만이었다. 그 후 '대장'은 '주인', '왕초' 또는 '두목'으로 바꾸는 것이 효과적일 거라는 조언을 들었다. 그 의견에 동의한다.

<목이 긴 두 사람의 대화>

다분히 사후 변명조의 혐의가 짙은 이 발언은 작가 박조열의 의식세계가 현실의 벽 앞에 얼마나 쉽게 위축되고 있는지를 잘 보여주는 것이다. 사실 예술에 대한 검열에서 본질적으로 문제시되는 것은 그것이 타자에 의해 '강제적'으로 수행될 때보다 오히려 자신(혹은, 동류 집단)에 의해 '자율적'으로 이루어질 때 보다 큰 악영향을 초래하게 된다. 예술작품에 대한 검열이란 궁극적으로 '표현의 자유와 창작활동의 자율성'을 심각하게 저해하는 것이다. 이는 예술의 진정한 창의적 발전을 저해하는 것이기 때문이다.[11] 박조열의 현실적 장벽에 대한 위축과 '우회하기'는 결국 자신이 지니고 있던 주제의식, 작가정신의 위축과 현실타협의 산물이라고 볼 수 있다. 이는 에슬린(M.Esslin)의 "극작가는 보통 그 사회의 진보적이고 개방적인 계층에 속하기 때문에 연극은 지배권력의

---

11) 한상철, 「연극 검열에 대해」, 『한국 연극의 쟁점과 반성』, 현대미학사. 1992, 169쪽.

통제와 검열에도 불구하고 기존의 사회 질서를 변화시키고 현상을 타파하려는 기도를 포기하지 않는다"[12]는 주장에서 볼 때, 이는 작가 정신의 치열함이 부족하다는 평을 받을 수도 있다. 특히 정지창의 다음과 같은 지적은 귀담아 들을 필요가 있다.

> 어쨌든 그에게는 현실의 벽이 유난히도 높고 두껍게 느껴졌다는 것을 인정한다고 해도, <고도를 기다리며>를 읽고 그와 비슷한 형식과 기법으로 통일문제를 다른 작품을 쓸 수 있는 '계시'와 '자기확인'을 얻었다는 것은 문제가 아닐 수 없다. 보통 양식을 가진 작가라면 자신의 절실한 문제를 남이 이미 발표한 작품의 형식과 스타일을 그대로 흉내내어 표현하려고는 하지 않을 것이기 때문이다. 그러기는커녕 오히려 남의 작품이 자신의 작품과 비슷하다는 데서 '계시'와 자신을 얻었다는 것은 그것이 전위적이고 새로운 서구 작가의 작품이므로 그 형식과 스타일을 모방하거나 우연히 그것과 비슷하게 되는 것은 조금도 부끄러운 일이 아니고 오히려 자랑스럽게 내세울 만한 일이라는 생각을 바탕에 깔고 있는 것이다.[13]

위의 지적은 박조열의 희곡이 지닌 모더니즘적 기법이 탈역사적이며 주체의식을 망각한 처사라는 혹평이다. 특히 동시대 다른 장르의 작가들, 예컨대 시·소설[14] 장르에서 보여준 그들의 작가정신과 견주어 볼 때 그의 작품은 작가정신의 치열함이 결여되어 있다는 것이다. 한 예로, 우의와 상징 면에서 <목이 긴 두 사람의 대화>에 못지않는 남정현의 소설 <분지>는 당시 사회현실을 다루는 데 있어 결코 모호하거나 애매

---

12) 한상철, 「연극의 사회적 역할과 책임」, 앞의., 317쪽에서 재인용.
13) 정지창, 「모더니즘 연극의 수용과 극복」, 『서사극·마당극·민족극』, 창작과 비평사, 1989, 65쪽.
14) "분단과 통일 문제를 정공법으로 다룬 최인훈의 <광장>이 60년에 이미 발표되었던 점을 생각하면 그의 변명은 설득력이 없어진다. 또 같은 해에 신동엽 시인은 '껍데기는 가라'고 당당하고 구체적으로 통일 염원을 절규했던 것이다." 정지창, 앞의 책, 65쪽.

한 태도를 취하지 않는다.

한편 이러한 박조열의 애매하고 모호한 알레고리의 설정은, 그의 작품이 분단이나 통일 문제를 다루었다기보다 '부조리한 실존 상황' 그 자체에 초점이 맞춰진 것이라는 해석을 낳고 있기도 하다.[15] 작품이 표면적 상황을 벗겨내고 뒤에 감춰진 주제에 효과적으로 도달하기 위해선 알레고리에 대한 적절한 힌트가 주어져야 함[16]에도 불구하고 그렇지 못함으로써 작가의 의도를 충분히 살려내지 못했다는 지적이다. 그래서 이 작품의 형성에 직접적 영향을 준 베케트의 <고도를 기다리며>와 같이 부조리극으로 읽어야 한다는 것이다. 그러나, <고도를 기다리며>는 연출자나 독자 등에 의해 수용될 때 여러 의미들로 해석될 수 있으며[17] 그 가능성 또한 언제나 열려 있다. 다만 우리가 문제 삼을 수 있는 것은 "작가의 표현의도가 얼마나 잘 드러나고 있는가?" 혹은 "그의 작가의식-주제 의식은 얼마나 분명한 것인가?" 이다. 정우숙은 이에 대해 흥미 있는 독법을 제시하고 있다. 그것은 <목이 긴 두 사람의 대화>를 <고도를 기다리며>에 대한 패러디로 읽는 것이다.[18] 즉 '외세에 의한 통일의 주체'가 될 '대장'이 결코 와서는 안 되는 대상이며, 따라서 그 '대장'을 기다리고 있는 인물들의 한심스럽고 처량한 수작은 그 무력한 기다림을

---

15) 김영학, 「한국 모더니즘 희곡 연구-1960년대를 중심으로」, 조선대 대학원 박사 논문, 2000, 65쪽.

16) 같은 책.

17) "고도는 '전인류의 우애관계'(케니스 렉스로스), '인류의 연대성'(레오나르 프롱코), '인류를 구제하는 힘'(이디스 카알), '신'(로날드 그레이), '맹목이 된 인류에게 보이지 않는 신'(찰스 멕코이), '기다리는 행위 그 자체'(마틴 에슬린), '허무요 절망'(웰워스)" 이태주, "그는 아직도 고도를 기다리고 있는가!", 『영미 극작가론』 문학세계사 1987, 198-199쪽. 정우숙, 「박조열의 희곡<목이 긴 두사람의 대화>고찰」, 『이화어문논집』, 12, 1992, 124~125쪽에서 재인용.

　　또, 기존의 해석과 다른 각도의 독특한 시각으로는 <76극단>의 연출가 기국서의 "민주화의 새벽"이라거나, 한상철, "고도를 기다리며", 앞의 책, P.320, <극단풀이>의 연출가 김용선의 "착취 대 피착취, 물질주의 대 지성의 대립이라는 현실 속에서 찾은 구원"이라는 해석도 있다.(김길수, 「부조리 연극, 그 담론과 비평미학」, 『우리시대의 삶과 연극의 조망』, 현대미학사, 1997, 164쪽.

18) 정우숙, 앞의 책, 124쪽.

비하하기 위한 장치가 되는 것이다.

      A (느닷없이 고함) 온다아! 오신다아!
      B 으헝!(짐승과 같은 아무 뜻 없는 반사적 고함)

      (두 사람은 차려 자세로 한 곳-무대 뒤쪽을 주목한다. 무대 뒤쪽에서 C
      가 나타난다. C, 경계선을 가랑이에 타고 이리저리 땅바닥을 살피며 나
      타난다. 마치 땅에 떨어진 동전이라도 찾듯이, C가 남자인지 여자인지
      는 전연 짐작 할 수 없다. 라고 하는 것은 C의 복장이 상반신은 여자차
      림이고 하반신은 남자의 차림-아니면 그 반대-이기 때문이다.)

      B 어느 쪽 대장이지?
      A 너희 쪽 대장아냐?
      B 몰라.
      A 대장임엔 틀림없지?
      B 물론
       (두 사람 다시 C를 엿보다가)
      B 우리쪽 대장일 거야.
      A 무슨 소리야. 우리쪽…

                              <목이 긴 두 사람의 대화>

   갑자기 나타난 C에 대한 반응을 주목해보자. C를 두고 A와 B는 '자기
편 쪽'의 대장이라는 주장을 펴고 있다. 그들이 기다리는 실체는 결국
그들이 바라는 '무엇-이를 통일이라고 가정해보자-이루기 위한 실제
적 '힘'이 되는 것이다. 그래서 정우숙은 A · B가 기다리는 실체는 "통일
을 가능케 해 줄 그 누구, 혹은 그 무엇"19)이라고 설명하는 것이다. 그것
은 외세이다.
   그렇다면 기다림으로 인하여 '목이 길어진' 두 사내 A, B는 누구인가?
이에 대해 유민영은 "통일을 애타게 기다리는 남과 북의 실향민"20)이라

---

19) 같은 책, 124쪽.

는 견해를 제시한다. 이 주장의 근거는 그들의 기다림이 '(세 배나 커졌
던)태양은 작아지고 그 때부터' 라는 대사이다. 여기서 태양이 세 배나
커 보이던 그 때란 바로 박조열의 주장에 의하면 8·15인데, 그는 8·15
해방을 분단이 시작되는 때라고 보고 있기도 하다.

　이러한 극적 전개에서 박조열이 보여주려 한 바 즉, 주제의식은 "왜
통일이 필요한지 느끼라"고 주문하거나, "통일을 이루기 위해서는 어떤
실천적 행동과 사고가 요구된다"고 주장하는 데에 있지 않다. 대신 그는
고도의 우화와 상징을 동원하여 분단을 그냥 내버려두고 있는 이 무기
력한 현실을 '그냥 느끼라' 고 주문하고 있는 것이다.

　사실 자신이 필요한 무엇을 적극적으로 찾아 나서지 않고 기다린다는
것은 주체의지의 빈약함을 극명하게 드러내는 것이다. 더구나 주인공의
행위 속에서 그들이 왜 기다릴 수밖에 없는 처지인지에 대한 설명이 없
다거나, 대장을 만나기 위한 그 어떤 노력도 찾을 수 없음에 이르러서는
안타까움을 금할 수 없는 것이다.

　　　(맥없이 머리를 떨군다. 그대로 꼼짝 않는다. 바람. 무대, 더 어두워진다.
　　　AB의 몸이 스스로 무너진다. 무대는 다시 좀, 더, 어두워진다. 심하여지
　　　는 바람)
　　　A　(잠에 취한 채) 오오, 쌍놈의 바람새끼들. (B의 곁으로 바짝 다가가며
　　　　　코 박을 곳을 찾는다)
　　　B　(역시 코를 박을 곳을 찾으며) 아으…아으… (마치 병든 들개의 신음
　　　　　처럼)
　　　(A, B는 서로 의지하며 추워하며 가끔 놀라기도 하며 더욱 깊은 잠에 빠
　　　　진다. 그 동안 철조망은 없어진 듯한 착각에 빠지게 된다. 더욱 심해지
　　　　는 바람. 클라이넷. 피아노. 모든 것을 삼키는 어둠…)
　　　　　　　　　　　　　　　　　　　　<목이 긴 두 사람의 대화>

　작품의 끝 장면이다. '분단의 고착과 억압을 상징하는 벌판의 바람'은

---

20) 유민영, 「분단의 지적 정한적 탐구」, 앞의 책, 274쪽.

더욱 거세어지기만 할 뿐 A, B는 여기에 아무런 대응을 보여주고 있지 못하다. 비록 입으로는 분단 현실의 고착화와 그에 따른 고통에 욕설을 퍼붓고 있지만 이내 '코를 박을 곳을 찾는' 무기력함을 노정하고 있는 것이다. 다만 두 사람이 서로 부둥켜안았을 때 경계선이 사라질 수 있다는 암시는 통일이 어떤 모습으로 올 것인지를 시사하는 것이어서 주목된다.

그러나 몇 번의 검열과 당국의 제재로 말미암아 너무도 쉽게 우회적인 방법을 구사함으로써 주제의식의 熾烈함이나 작가정신의 苛烈한 어떤 것을 드러내 보여주지 못하고 있는 것은 아쉬움으로 남는다.

2. 폭력적 집단권력의 고발

집단권력의 횡포를 고발한 작품으로는 <오장군의 발톱>과 <흰둥이의 방문>을 지적할 수 있을 것이다.

희곡<오장군의 발톱>은 전체 15경으로 이루어진 장막극으로 가히 박조열의 대표작이라고 이를 만하다. 최초에 창작된 이후 14년간 묶여 있던 이 작품이 1988년 해금되고 극단 <미추>에 의해 처음 공연되었을 때 김방옥은 "도대체 이런 내용의 연극이 왜 그 동안 공연금지 되었었나"[21]라고 공연불가에 대해 이해할 수 없음을 드러내기도 했다.

문학 작품에 대한 규제는 무엇보다 창작자와 수용자 각자의 "자유에 대한 인식을 왜곡·축소한다."[22] 검열이나 규제는 작가 자신의 표현의 자유와 함께 관객의 관극 기회를 박탈하여 결국 문화적 우민화에 기여한다. 그러나 검열이란 '외부적'으로만 주어지는 것은 아니다. 물론 검열의 주체가 폭력적-법이나 경찰력 등 물리적 강제수단을 동원한다는 점에서-이며, 이데올로기적인 '국가장치'(state apparatus)[23]라는 점은 충

---

21) 김방옥, 「관심 모으는 창작극들」, 『신동아』 1988. 8. 612쪽.
22) 동이향, 앞의 책, 12쪽.
23) 이원균 「연극과 국가권력」, 『한국연극』 1987. 8. 19쪽.

분히 인정이 된다. 대개의 경우 검열이나 규제가 외부적 경로를 통해 이루어지고 있기 때문이다.

하지만 규제나 검열은 이런 외부적 경로뿐만 아니라 작가나 연출가 자신에 의해서도 이루어진다. 즉, '특정 소재에 대한 접근을 자제하려는 분위기, 혹은 심리상태'[24]가 조성되어 있는 그 자체가 이미 넓은 의미의 '자기 검열'이다. 사실 우리 나라의 문학사를 보면 이런 류의 자기검열이 훨씬 심각한 작가정신의 타락을 불러왔다는 것은 주지의 사실이다. 실제로 5·18문제 같은 당대적 관심사가 기성 극단에 반영되고 창작이 이루어지기까지는 상당한 시간적 공백을 갖고 있는데, 이는 외부적 규제나 검열의 작용 탓도 있었겠지만 작가나 연출가 등에 의한 측면도 무시할 수 없는 한 원인인 것이다. 물론 근본적인 원인이 외부적인 데 있다고 볼 수 있지만, 현상 자체의 측면에서 볼 때 '자기검열'의 과정을 밟았다고 밖에 볼 수 없는 것이다.

> 내부적 검열은 소재의 제약뿐만 아니라, 극 형식적인 면에 있어서도 예컨대 알레고리적 형식이나 소극(笑劇)적 형식을 선호하는 결과를 낳고, 심한 경우에는 당대 사회의 제반 문제에 대한 인식의 결여나 타당한 극형식 구사의 능력결핍을 외부적 여건 운운하며 호소하는 웃지 못할 장면도 연출해 낸다. 요컨대 검열은 외부적 기구를 통해 특정 공연의 금지나 부분적 수정 등을 요구하는 데 그치는 것이 아니라 주제와 극 양식 같은 비교적 내밀한 영역에까지 그 영향력을 행사하고 있는 것이다.[25]

박조열의 주제의식을 규명해 보려는 마당에 특히 주목을 끄는 부분은 자신의 다양한 형식적 실험이 은유와 상징으로 뒤범벅되면 될수록 그가 자신의 '작품이 의미하는 바' 라거나 자신이 '표현해 내고자 했던 어떤

---

24) 이는 박조열 스스로도 "겁을 먹은 때문"이라고 고백하고 있는 데서 찾아볼 수 있다. 박조열, 앞의 책, 355쪽.
25) 이원균, 앞의 책, 20쪽.

것'-우리는 이것을 그의 주제의식이라고 불러도 좋을 것이다-에 대해 매우 적극적인 주석을 달고 있다는 점이다. 그는 자신의 희곡집『오장군의 발톱』'꼬리말'이나, '공연 팜프렛'을 통해서 창작 배경이나 각종 장치가 상징하는 바의 의미를 자상하게 설명하고 있다. 심지어는 작품의 당대적 의미까지를 함께 밝히고 있다. 이는 작가는 오직 작품을 통해 말하고 실천한다는 전통적인 관습에도 위배되는 사항이다. 그의 이런 적극적인 '말하기'는 해석자(독자, 관극자)의 이해의 폭을 제한할 것은 분명한 사실이기 때문이다.

오장군의 주변세계는 '동화적 상상력의 세계'이다. 거기에서는 태양이 웃고, 나무가 걸어다니며, 소가 인간을 사랑하는 일이 아무 거리낌없이 그려지고 있기 때문이다. 그 뿐이 아니다. 꽃들이 아장걸음 걷다가 나무 주위에 다소곳하게 앉기도 한다. 또 거기에서는 원초적 성의 세계가 아무 부끄럼 없이 펼쳐지기도 한다. 암캐와 수캐가 치근거리면서 서로 애무를 나누기도 하고 이를 본 고양이의 시샘에 찬 호통이 이루어지기도 하는 것이다. 또, 수소의 울음소리에 암소는 정겨운 화답을 하기도 한다. 이 동화 같은 풍경 속에 살아가는 오장군과 그 주변인물들 또한 순박함 그 자체이긴 마찬가지이다.

> 오장군   (사타구니를 내려다보다가) 어! 으아 큰일났네!
> 먹　쇠   …?! (뛰어간다)
> 오장군   봐! 빨갛게 부었지?(먹쇠, 머리를 처박듯이 들여다본다) 너
> 　　　　 눈이 나쁘구나, 이제보니(먹쇠 끄덕인다.) 어제 밤에 빈대한테
> 　　　　 물린 자리야.
> 먹　쇠   (머리를 들고 오장군을 빤히 쳐다보다가 나서 화난 듯한 몸
> 　　　　 짓으로 제자리로 돌아간다.)
> 오장군   하필이면 거길 물어가지구…(잠시 뭔가 상상하는 표정, 느
> 　　　　 닷없이 킬킬 웃어댄다.)
>
> <오장군의 발톱>

　주인공 오장군이 잘못 전달된 편지 때문에 군대에 끌려가기 전 소와
대화를 나누는 장면이다. 오장군은 이처럼 자연과 완전히 동화된 삶을
살던 순박한 농군이었던 것이다. 홀어머니를 봉양하면서, 사랑하는 이와
더불어 흙에 묻혀 살아가는 삶―이는 문명의 그늘에 지치고 소외된 이
들의 꿈이 아닐 수 없다.―이 바로 그의 것이었다. 건강하고 싱싱한 전원
적 삶의 모습은 여기서 그치지 않는다. 그의 어머니는 "비행기에 대고
욕하면 비행기가 말귀를 알아듣고 군인을 보내 사람을 팬다"고 믿을 정
도로 순박하기만 한 사람이다. 꽃분이 역시 마찬가지이다. 그녀는 "군
대 가기 전에 우리들의 아이를 만들자"고 아무 부끄럼 없이 제안하는 사
람이다. 이처럼 그의 주변 모두는 마치 '자연의 일부'처럼 살아가는 동
화적, 순박함으로 드러나고 있다.

　그러나 이들 순박한 주인공들의 머리 위에 어느새 나타나 마치 대지
를 압사시킬 것 같은 둔중한 폭음을 쏟아놓고 사라지는 폭격기들은 바
로 그 비극의 전조가 된다. 이제 오장군의 비극적 죽음을 몰고 오는 이
거대한 힘의 실체를 파악해 보자.

　　　(오장군의 노래 소리는 두 음악가의 연주와 조화 않는다. 둔중스런
　　　폭격기 편대음이 들려온다. 구음자의 소리가 사그러지고, 클라이
　　　넷 주자도 연주를 멈춘다. 오장군과 먹쇠도 불안스레 하늘을 쳐다
　　　본다. 편대음은 마치 대지를 잔인하게 압사하듯이 천천히 지나간
　　　다. 인간과 소는 편대음이 멀리 사라질 때까지 꼼짝 않고 주시한
　　　다.)
　　오장군　망할놈들! 꼭 우리 마을 위로만 지나간단 말이야. 잘못해서
　　　　폭탄을 떨구기라도 하는 날엔 우린 어떻게 되는 거야! (침묵.
　　　　상상)
　　　　…수웃, 쾅! (침묵, 상상)
　　　　…(사방을 크게 손젓고 나서)
　　　　조심해애! 이 망할 놈들아아…
　　먹　쇠　뫼뫼에! 뫼뫼뫼에 (조심해 망할놈들아!)
　　　　　　　　　　　　　　　　　　　　　　　<오장군의 발톱> 제1경

그곳은 꽉 짜여진 조직사회-군대이다. 게다가 전쟁중이다. 그곳은 오직 '폭력적인 집단 권력'만이 지배하는 곳이다. 그래서 개인의 희생 따위는 조직을 위해서라면 아랑곳하지 않는다. '야간 수색 중 이탈해 젖소 옆에서 잠'이나 자던 오장군이 이런 조직에 적응할 수 있다는 것은 애당초 불가능한 이야기였던 셈이다.

동쪽나라 사령관은 불리한 전세를 만회하려고 오장군의 순박함을 역이용해서 '역정보공작'에 투입시킨다. 물론 이 과정에서 오장군은 서쪽나라 병사들에 의해 붙잡히고, 그가 제공한 거짓정보에 의해 서쪽나라는 진군의 기회를 잃게 된다. 얼마 후 정보의 진위를 알게된 서쪽나라에선 총살형을 집행하게 된다. 조직사회의 비인간적인 톱니에 무참히 희생된 순박한 사내 오장군은 이제 그가 출정하기 전에 깎아두었던 몇 조각의 '발톱'으로만 남고, 그의 비극적인 죽음은 아이러니칼하게도 동쪽나라와 서쪽나라 모두에서 미화되기에 이른다.

> 사령관   (참모A를 돌아보며) 그는 죽음까지도 연기(演技)로 장식했
>   다. (흉내) 엄마야, 꽃분아아…아무리 무식한 시골뜨기라도 그
>   보다 더 시골뜨기를 닮을 수는 없을 거야.
>   (사령관 오장군에게 경례를 한다. 모두 그를 따른다)
>   <오장군의 발톱> 제14경

> 영현 하사관 (전사통지서를 읽는다) 나, 동쪽나라 제 5 야전군 사령관
>   은 더할 수 없는 슬픔으로 육군 일등병 오장군의 장렬한 전사를 통지합
>   니다. 오장군 일등병은 그 애국심과 군인정신에 있어서 온 동쪽나라 군
>   인의 으뜸이었습니다. 오장군 일등병이 남긴 유언은 단 한마디 <동쪽
>   나라 만세에!>였습니다.
>   <오장군의 발톱> 제15경

전쟁은 그 이유와 목적이 어디에 있든 참여 당사자와 그 지휘관으로 하여금 집단 구성원을 수단시하게 한다. 비록 그것이 선한 전쟁으로 미화되는 경우도 예외가 아니다. 부하들의 귀중한 생명과 안위를 책임질

최고 지휘관 역시 부하들의 목숨보다는 자신의 명예나 공명심이 더욱 중요한 것으로 인식된다. 사령관은 현재의 전세가 불리함에도 불구하고 2개 사단이 '소모'-이 표현은 얼마나 비인간화의 극치를 잘 보여주는가!-되더라도 결코 물러설 수 없다고 생각한다. 이러한 그의 사고와 행동은 자신의 표현대로 그대로 '도박'과 같은 것이다.

"전쟁은 도박이야. 난 지금 도박을 하려는 거야. 세 끗밖에 안 쥔 놈이 팔땅 쥔 놈의 기를 죽이는 수가 있지"라는 그의 강변은 자신의 사고가 어디에 머무르고 있는지를 극명하게 보여주고 남는다. 그가 이처럼 무리한 작전계획을 밀어붙이는 단 하나의 근거는 이렇다.

> 사령관   현 진출선에서 방어작전을 펼 때 아군의 손실은 어느 정도
>   일 것으로 예상하는가?
> 작전참모   2 개 사단이 소모될 것입니다.
> 사령관   B선에서 현 위치까지 진출하는 1개 사단병력이 소모됐다.
>   우리가 B선으로 철수했다가 다시 현 위치까지 진출하려면 또
>   다시 1개 사단이 소모될 것이다. 게다가 B선에서 방어를 한
>   대도 또 1개 사단은 소모된다. 그럴 바에는 차라리 현위치에
>   서 2개 사단을 소모하길 원한다.
>
> <오장군의 발톱> 제10경

이 단순한 산술논리야말로 조직의 분자화된 개인에게는 그 어떤 인격도 있을 수 없고, 오직 소모품 정도에 불과하다는 비인간화된 폭력적 집단 권력의 사고를 대변하는 것이 아닐 수 없다.

결국 비인간화된 폭력적 집단권력인 '전쟁과 군대' 속에 희생되어간 수많은 '오장군'들이야 말로 그들의 의지와 관계없이 '전장에 잘못 끼어든 겁먹은 미아'들이다. 전쟁으로 인하여, 폭력적 집단권력으로 인하여 상처받고 아픈 영혼이었던 셈이다.

<오장군의 발톱>에 나타난 작가의 현실인식은 "전쟁과 군대는 '가혹한'것"이며, 그의 주제의식 또한 "이 폭력적 집단권력에 의해 희생되었

던 인간의 순수성이야말로 위로 받아야 한다"는 것을 확인할 수 있다. 이런 작가의 사고에서 다만 아쉬운 것은 외부적 검열과 규제가 내부검열과정을 거치면서 지나치게 동화적으로 희화화되고—비록 그런 방법이 '연극성'을 확보하게 해 주었는지는 모르겠다—오히려 '치열한'주제가 지나치게 '감성적'으로 흐르게 되지 않았나 하는 점이다.

한편, <흰둥이의 방문>은 작가가 자신의 방송극 <사이비 기적극>을 개작한 단막극이다. 이 작품은 앞서의 분석에서도 다루었던 <목이 긴 두 사람의 대화>나 <오장군의 발톱>처럼 추상성과 알레고리가 매우 두드러진 작품이다.

먼저 이야기는 데모 진압을 업으로 하는 경찰관 남편과 텔레비젼만 보는 아내가 자신들의 아파트 거실에서 단식 데모와 배고픔에 대해 이야기하다 난데없이 개의 방문을 받는 것으로 시작된다. 개는 무뚝뚝하게 들어와 남편이 먹으려던 라면을 열심히 먹어치운다. 남편은 자신이 먹으려던 라면을 먹어치우는 개를 멋쩍게 바라보고, 아내는 좀 전에 남편에게 굶주리는 자에겐 늘 '측은한 생각이 들곤 한다'던 것과 반대로 '더러워'하며 일부러 더욱 쌀쌀맞게 군다. 이어 개는 숭늉을 요구하고, '말하는 개'에 대해 아연해 하는 남편에게 '말을 못하는 것과 말을 하지 않는다는 것'의 의미를 구별하며, 온갖 짐승의 울음소리를 반복하고 마침내 울음을 터뜨린다. 남편도 개의 권유에 따라 개를 흉내내다 결국 울음을 터뜨린다. 개는 떠나고 남편도 경찰서의 소집에 따라 준비를 서두른다. 그런데 남편은 경찰복을 입고 모자를 쓰고 권총을 차 감에 따라 지금까지의 모습과는 정반대로 '호인스러운 인상'이 점점 가려지고, 욕을 해대며 포악해져간다.

이러한 극적 상황과 스토리 전개를 통해 드러나는 작가의 현실인식에 대해 유민영은 데모를 정면으로 다루고 있음을 상기시키면서 작가의 주제의식은 "군사독재의 도구로 전락한 폭력적 공권력을 비판"하고, "인간의 우매성을 통렬히 비판하고 있다"[26]고 지적한다. 이러한 지적은 박

---

26) 유민영, 「분단의 지적 정한적 탐구」, 앞의 책, 274~275쪽.

조열이 군사독재시대의 왜곡된 정치현실을 매우 구체적으로 느끼고 있었으며 거기에 적극적으로 대항하려 했던 치열한 작가정신의 소유자라는 평가이다.

이미원도 알레고리 설정이 가져다주는 애매성을 인정하면서도 조심스레 작품의 주제가 "사회적인 권력구조에 대한 비판"[27]이라는 견해를 피력하고 있다.

박조열 역시 <흰둥이의 방문>이 "10년에 걸친 박정권의 강권정치가 빚어낸 사회 갈등에 대한 저항이 드디어 극대화되기 시작한 사회분위기를 표현"[28]하려 하였다고 하여, 자신의 관점이 '폭력적 집단권력'의 횡포를 고발하려는 데 있었음을 시사하고 있다.

김영학은 <흰둥이의 방문>이 "한 소시민 가정의 평범한 일상을 다루고 있는 것 같지만 상당히 일그러진 인간관계를 다루고 있는 작품"[29]이라고 평하며, 작가의 주제의식이 '인간관계'의 측면에 맞춰진 것이라는 견해를 피력하고 있다. 즉 주인공 남편과 아내의 냉소, 아내의 T.V보기에 대한 집착, 남편의 변신 등이 자본주의적 일상 속에 파편화되고 소외되는 인간의 모습을 은유한 것이라는 지적이다.

1960년대 후반은 동서 냉전이 가장 치열하던 시대였고, 이에 따라 박정권의 강권정치가 더욱 무섭게 휘몰아치던 시기이다. 한편 문단에서는 '문학의 사회참여'문제에 대해 서로의 입장이 첨예화되던 시기이기도 하다. 김수영과 이어령의 대립적 논쟁[30]이 그 대표적인 사례이다.

바로 이런 시기에 박조열이 자신의 문학을 통해 인간회복의 전열에 서기를 스스로 선택하고 있는지를 살펴보는 일은 작가의 주제의식을 살

---

27) 이미원, 앞의 책, 403쪽.

28) 박조열, 「꼬리말」, 앞의 책, 359쪽.

29) 김영학, 앞의 책, 403쪽.

30) 김수영, 「지식인의 사회참여」, 사상계 1968.1→이어령, 「누가 그 조종을 울리는가」, 조선일보 1968.2.20→김수영, 「실험적인 문학과 정치적 자유」, 9조선일보 1968.2.27 등, '주장-반론-재반론'으로 이어진 두 사람의 논전은 그 해 6월 김수영이 교통사고로 유명을 달리할 때까지 계속되었다. 김병걸, 『실패한 인생, 실패한 문학』, 창작과 비평사, 1994, 224~227쪽에서 재구성.

펴보려는 이 글의 의도와 관련지어 볼 때 매우 의미로운 작업이 될 것이다.

현실정치는 인간을 도구화하는 경향이 많다. 특히 독선과 광기의 시대는 더욱 그렇다. <흰둥이의 방문>에서 '개'의 상징적 의미는 바로 여기에서 찾아져야 할 것이다. '개'가 의미하는 바는 (1) 폭력적 정치권력에 의해 '개 취급'되는 민중, (2) 그들 민중을 탄압하기 위해 동원된 '권력의 주구(走狗)', (3) 소시민적 자유와 평온함을 빼앗아 가는 '누구', 즉 '개새끼들'이다. 그리고 이들 3자의 관계는 서로 적대적이다. 다음의 인용구를 통해서 이들 3자의 모습을 확인해 보자.

(1) 폭력적 정치권력에 의해 '개 취급'되는 민중
　　① 개　(그 동안 한 번 거들떠보지도 않고 후루룩 열심히 먹는다.)—
　　　　199쪽.[31]
　　② 개　(그냥 먹기만 한다. 깡그리 먹고 나서 냄비를 거꾸로 들고 또
　　　　한참 여기저기 핥고 나서야 냄비를 놓는다.)— 199쪽.
　　③ 개　…전 쌀쌀한 부인네들을 좋아하죠.…왜 그런지 아십니까?…
　　　　전 너무 천대를 받아왔기 때문에 그것이 버릇이 되어 지금은
　　　　마조히스트의 비밀까지도 알게 됐습죠…—201쪽..
　　④ 개　우리 개들은 말을 못하는 게 아니라 안 하고 있는 거예요.
　　　　하고 싶은 얘기가 바바바가의 모래알 보다두 더 많은 데도
　　　　참고 있는 거예요.—203쪽.
　　⑤ 개　…(소의 울음소리 흉내를 할 때쯤부터 진짜 울음소리가 섞여
　　　　있다. 드디어 개는 엄청난 슬픔을 감당 못하듯이 엉엉 운다.
　　　　어깨를 들썩들썩 하면서)…—204쪽.
　　⑥ (먼 곳에서 갑자기 개 한 마리가 짖어댄다. 점점 크게 짖어댄다.
　　　　그러다가 누구에게 얻어맞기라도 하는 듯이 비명으로 변한다.
　　　　그 비명은 점점 낮아지더니 드디어 들리지 않는다.)—208쪽.
(2) 민중 탄압을 위한 권력의 주구(走狗)
　　① 남편　…하필이면 왜 내가 개의 방문을 받았을까?

---

31) 여기의 인용 페이지는 모두 '학고방'에서 간행된 『오장군의 발톱』에 따른다.

　　　아내　　(T.V를 보며) 당신은 그만한 값어치밖에 없다는 것을 아
　　　　　세요. ─쪽207.
　　② 남편　(…경찰복을 입기 시작한다. 그가 옷을 하나하나 걸칠 때
　　　　　마다 여지껏의 호인스런 인상은 점점 가려진다.) ─208쪽.
　(3) 소시민적 자유와 평온함을 빼앗아 가는 '누구'
　　① 아내 (쌀쌀하게 다시 TV를 보면서) 그 냄비 다른 그릇하고 함께
　　　　　씻지 않도록 하세요. 아이 더러워 ─199쪽.
　　② 아내 (그런 둘의 꼴을 쌀쌀하게 보고는 다시 TV를) ─201쪽..
　　③ 　(바로 이때 전화벨이 울린다. 남편이 받는다.)
　　　남편　…예, 예, …예, 알겠습니다. 곧 떠나겠습니다. (수화기를
　　　　　놓고 입던 옷을 벗으며) 여보, 곧 경찰서로 나오라는 명령이
　　　　　오.
　　　아내　(T.V를 보는 채) 몇 시면 돌려 보내주겠대요?
　　　남편　(…그는 옷을 입는 동안 간간히 누구에겐가 대고 '개새끼
　　　　　들'하며 욕을 해댄다.)

　이렇듯 개의 상징 의미를 분석해 들어가면, 박조열이 지닌 현실인식의
수준이 어디에 머무르고 있는지를 여실히 만날 수 있다. 박조열은 소위
'소시민'(쁘띠부르조아)으로서 안온하고 여유로운 일상을 지켜내고 싶
어한다. 아내가 남편에게 그토록 냉담한 것도 사실은 따지고 보면 T.V속
에 펼쳐지는 데모대원과 진압경찰의 싸움 때문에 그곳에 남편을 빼앗겼
다고 여기기 때문이다. 투쟁과 대립이 넘치며, 비명소리에 점철되는 公
的 세계와 대비되는 私的인 공간으로서의 안온하고 여유로운 가정의 일
상을 침해받고 싶지 않다는 소시민의 바램이 아내의 행동과 대사에 녹
아있는 것이다. 그리고 이 소시민적 바램이 무너지는 데 따른 분노는 남
편의 누군가를 향한 '개새끼들'이라는 욕설에 고스란히 담겨있다.
　이때 욕설의 대상은 자신을 불러내서 '권력의 주구'로 삼으려는 공권
력일 수도, 안온하고 여유 있는 일상에의 바램을 무참히 깨뜨리는 단식
데모대일 수도 있을 것이다. 그러나 그 대상이 누구이든 작가의 주제의
식의 초점은 '안온하고 여유로운 일상'은 보호되어야 한다는 것이며, 바

로 그런 소시민적 바램이 이루어질 수 없게 하는 '집단권력'—이는 공권력과 데모대 모두—에 대한 분노의 표출이다.

즉 <흰둥이의 방문>은 선행연구자의 '폭력적 공권력에 대한 비판'이나, 현대 자본주의 사회 속에 소외되고 파편화된 '인간소외' 혹은 '인간관계의 단결'이라기보다는 "안온하고 여유로운 일상에 대한 소시민적 바램"이나 "그런 바램을 무너뜨리는 집단권력에 대한 분노"로 보는 것이 타당하다. 이런 관점에서 박조열은 확실히 투철한 개인적 역사의식의 소유자였다. 그는 언제나 당대적 문제들—예컨대, 정치 사회적인 독재·인간성에 대한 억압 등—에 대해 애써 외면하거나 덮어 두려하기보다는 문제를 안고 가고 싶어했으며, 이런 생각들을 작품 속에 반영하려고 애썼다. 이를 통해 인간의 순수성을 파괴하고, 안온하고 여유로운 일상적 삶—그곳은 바로 어머니의 품속과도 같은 곳일 것이다.—에로의 회귀를 방해하는 일체의 힘, 즉 폭력적 집단권력에 대해 거부의사를 분명히 하고자 하였다.

그러나 근원적인 문제를 붙들고 그것의 원인이 어디에 있는지를 밝혀 보려는 진지한 노력이, 지나친 알레고리와 상징에 뒤덮여 제 빛을 잃은 것은 아쉬운 점이 아닐 수 없다. 즉 이 작품 역시 앞서 분석한 <목이긴 두 사람의 대화>나 <오장군의 발톱>처럼 극 구성의 알레고리와 상징, 추상화가 지나쳐 그 의미를 구체화하지 못한 것이다. 작가 자신의 역사에 대한 지나친 공포심으로 인하여 "이성의 비합리적 근원을 천착하려는 깊이 있는 인식적 통찰력"[32]이 명확하게 제시되지 못했다는 데 그의 주제의식이 갖는 한계를 지적할 수 있다는 것이다.

3. 모성으로의 회귀와 휴머니즘

모성으로의 회귀 의식을 드러내는 작품에는 <토끼와 포수>를 지적할 수 있겠다. 이 작품은 5경으로 이루어진 장막극이다. 1965년 민중극

---

32) 벵상 데공브, 박성창 역, 『동일자와 타자』, 인간사랑, 1990, 25쪽.

장에 의해 초연될 당시부터 '재치 있고 짜임새 있는 대화를 가진 희곡'[33]이라는 평을 들을 정도로 희극성이 강한 작품이다. 기존 연구자들의 해석 역시 작품의 희극성에 주목하고 있다. '산뜻하고 매끄러운 감각성을 바탕으로 서구 고전적인 풍속 희극(Comedy of Manners)의 기지와 화술을 보이고 있다'[34]거나, '뛰어난 극적 구성과 재치 있는 대사'[35]등의 평가가 그것이다. 이런 작품의 희극성은 당시 연극계의 '30대 중견과 20대의 신예'들에 의해 본격적인 '직업극단'을 표방[36]하고 있던 <민중극장> 사람들에겐 매우 소중하게 받아들여졌던 것 같다.

그러나, 진정한 의미의 희극정신이란 관객(독자)들에게 단순히 볼(읽을)거리를 제공하고 웃음을 유발하게 하는 데 있는 것은 아닐 터이다. 오히려 그것은 '인생에 대한 깊은 성찰을 통해 우러나오는 인식의 깊이'[37]가 더욱 강조되어야 한다.

인생에 대한 박조열의 인식은 '혼자서는 말할 수도 없고, 웃을 수도 없고, 화낼 수도 없다'는 것이다. 인생에 있어서 '혼자'라는 의미는 이미 '인간'이랄 수도 없다.

> 혜　옥　(그런 장운을 입을 벌리고 잡아먹기라도 하려는 듯한 자세)
> 장　운　둘째로 열녀가 되고 싶은 마음은 없으나 지금대로 살아가
> 　　　　는 데에 만족한다고 하셨는데… 그 만족은 얼마 못 가게 되
> 　　　　어있습니다. 미영이를 곧 결혼시켜야 하기 때문니다. 미영이
> 　　　　가 시집을 가고 나면…자아 문젭니다. 혼자서 말할 수도 없
> 　　　　고, 웃을 수도 없고, 화낼 수도 없고,
> 혜　옥　그땐 더욱 인형 제작에…
> 장　운　(가로채며) 물론 그때 더욱 열심히 인형을 만들 테죠. 하지
> 　　　　만 그렇게 되면 짜증스런 맘 때문에 쭈그러진 인형만 만들게

---

33) 동아일보, 1965. 9. 7, 오군자, 같은 책, 재인용, 141쪽.
34) 이미원, 같은 책, 396쪽.
35) 김성희, 같은 책, 503쪽.
36) 이진순, 「한국연극사」, 『한국연극』 1978. 6. 35쪽.
37) 이충섭, 「극과 대중의 정신건강」, (http://www.kcaf.or.kr.)

됩니다. 쭈그러진 인형은 누구도 사가지 않습니다. 그러니 더
욱 짜증나게 됩니다. 덕분에 인형은 더욱 쭈그러진 것만 만들
게 됩니다. (잠깐 혜옥의 얼굴을 들여다보고) 그러나 그런 일
은 없을 겁니다. 어차피 당신은 나와 결혼하게 될 것이고 더
욱 어여쁜 인형들을 제작하게 될 것입니다. 당신은 몇 시간이
고 나에게 말을 건넵니다. 인형 모가지가 부러졌다든지, 모기
한테 물렸다든지… 나는 즐겁게 듣습니다. 물론 때론 귀찮을
때도 있지만 난 절대로 그런 내색을 하지 않을 터이니 당신
은 얼마든지 말을 할 수 있고 즐겁습니다. 그래서 당신은 자
주 웃습니다. 때때로 나는 일부러 당신을 화나게 만듭니다.
여자는 가끔 남편에게 화풀이를 해야만 더욱 행복감을 맛보
기 때문이지요.

<토끼와 포수>

　삶의 행복이란 일상사의 이런저런 사소함 속에서 찾아지는 것이다. 따
라서 웃고 화내고 하는 모든 행위는 '사랑하는 마음'을 전달하는 메타
언어적 기능을 수행하는 기호가 된다.
　사실 인간 존재의 고독은 '관계의 단절'[38]로부터 비롯되는 것이다. 사
랑하는 두 사람 장운과 혜옥 사이에 가로놓인 빨랫줄은 바로 관계단절
의 상징이다. 미영과 기호의 결혼을 반대하는 혜옥의 편견이나, 언어적
폭력도 역시 관계단절의 상징이기는 마찬가지이다. 바로 이 관계단절
현상을 극복하기 위해 필요한 유일의 해결책이 '결혼'이다. 단절된 두
사람 사이에 사랑과 관용을 바탕으로 한 주체적 인격 대 인격의 만남
즉, 결혼이 이루어질 때 비로소 인생의 묘미가 찾아질 수 있다는 것이
박조열의 생각인 셈이다.
　박조열은 현실세계의 문제가 '관계의 단절'에 따른 인간 존재의 고독
함에 있으며, 이를 극복하기 위해 '사랑과 관용'이 필요하다고 생각하는
것 같다. 물론 이러한 작가의 생각이 희극적 구도와 재치와 기지로 가득

---

38) 무대리작, 풀빛 편집부 역, 『현대의 휴머니즘』, 풀빛, 1983, 113쪽.

찬 대사에 의해 발랄하게 그려지고 있다는 점은 이 작품이 갖는 커다란
미덕임이 분명하다.

Ⅲ. 결 론

위에서 박조열 희곡 작품에 나타난 작가의 현실인식이나 주제의식을
분석해 보았다. 특히 기존 연구자들의 '분단·통일 문제에 대한 집착'
이라는 단선적 시각을 비판적으로 검토한 결과, 그의 작품세계가 단순
히 분단의식이나 통일문제만 집중된 것은 아니고 다양한 극작 방법상의
실험을 통해 현실 사회의 모순을 풍자하고 휴머니즘의 지경에까지 미쳐
있음을 확인할 수 있었다. 그의 작품에 나타난 주제의식의 실상을 정리
해보면 다음과 같다. 첫째, 통일 염원의 표출이다. 먼저 분단 문제에 대
한 원인규명과 그 실상을 표현한 작품으로는 <조만식은 아직도 살아
있는가?>(1976), <관광 지대-판문점 명도 소송>(1963)을 확인할 수
있었다. 그리고 작가의 통일염원을 표출한 작품으로 <목이 긴 두 사
람의 대화>(1966)를 확인할 수 있었다. 특히, 이 작품들은 각각 '정치
기록극', '서사극', '부조리극'이라고 명명될 정도로 극작술의 다양한
실험을 보여주고 있어 그가 희곡의 연극성 -공연예술적 측면- 에 얼마
나 깊은 관심과 이해를 갖고 있는지에 대해 짐작할 수 있게 해주었다.
그러나 한편으로는 처녀작 <관광지대> 이후 공안당국의 제재와 압
력이 가해지자 '외부적 검열' 이상으로 '자기 검열'을 행한 결과 부조
리극적 방법을 끌어들인 것은 아닌지 하는 생각을 떨쳐 내기 어려웠다.
이는 박조열의 심약한 기질에서 비롯되는 자기 도피 즉, 치열한 작가 정
신의 결여로 보여 아쉬움을 남기고 있다.
　둘째, 집단권력에 대한 고발이다. 이는 구체적으로 폭력적 집단권력에
의해 인간의 순수성이 어떻게 희생될 수 있는지와 그 실체가 어떤 것인
지를 밝히는 것으로 나타나고 있다. 전자의 경향을 보여주는 작품으로

는 <오장군의 발톱>(1974)을 지적할 수 있으며, 후자의 경우는 <흰둥이의 방문>(1970)을 꼽을 수 있다. 주지하다시피 지난 1970년대는 박정희 군부독재의 강권적 통치가 極惡의 度를 더해가던 시기였으며, 우리 사회 모두가 점차 병영화해 가던 시기이기도 하다. 사회적으로는 새마을 운동이라는 전 국민적 동원 상태가 계속되었으며, 정치적으로는 반대자에 대한 폭력적 탄압이 자행되고 있었다. 이런 시대 분위기 속에서 작가 모두는 비판적 지성인으로서 마땅한 참여와 각성이 요구되었던 것이다. 박조열의 경우도 바로 그런 지식인의 현실인식과 주제의식을 작품을 통해 피력해 보였다고 볼 수 있다.

셋째, 모성으로의 회귀와 휴머니즘이다. 사실 그가 비판하려했던 현실 정치·사회적 본질이나 통일염원의 표출 모두는 그의 경우 '인간다운 삶'을 위해 선결되어야 할 '조건'들로 인식되었던 것이며, 그의 궁극적인 삶의 '이상태(理想態)'는 안온하고 여유로운 가정과, 사랑과 이해·관용을 바탕으로 참된 인간관계를 맺는 일이었다. 이런 작가적 소망을 드러낸 작품으로는 <토끼와 포수>(1964), <불임증부부—일명 저승에서 만난 부부>(1967), <소식>(1969> 등을 꼽을 수 있다. 이들 작품에서 모색된 작가의 일관된 주제의식은 바로 본론의 분석 내용과 마찬가지로 불신과 증오의 벽을 넘어 사랑과 화해의 인정 넘치는 '관계 맺기'에 놓여 있다.

위의 분석을 토대로 그의 희곡사적 위상을 정리해 보면 다음과 같다.

(1) 실향민 작가로서 분단 문제에 대한 지속적 관심 갖기는 이 문제에 대한 문학사적 인식의 폭을 넓히는 데 기여한 바 크고, (2) 다양한 劇作術의 실험은 사실주의 일변도의 劇界 풍토에 신선한 자극제가 되었으며, (3) 사회문제에 대한 비판적 조망이나 휴머니즘의 모색 등 진지한 주제의식은 지나치게 상업적이며 감각적 자극 위주의 일부 극작 경향에 훌륭한 교훈으로 자리메김할 수 있다.

◆ 참고문헌 ◆

· 기 초 자 료

박조열, 『오장군의 발톱』, 학고방, 1991.
박조열, 『오장군의 발톱』, 공간 미디어, 1994.

· 단 행 본

김길수, 『우리시대의 삶과 연극의 조망』, 현대미학사, 1997.
김병걸, 『실패한 인생, 실패한 문학』 창작과비평사, 1994.
김성희, 『연극의 사회학, 희곡의 해석학』, 문예마당, 1991.
김성희, 『연극의 세계』, 태학사, 1997.
김학준 외, 『해방 전후사의 인식』, 한길사, 1980.
김현·김주연 편, 『문학이란 무엇인가』, 문학과지성사, 1982.
務臺理作, 풀빛편집부 역, 『현대의 휴머니즘』, 풀빛, 1983.
빠뜨리스 빠비스, 신현숙 역, 『연극학 사전』, 현대미학사, 1990.
베르톨트 브레히트, 김기선 역, 『서사극 이론』, 한마당, 1992.
벵상 데공브, 박성창 역, 『동일자와 타자』, 인간사랑, 1990.
유민영, 『한국 현대 희곡사』, 새미, 1997.
이미원, 『한국 근대극 연구』, 현대미학사, 1994.
정지창, 『서사극, 마당극, 민족극』, 창작과비평사, 1989.
한상철, 『한국연극의 쟁점과 반성』, 현대미학사, 1992.
한옥근, 『연극의 이해』, 국학자료원, 1998.

· 논 문

김상열, 「박조열희곡에 나타난 공간대립의 성격에 관한 연구」, 『반교어문연구』7, 반
    교어문학회, 1996.
김영학, 「한국 모더니즘 희곡 연구-1960년대를 중심으로」, 조선대학교대학원 박사
    논문, 2000.
김영희, 「박조열 희곡의 구조와 의식 연구」, 『한국극문학회 제3차 전국학술발표대
    회자료집』, 한국극문학회, 1999. 9.
박명진, 「1950년대 희곡의 인식적 지도」, 민족문학연구소 희곡분과 편, 『1950년대
    희곡 연구』, 새미, 1998.

백로라, 「박조열희곡의 공간 연구」, 숭실대대학원 석사논문, 1994.
오군자, 「1960년대의 한국 연극」, 서울대교육대학원 석사논문, 1971.
오영미, 「이근삼, 박조열의 희극성 고찰」, 『경희어문학』13, 경희대 국문학과, 1993.

분단 문제로 다가서기와 물러서기
-박조열의 희곡 〈토끼와 포수〉와 〈관광지대〉를 중심으로-

권 순 종

[차 례]

I. 머리말

한국 연극은 1960년대에 접어들면서 전환의 커다란 계기를 맞이한다. 그리고, 그것은 그 동안 우리 연극계를 주도했던 사실주의 연극이 퇴조하면서 비(非) 사실주의 또는 반(反) 사실주의 연극이 본격적으로 등장한 것을 의미하는 것이기도 하다. 서구에서 유입된 서사극이나 부조리극 등의 기법이 이 시기에 들어 우리 연극계에서 다양하게 실험되기 시작했기 때문이다. 그리하여, 우리 나라 연극계는 이때부터 전통적인 사실주의 계통의 연극을 바탕으로 삼으면서 새로운 사조의 연극 실험이 거듭되며 본격적인 현대 연극의 시기로 진입하게 된다.

  우리 연극계의 이러한 현상은 새로운 작가군(作家群)의 등장과 밀접하게 관련된다고 할 것인데, 사실주의 연극에 반대하는 새로운 연극 운동에 앞장선 작가들로서는 이근삼, 박조열, 오태석, 윤대성 등이 대표적이다.

  이들은 대부분 젊은 시절에 해방과 한국 전쟁, 혁명과 쿠데타 등 우리 사회를 격변시킨 미증유의 사건을 겪은 세대이다. 그리고 이들 중에는 남북 분단에 따라 생활의 근거지를 북쪽에서 남쪽으로 옮긴 이들도 있다.[1] 그리하여, 이들은 자기가 겪은 다양한 체험과 이를 바탕으로 형성된 세계관을 사실주의라는 전통적인 그릇으로는 담아내지 못할 고민에 빠지게 되었고, 그 출구를 서사극이나 부조리극 등에서 찾게 되었다.

  이러한 일군의 희곡 작가들 중에서 박조열은 매우 특이한 경우이다. 북쪽에 고향을 둔 그는 6·25 전쟁 때 월남했고,[2] 이후 12년 동안 남쪽 군대에서 사병과 장교로 복무하게 된다. 그가 작가로서의 삶을 새로이 시작한 것은 군대에서 예편한 뒤인 1963년에 드라마센터 연극아카데미의 연구생으로 입학하면서부터이다. 그해 <관광지대>를 처음으로 발표한 그는 잇따라 <토끼와 포수>(1964), <목이 긴 두 사람의 대화>(1966) 등 문제작을 발표했고, 1974년에는 그의 대표작으로 평가받는 <오장군의 발톱>을 발표하기에 이른다.

  그런데, 그의 작품에서 일관되게 나타나는 것은 실향민으로서의 고향에 대한 그리움과 조국의 분단 극복에 대한 집착이다. 그리하여, 그는 처음 펴낸 희곡집의 말미에서 '꼬리말'을 통해 자기의 모든 작품이 '북쪽 땅의 나

---

1) 유민영, 『한국현대희곡사』, 홍성사, 1982, 526쪽 참조.
2) 그의 나이 스무 살 때 6·25 전쟁이 일어났고, 중학교 문학 담당 교원이었던 그는 지주 성분임을 속인 것이 드러났거나 무의식중에 드러낸 공산주의에 대한 반동적인 언동이 화근이 되어 원산공업학교에 근무한 지 여섯 달 만에 오지 학교로 전근된 경력을 지니고 있었다. 그리하여, 그는 유엔군의 북진을 목격하면서 고향(함경남도 함주군)으로 돌아갔다가 흥남 부두에서 피난선을 타고 월남하게 되었다고 했다(박조열, 「꼬리말-작자의 옛 이야기-」, 『박조열 희곡집』, 학고방, 1991, 353~354쪽 참조).

의 혈육과 고향 산천을 향한 정념의 소산'3)이라고 그 소회를 밝히기도 했다.

그러나, 작가가 '남북 분단'에 대해 집착한 것은, 남과 북이 좌우 이데올로기로 치열하게 대립하는 정치적 상황에서 작가로서의 활동을 제약하는 치명적인 요인으로 작용했다. 표현의 자유가 극도로 억압된 상황은 작가로 하여금 일찍 붓을 놓아 버리게 했다. 그리고, 또 한편으로는 분단 문제를 다룬 그의 몇몇 작품이 우리 희곡사에서 차지하는 독특한 위상을 설정해 주고 있기도 하다.4)

남북 분단과 판문점 휴전 회담의 우스꽝스러운 장면들을 소극풍(笑劇風)으로 스케치하듯이 쓴 <관광지대>(별제-판문점 명도소송)가 그의 첫 작품이 된 것은 작가의 이런 성향으로 보아 자연스러운 일일 수 있다. 분단 극복과 통일에 대한 염원은 그로서는 피할 수 없는 명제이기 때문이다. 그러나, 작가는 이 작품 때문에 검찰청 공안부의 지시에 따라 경찰로부터 조사를 받게 된다. '국시(國是)인 UN을 통한 남북통일정책(당시는 그랬다)을 위반했고, 미군 대표에 대한 묘사가 냉소적인 점으로 보아 사상적으로 악질'이라는 이유에서였다.5)

<관광지대>를 발표한 1년 뒤인 1964년에 그는 인형 공예가인 미망인과

---

3) 박조열, 앞의 책, 353쪽.
4) 김성희, 「분단 현실의 극복과 동화적 세계」, 『연극의 사회학, 희곡의 해석학』, 문예마당, 1995, 500쪽 참조.
5) 박조열, 앞의 책, 355쪽 참조
   그러나, 박조열은 당시의 경찰 조사에서, 보안법 관련 피의자들이 으레 당했던 것처럼 가혹 행위를 당하거나 비인격적인 대우를 받은 적은 없었다고 술회했다. 당시 사건을 맡았던 수사 경찰은 작가를 매우 정중하게 대했다고 했다. 아마도 그가 예비역 육군 장교였고, 부인이 현역 장교였던 점이 십분 참작된 것으로 보인다. 그리고, 그는 현역 시절에도 시국 문제나 분단 문제에 대해 동료 장교들과의 대화에서 비판적인 견해를 보인 적이 자주 있었는데, 아이러니컬하게도 군대라는 울타리가 작가의 이런 비판적인 성향의 보호막 구실을 했다고 했다.(2000년 5월 29일, 연극전용극장 예전에서 개최된 '박조열 초청 세미나'에서 밝힌 작가의 회고)

노총각 화가 사이의 쫓고 쫓기는 사랑을 다룬 <토끼와 포수>를 발표했다. 그런데, 이 작품은 작가의 평소 성향과 아귀가 별로 맞지 않아 의외의 작품으로 보이기도 한다. 이 작품의 창작 경위를 작가는 다음과 같이 밝히고 있다.

> 제2작이며 데뷔작이기도 한 '토끼와 포수'는 물론 '관광지대'의 '경계선'에서 발상되고 이상발달한(?) 결과이다. 거기엔 민간인이 되고 나서 처음으로 체감한 공포스러운 억압 상황으로 인한 위축과 함께 당시의 따분한 '주제의식 편향연극(?)'에 대하여 반발을 느끼고 있었던 나의 연극관이 반영되고 있다.6)

아직까지도 미해결의 상태로 남아 있지만, 그 당시 우리 민족이 직면해 있고 해결해야 할 가장 치열한 문제 중의 하나가 바로 분단의 극복이었다. 그러나, 군사 정권이나 진배없는 집단이 이 나라를 지배했던 제3공화국 시절에 이와 같은 문제는 어느 누구도 드러내 놓고 말할 수 없는 형편이었다. 뿐만 아니라, 우리 나라의 1960년대란 <관광지대>처럼 분단 문제에 대해 에둘러 말하며 웃을 수조차 없는 엄혹한 시절이었다. 그리하여, 표현의 자유에 좌절을 겪은 작가가 새로운 돌파구를 모색한 끝에 생겨난 결과물이 바로 <토끼와 포수>이다. 작가는 늘 '따분한 주제 의식'의 연극보다는 재미있는 연극이어야 한다는 것을 신념처럼 지니고 있었기 때문이었다.7)

따라서, <관광지대>는 작가가 민족 분단에 대해 발언하고자 하는 속내를 처음으로 드러내고자 한 것이며, <토끼와 포수>는 그러한 의도가 정치 현실에 의해 막히면서 에두르고 한발 물러선 자리에서 창작된 것으로 이해된다.8)

---

6) 박조열, 앞의 책, 355~356쪽.
7) 앞의 '박조열 초청 세미나'에서 자기의 연극관을 피력하면서, 또 작가는 1996년에 김재석과의 대담에서도 같은 내용의 이야기를 한 적이 있다. 『민족극과 예술운동』, 통권 13호, 1966년 가을호, 97쪽 참조.

이 글에서는 박조열의 작품 모두를 다루지 아니한다. '박조열 희곡 연구' 작업에 여러 사람이 함께 참여하기 때문에, 필자는 초기작 두 편만을 논의의 대상으로 삼는다. 그리하여, 두 작품을 통해 작가가 분단 문제에 다가서고, 또 그로부터 물러서는 모습을 살펴보게 될 것이다. 그리고, 분단이란 치열한 문제에 다가서고 물러서면서 어떤 극적 전략을 마련하고, 그것이 작품 속에 어떻게 구현되고 있는지도 살필 것이다. 이와 같은 작업은 박조열 희곡을 온당하게 이해하기 위한 단서를 마련하는 데 이바지할 수 있을 것이기 때문이다.

Ⅱ. 분단 문제로 다가서기 : <관광지대>

남북 분단의 상징인 판문점의 휴전 회담이 열렸던 회의실 자리에 아담한 관광호텔이 꾸며지고, 관광객이 이 호텔에 들어선다. 손님에게 근엄한 자세로 경례를 하는 수위장은 주인공의 매부이고, 손님을 방으로 안내하는 미인은 주인공의 누님이다. 주인공 한남북은 손님이 돌아갈 때 계산서를 내밀고 돈을 받는 일을 한다. 그리고, 조카는 바람이 나서 처녀들 꽁무니만 쫓아다니느라 집에는 없다.

<관광지대>의 마지막 장면에서 주인공 한남북이 아나운서가 되어 관객을 향하여 쏟아내는 대사 내용의 일부분이다. 물론, 한남북의 이와 같은 이야기는 현실이 아니라, 앞으로의 계획이자 전망일 뿐이다.

한남북은 지금 휴전 회담이 열리고 있는 회의실 장소가 원래 자기 집이 있었던 곳이라고 한다. 그래서, 주인공은 역사적 비극의 현장에 관광 호텔

---

8) 물론, 작가는 그 이후에도 민족의 분단을 작품 속에서 지속적으로 문제삼았다. <모가지가 긴 두 사람의 대화>(1966), <오장군의 발톱>(1974), <가면과 진실>(1975), <조만식은 아직도 살아 있는가>(1976) 등의 작품이 그런 경우들이다.

을 짓고자 한다. 그러자면, 우선 자기 땅을 찾는 일부터 해야 하고, 그 일을 위해 소송을 준비하고 있다. 그러나, 그는 이런 소송을 취급할 만한 권한을 가진 재판소가 어디 있는지를 알지 못한다.

판문점의 관광지대화, 상식으로 보아 어처구니없는 일이지만, 상식을 뛰어넘는 기발한 착상이다. 이처럼 기발한 착상을 하고, 그것을 토대로 한 편의 작품을 완성하기까지 작가는 엄청난 고민의 과정을 겪었을 터이다. 남과 북의 이해가 치열하게 대결하고 있는 현장인 판문점이지만, 작가는 그곳에서 실제로 벌어지고 있는 사건을 세상의 구경거리에 불과하다고 판단하고 있는 것이다.

그러나, 작가는 이런 말을 생각대로 작품 속에서 말할 수 없다. 그리하여, 고민 끝에 작가는, 말할 수 없는 상황에서도 자기의 신념이나 세계관을 말하기 위해서는 심각한 것을 심각하지 않은 것처럼 꾸미거나 우스꽝스럽게 변질시키는 전략을 선택한 것이다. 그래서, 작가는 있을 법하지 않은 상황을 우스꽝스럽게 꾸며서 보여준 것이다.

> 이것은 1963년 4월 1일, 판문점에 있는 휴전 회의실에서 벌어진 파아스를 스케치한 것이다. 그러나 작자가 구태여 소위 「만우절」을 택한 점으로 봐, 이 파아스는 터무니없는 거짓말일 수도 있다는 것을 짐작하기는 어렵지 않다.[9]

'분단'이나 '통일'에 관한 문제는 논의조차 봉쇄되었던 당시의 형편에서, 이와 같은 문제를 정면으로 다루는 것은 사실상 불가능하다. 만일, 다루고자 한다면 그것은 정부 권력에 의해 단 한 번의 행위로 그칠 수밖에 없고, 그 행위에 대해 엄청난 대가를 지불할 각오를 해야만 했다. 그래서, 작가는 작품 서두의 지문을 통해 시간적 배경을 '4월 1일' 만우절로 잡을 만큼 세심

---

9) 박조열, <관광지대>, 『박조열 희곡집』, 학고방, 1991, 15쪽. 앞으로의 작품 인용
   은 이 책의 쪽수만 밝힌다.

한 배려를 했고, 앞으로 전개될 내용이 '파아스'[farce, 소극(笑劇)−필자 주]
라고도 하고, '터무니없는 거짓말'이라고 능청스럽게 딴전을 펴기도 한다.
　그러나, 그 뒤에 곧바로 이어지는 지문은 작가의 철저한 분단 의식을 드
러내고 있다.

> 회의실은 철조망에 의하여 정확하게 양분되어 있으며 이 철조망은 테이
> 블 위까지도 사양치 않고 있다. 무대 맨 앞쪽까지 뻗쳐 있는 철조망의
> 적당한 곳에 출입문이 있는데− 그것은 중립국 감시 위원단 전용문이
> 다. (15쪽)

　'철조망'에 의해 양분된 회의실의 모습은 작가의 분단 의식을 상징하고
구체화할 수 있는 기호로 작용한다. 남북 분단의 추상적 현실은 회의실의
철조망을 통해 시각화됨으로써 구체화될 수 있기 때문이다. 그리고, 작가에
게 세상을 둘로 나누어 보는 시각이 형성된 것은 고향을 북쪽에 두고 남쪽
에 와서 살고 있는 작가의 삶에서 비롯된 것일 수 있다.
　작가의 양분된 의식은 한남북의 가정에도 그대로 적용된다. 한남북은, 예
전에 이곳에 집이 있었을 때에 아버지와 어머니가 전쟁을 할 때마다 정지방
과 가운데방 사이에는 엄격하게 눈에 보이지 않는 철조망이 처져 있었다고
했다. 그리하여 싸움이 끝날 때까지 아버지는 가운데방을 고수하고 어머니
는 정지방만 고수했다고 했다.
　그리고, 그 뒤 정말 전쟁이 나자, 아버지는 인민군에게 총살당하고 어머
니는 미군 폭격에 죽었다고 했다. 쌍둥이로 태어난 한남북 남매마저 남북으
로 헤어져 살게 되어, 누나는 북쪽사람이 되었고, 한남북은 남쪽의 군인이
되었다고 했다.

> 한남북　결국 우리 부모는 양쪽에서 한 사람씩 공평하게 죽인 셈이
> 　　죠. 그러나 우리 가정의 비극이 여기서 끝난 것은 아닙니다.
> 　　그후 다시 유엔군이 여기를 수복했다가 후퇴하는 혼란통에

우리 나이 어린 남매마저 어느 결에 남북으로 분배되어 버렸
던 것입니다. (20쪽)

남북 분단과 대치 상황이 한 가정을 어떻게 파괴할 수 있는가를 작가는
한남북 가족의 죽음과 이산을 통해 확연하게 보여주고 있다. 그리고, 인민
군과 유엔군에 의한 부모의 죽음을 그들이 부모를 한 사람씩 '공평하게' 죽
였다고 함으로써 분단 현실을 싸늘한 시선으로 바라보고 있다.

그러나, 작가는 남북 분단이 영원히 고착될 것으로 보지 않고, 쉽게 또는
빨리 해소될 것이라는 믿음을 버리지 않고 있다. 그것은 우선 주인공의 이
름 짓기에서 드러나는데, '한남북'이란 이름에는 '한민족(韓民族)의 남과
북', 또는 '하나(한)의 남과 북'이란 의미가 강하게 담겨 있다. 그리고, 지금
은 남쪽과 북쪽으로 갈라져서 살고 있지만, 한남북과 그의 누이를 같은 탯
줄에서 태어난 쌍둥이로 설정한 것도 남과 북이 떨어져 살 수 없는 운명이
란 점을 강조하기 위한 장치이다. 뿐만 아니라, 아버지와 어머니가 싸울 때
에는 정지방과 가운데방을 고수하면서 그 사이에 눈에 보이지 않는 철조망
이 쳐져 있었지만, 그 싸움은 으레 사흘을 넘기지 않았다고 했다. 그리하여,
작가는 민족의 분단 현상이 부부 싸움처럼 빨리 해소되기를 바라는 염원을
드러내고 있다.

이 작품의 소극적(笑劇的) 특징은 휴전 회담 장소에서 유감없이 드러난다.
한남북의 가정사(家庭事)는 연극의 해설자 역으로 등장하는 한남북의 대사
를 통해 보고되는 데 그칠 뿐, 직접 무대화된 것은 아니다. 그러나, 휴전 회
담은 철조망이 가로지른 테이블을 사이에 둔 무대에서 실연된다. 유엔측 대
표와 북한측 대표는 회담에서 본질적인 문제를 해결하기 위해 노력하기보
다는 소모적인 논쟁만을 일삼고, 그 장면들이 우스꽝스럽게 폭로된다.

회담에 참여하고 있는 대표단의 이름을 맥카시와 괴공산으로, 보좌관의
성(姓)을 싸우스와 북으로 설정한 것도 이름이 상징하는 인물의 유형성을
확보하는 구실을 하기에 충분하다.[10]

그리고, 지문을 통해 인물의 성격을 맥카시는 '약간 차고 교활한 신사 타입'로, 괴공산은 '냉혹하고 저돌적이고, 걸핏하면 연설조가 되는 공산당 간부들에게서 흔히 볼 수 있는 유형'(18쪽)으로 설정해 놓고 있다. 두 사람 모두 통상적인 협상의 주역으로서는 부적격한 인물들이다.

> 괴공산 (못 참겠다는 듯이) 왜 말이 없소, 이 회의는 당신들이 요구
>   해서 열리는 건데…….
> 맥카시 (점잖게) 우리는 귀측의 대표를 기다리고 있습니다.
> 괴공산 (어리둥절, 보좌관 북 중좌를 돌아보고 구원을 요청)
> 북중좌 (뭐라 쑥덕댄다)
> 괴공산 (자세를 가다듬고 마치 권투라도 할 듯 어깨를 씰룩하고 나
>   서) 무슨 개소리요, 그건? 당신 날 모욕할 셈이요?
> 맥카시 귀하의 말 뜻은 결국 귀하께서 오늘의 귀측 대표라는 뜻이
>   라고 이해해도 무방하단 말씀입니까?
> 괴공산 이, 이건 무슨 수작이야, 넌 그럼……
> 맥카시 장군, 장군께서 만약 오늘 역시 대표의 자격으로 이 자리에
>   나왔다면 모욕을 받은 것은 오히려 본관이란 걸 아셔야겠습
>   니다. 귀하는 대표라고 주장하면서 휴전협정 세측에 명시된
>   바(자기 완장을 손짓하며) 대표 표식을 하지 않고 있으니, 이
>   것은 분명 이 회담의 권위를 고의적으로 무시하는 행위이고
>   따라서 본관이 모욕을 받았다는 것도 자명한 일입니다. (괴공
>   산은 당황하며 북 중좌를 돌아본다. 북 중좌 황급히 가방 속
>   을 뒤진다) 그러나 본관은 이 모욕에 대한 시비를 귀하와 나
>   눌 의사는 없습니다. 다만 오늘 회의는 귀측의 대표 불참으로
>   자동 유회된 것으로 이해합니다. (맥카시는 보좌관을 재촉하
>   며 퇴장한다. 이러는 동안 괴공산은 북 중좌로부터 받은 완장
>   을 테이블 밑에서 팔 끝에 끼고 나서 높이 쳐들면서 철조망
>   가까이 달려간다)
> 괴공산 잠깐!(또는 여보!)

---

10) 박혜령, 「박조열 희곡 읽기」, 『우암어문론집』, 제8호, 1997, 187쪽 참조.

맥카시 (잠깐 쳐다보다가 태연히 되돌아와서 앉는다.) 장군께서 장
　　　　난을 즐기시는 성민 줄은 미처 몰랐습니다.…그럼 회의를 시
　　　　작할까요?
괴공산 (팔을 쳐든 채) 안돼, 당신은 회의가 시작되기도 전부터 터
　　　　무니없는 트집을 잡았소. 이 완장은 첨부터 끼고 있었단 말이
　　　　오. 난 이 사실을 당신이 인정하기 전에는, 그리고 응당한 사
　　　　과를 당신으로부터 받기 전에는 회담 개최에 응하지 않겠
　　　　소.(18~19쪽)

　작품을 조금 길게 인용했지만, 남파 간첩과 월북한 소를 교환하기 위해
열린 휴전 회담에서 양측 대표는 회의 주제와는 전혀 관계없는 일들로 입씨
름만 되풀이하고 있다. 가벼운 즐거움을 제공해 주는 소극은 플롯보다는 상
황을 중요시하며, 성격의 발전보다는 유형에 집중하고, 익살스런 육체적 행
위를 강조한다. 웃음의 방법으로는 말장난(verbal jokes), 육체적 광대짓
(physical clowning), 익살극(buffoonery), 활극(slapstick) 등이 주로 이용되는데,[11]
<관광지대>는 소극의 이러한 특성이 잘 드러나고 있는 작품이다.

　양측 대표의 모습과 언행은 통상적인 장군의 모습과는 거리가 멀다. 주제
를 놓고 논리적인 싸움을 벌이기보다는 완장을 차지 않았네, 찼네 하는 따
위로 말놀이에 열중하고 있을 따름이다. 마치 어린이들의 소꿉장난을 연상
케 하는 장면이다. 그리하여, 작가는 한남북의 부모가 북한군과 유엔군에
의해 한 사람씩 죽었다고 하듯이, 회담에서도 양측을 싸잡아 비난하는 양비
론(兩非論)의 입장을 취한다. 그러면서도 인물을 설명할 때와 마찬가지로 유
엔 대표보다는 북한 대표가 지나치게 희화화되어 그려진 것은, 북쪽을 버리
고 남쪽에 삶의 터전을 마련한 작가로서 당연히 지닐 법한 반공 이데올로기
를 반영하고 있다.[12] 그러나, 1960년대의 정치적 상황에서 유엔에 대해 이
만큼이라도 비판적인 시각을 갖추는 것도 쉬운 일은 아니었다.

---

11) 양승국, 『희곡의 이해』, 연극과인간, 2000, 445쪽.
12) 김성희, 앞의 책, 502쪽 참조.

회담은 우여곡절 끝에 마무리되어 남파 간첩과 월북한 소를 교환하기에 이른다. 그러나, 유엔 대표인 맥카시는 회담을 성사시키는 일보다 황소가 북쪽에서 상으로 받아 목에 매달고 있는 금방울에 더 많은 관심을 지닌 인물이다.

> 아나운서 [……] 그런데 여러분! 그 미국 소장이 왜 그토록 금방울에 대하여 관심이 많은지 아십니까? 소문대로라면 그 미국 소장 숙소에는 곰방대, 삿갓, 치마, 저고리, 두루마기, 꼬챙이, 속옷, 탈바가지, 그리고 이조 18대 왕의 후궁이 쓰던 백자 요 강…아뭏든 굉장한 수집가인 모양입니다. 이런 미국 소장이 그 금방울에 대하여 관심을 가질 때야 뻔하지 않습니까.(28쪽)

결국, 맥카시는 휴전 회담에서 유엔을 대표하는 인물이지만, 그는 우리가 겪고 있는 민족 분단의 고통은 안중에도 없고, 먼 나라에 파견나와 있는 동안 자기의 취미 생활에나 열중하는 인물로 묘사되고 있다. 그러므로, 작가는 유엔의 활동을 통해 남북 분단의 문제가 해결될 수 없다는 비극적 세계관을 지니고 있다고 할 것이다.

그리고, 작품의 마지막에 아나운서로 등장한 한남북은, '북쪽으로 돌아간 간첩이 캄캄한 서울 거리와 미 제국주의에 반대하는 남한의 분위기를 전할 것이고, 천리마 운동에 시달렸던 황소는 남쪽에서 하루에 열여덟 시간을 일해도 주인의 관대함에 감격할 것'이라고 하는데, 이것은 작가가 이제까지 남북에 대해 비교적 균형잡힌 시각을 유지해 왔던 것이 파괴되는 부분이다. 그리하여, 이 부분은 작품의 소극적 특성을 훼손하고 반공 이데올로기를 강조하는 데 이바지함으로써,13) 작품의 전체적인 성격이나 분위기를 유지하

---

13) 박혜령, 앞의 논문, 188~189쪽 참조.
　　이미원이 "은연중에 남북한을 선악의 개념으로 파악하고 있어서 반공 문학의 범주를 벗어나지는 못하고 있다. 따라서 이데올로기 화해의 장을 제시하는 데는 미흡한 감이 있다."(「박조열 작품론 : 양식적 실험과 집념」,『한국 근대극 연구』, 현대미학사, 1994, 396쪽)고 지적한 것도 이 부분을 염두에 둔 것으로 보인다.

는 데 결함으로 작용한다.

그러나, 이와 같은 부분적인 결함에도 불구하고, <관광지대>는 분단 문제의 거론을 금기시했던 1960년대의 정치적 상황에서, 비록 에두르는 방법이기는 하나 분단과 통일 문제를 다루었다는 데에서 그 일차적 의의를 찾을 수 있다. 그리고, 그것은 분단의 해소와 통일을 열망하는 치열한 작가 의식의 소산이다.

Ⅲ. 분단 문제에서 물러서기 : <토끼와 포수>

인형 공예가인 미망인 민혜옥은 딸 미영과 함께 살고 있는데, 이 집에 화가 장운이 셋방을 얻어 들어오면서 민혜옥과 장운 사이의 쫓고 쫓기는 사랑 놀음이 무대 위에 펼쳐진다. 이 두 사람 사이의 사랑 놀음에 미영과 곤충학도인 기호 사이의 사랑이 버물림으로써 무대는 훨씬 생동감이 넘치게 되고, 관객은 두 쌍의 사랑 놀음을 웃으면서 바라볼 수 있다. 그러므로, 희곡 <토끼와 포수>는 민혜옥과 장운의 사랑을 씨줄로 삼고, 미영과 기호의 사랑을 날줄로 삼아 두 쌍의 사랑 놀음을 코믹하고 경쾌하게 그리고 있는 작품이다.

그리고, 이 작품은 무명인 작가를 연극계에 화려하게 등장시킨 촉매제 역할을 했다. 이 작품이 그 해 연말에, 당시로서는 유일한 연극상이었던 동아연극상의 대상·연기상·희곡상을 석권하는 쾌거를 이루었기 때문이다.[14]

우리 나라 연극이 서구 연극에 편입된 이후, 특히 사실주의에 일방적으로 기울면서부터 연극에서 희극성은 찾기 어렵게 되었다. 이와 같은 연극 환경에서 두 쌍의 사랑을 교직(交織)한 탄탄한 극적 짜임새, 대조적인 성격의 인물 설정, 예상을 뒤엎는 기지에 찬 대사, 장면의 빠른 전환 등 희극이 갖추

---

14) 박조열, 앞의 책, 356쪽 참조.

어야 할 요건을 골고루 지닌 이 작품은 우리 나라 희곡사가 거둔 소중한 결실이다. 그리하여, 그의 작품은 '당시 문단의 섬세하면서도 서구적 감각성을 희곡에 도입하여 연극의 새 장'을 열었고, 그의 '세련되고 섬세한 유머 감각은 오늘날 희곡에서도 가장 부족한 부분'인데, 그의 작품이 이 부족한 부분을 메웠다는 평가를 받기도 했다.[15]

사실, 희극이란 우리에게 인생의 궁극적인 위기나 이와 관련된 고도의 감정에 대한 통찰을 주지는 않지만, 사회의 예절이나 풍습, 인간 행위의 작은 결점과 엉뚱한 모습들에 대한 통찰을 줄 수 있다.[16] 그것은 웃음을 통해 실현될 수 있는데, 웃음은 인간 사회의 보편성에서 이탈함으로써 발생하고, 웃음 속에는 반어·풍자·해학 및 기지로 이루어지는 비평정신이 있다.[17]

그런데, 같은 희극 갈래이면서도 <토끼와 포수>는 첫 작품인 <관광지대>와는 성격이 확연히 다르다. <관광지대>에서는 웃음을 통해 분단 현실을 넌지시 비판하면서 분단 상황의 빠른 해소를 바라는 작가의 기원이 숨겨 있다. 그러나, <토끼와 포수>에서는 끝없이 이어지는 웃음 속에서 두 쌍의 사랑 이야기만 전개될 뿐이다. 창작 경향이 이렇게 달라진 데에는 필연적인 까닭이 없을 수 없다.

작가는 <토끼와 포수>가 <관광지대>의 '경계선'에서 발상되고 이상 발달한(?) 결과라고 술회했다. 그리고, <관광지대>를 발표하고 난 뒤 겪은 공포와 위축감, 따분한 '주제 의식 편향 연극(?)'에 대한 반발 등이 복합적으로 작용되어 쓰여진 작품이라고도 했다.[18] 결국, 작가는 <관광지대>로 분단 문제에 다가섰다가 외부의 압력에 의해 이러한 글쓰기가 여의치 않게 되자, 이로부터 한발 물러선 어름에서 <토끼와 포수>를 쓴 셈이다. 여기에 연극이란 일단 재미있어야 한다는 작가의 연극관이 보태어진 것은 말할 나위도

---

15) 이미원, 앞의 책, 391쪽 참조.
16) 마틴 에슬린, 원재길 옮김, 『드라머의 해부』, 청하, 1987, 131쪽 참조.
17) 민병욱, 『희곡문학론』, 현범사, 1989, 50쪽 참조.
18) 박조열, 앞의 책, 355~356쪽 참조.

없다. 작가의 표현의 자유를 억압한 외부의 압력이 당시에 어느 정도 심각했던가는 작가의 술회를 보면 더욱 분명해진다.

> '토끼와 포수'의 공연은 당시의 억압 상황이 얼마나 극심했는가를 생생하게 전해주는 일화도 가지고 있다. 예륜의 압력을 받아 김춘추·장운의 대화 대목에 나오는 '정치가'는 '사업가', 김기호의 전화 대목에 나오는 '치안국'은 '소방서'로 바꿔야 했던 것이다. 그들은 심지어 장운이 그리고 있는 소마저 공화당의 상징이므로 다른 짐승으로 바꾸라고 했다. 그리고는 공연 첫 회에 2명의 기관원이 맨 앞줄에 앉아서 지시이행 여부를 확인하기도 했던 것이다.[19]

이미 <관광지대> 때문에 작가는 당국으로부터 곱지 않은 시선을 받았을 뿐 아니라, 경찰의 조사를 받은 전력을 지니고 있다. 비록 <관광지대> 사건은 무사히 마무리되었다고 하더라도, 작가는 당국으로부터 지속적인 관심의 대상이 될 수밖에 없었다. 그리하여, 예륜은 남녀의 사랑 놀음을 소재로 한 연극조차 갖가지 까탈을 달아 간섭하여 작품 속의 대사를 바꾸도록 강요했고, 연극 공연 때에는 기관원이 현장을 확인까지 했다. 이처럼 억압적인 상황에서 <관광지대>류(類)의 작품을 다시 쓰는 것은 거의 불가능에 가까운 일이었다. 작가가 그토록 집착했던 분단이나 통일을 제재로 한 작품을 쓰지 못하고 사랑 이야기로 물러선 소이(所以)가 비로소 확연히 드러나는 것이다.

그러나, 역설적이게도 이와 같은 억압적인 상황은 작가로 하여금 소재의 영역을 넓히게 한 부수적인 효과도 함께 거두었다. <관광지대>가 아무 탈 없이 지나갔더라면 <토끼와 포수> 같은 작품은 쓰여지지 않았을지도 모른다. 일이 그렇게 되었더라면 우리 희곡사는 매우 소중한 희극 한 편을 거두지 못했을 터이고, 작가는 편협된 소재 영역에서 쉽사리 헤어나지 못했

---

19) 박조열, 앞의 책, 356쪽.

을 것이다.

<토끼와 포수>는 남녀간의 사랑을 소재로 삼고 있으면서도, 작가의 의식을 옥죄고 있는 분단 의식 또는 경계선 의식에서 완전히 자유로울 수는 없었다. 작가가 민혜옥으로 하여금 응접실의 한가운데에 빨랫줄로 삶의 공간을 나누게 하는 희한한 일을 시키고 있기 때문이다. 그리하여, 그는 남녀 사이에 벌어지는 사랑조차 경계선을 그어놓고 바라보는 시각을 버리지 않고 있다. 그리고, 그 경계선이 사라졌을 때 두 사람의 사랑도 완성될 수 있을 것이라 고 인식하고 있다.[20]

<관광지대>에서 살펴보았듯이, 작가의 의식 세계를 지배하고 있는 것은 고향에 대한 정념과 분단 의식이다. 그리하여, 그는 습관적으로 모든 것을 둘로 나누어 보고자 한다. 작품에서 회의실의 테이블 한가운데를 철조망이 가로지르고, 가족도 둘로 나누어진다. 한남북의 남매는 남북으로 헤어져 살고, 심지어 부모의 죽음조차 인민군과 유엔군에 의해 한 사람씩 죽은 것으로 설정되어 있다. 이 모든 것이 작가의 분단 의식에 그 맥이 닿아 있다. 그러면서도 또 다른 한편으로, 작가는 분단과 같은 민족의 문제도 가정에서의 부부 싸움이나 진배없다고 생각한다. 부부가 서로 싸울 때에는 집안에 보이지 않는 철조망이 처지기 일쑤지만, 그것은 사흘을 넘기지 못하고 걷히기 마련이라고 했다. 말하자면, 민족의 분단 문제가 부부 싸움처럼 쉽게 그리고 빨리 해소되기를 바라고 있는 것이다.

그런데, <관광지대>에서의 경계선 의식이 <토끼와 포수>에서는 빨랫줄로 바뀌어 나타난다. 그리고, <관광지대>에서의 철조망이 민족의 분단을 상징하는 데 비해 <토끼와 포수>에서의 빨랫줄은 응접실에다 삶의 공

---

20) 실제로, 지난 5월에 대구의 연극전용극장 예전 아트홀에서 개최된 '한국 극작가 집중 탐구Ⅲ-박조열 연극제'에서는 이홍우가 이 작품의 연출을 담당했을 때, 그는 마지막 장면을 장운이 민혜옥을 포옹하고 민혜옥이 장운에게 안긴 채 발로 경계선을 걷어내는 것으로 바꾸었다. 이 마지막 장면을 통해, 경계선이 사라짐으로써 쫓고 쫓기던 두 사람 사이의 사랑이 비로소 완성되었다는 작가의 메시지를 관객에게 더욱 실감나도록 전달할 수 있었다.

간을 나누는 구실에 그친다. 결국, 작가는 분단의 상징인 철조망도 사랑싸움에 가로놓인 빨랫줄처럼 쉽게 무너질 것이라는 기원을 <관광지대>보다 훨씬 멀리 에둘러서 나타낸 것이다. 그러나. 창작 의도에 대한 작가의 설명을 빼고 나면, 빨랫줄을 분단의 상징인 철조망과 동일시하기란 쉽지 않다.21)

혜 옥　총각? 어떻게 그런 말이 나와요? 누가 모를 줄 알구.
장 운　내가 총각이라는 건 비밀이 아니니까.
혜 옥　오매담!
장 운　오매담?
혜 옥　그래도 시치밀 떼요?
장 운　오매담?
혜 옥　참내! 그 노블 양장점의 ……
장 운　아!
혜 옥　(흉내) 아! 할 말이 없는 모양이지?
장 운　그 여자 아직 살아 있습니까?
혜 옥　뻔뻔스럽긴! 실컷 농락하구선.
장 운　농락! 오히려 내가 당할 뻔했는데.
혜 옥　생쥐가 고양일 농락했다면 믿을까요?
장 운　고 생쥐가 거짓말을 퍼뜨리고 다니는 모양이군.
혜 옥　당신을 찾고 있습디다.
장 운　여깄다고 하시지.
혜 옥　내가 왜 그런 소릴 해요, 자기가 찾아볼 일이지.
장 운　나타나기만 해봐라, 꽁초처럼 밟아버릴 테니까.
혜 옥　무슨 일이 있긴 있었군요.
장 운　있었지요. 나더러 한 달만 동거생활하잡디다.
혜 옥　그래서요?
장 운　다음에 다시 만나서 회답하겠다고 했지.
혜 옥　그래서요?

---

21) 이미원, 앞의 책, 398쪽 참조.

장 운 다시는 만나지 않았지.
혜 옥 (잠깐 있다가) 왜요? 같이 살 일이지, 얼마나 시시닥거렸으면
       그런 말이 다 나왔을까.
장 운 질투?
혜 옥 질투? 아이 우스워라.
장 운 우습구 말구.(83∼84쪽)

　사랑에 쫓기는 미망인 민혜옥과 한없이 달아나기만 하려는 그녀를 쫓는 장운 사이의 관계를 '토끼와 포수'란 제목으로 포장한 것은 놀라울 만큼 참신하다. 그리고, 쫓기면서도 어쩔 수 없이 장운에게로 기울어지고 있는 민혜옥의 마음, 장운의 주변을 떠도는 스캔들에 무관심한 척하면서도 결코 무관심할 수 없는 그녀의 속내가 숨돌릴 여유도 없이 빠르게 진행되는 대사 속에 드러난다. 뿐만 아니라, 이들 사이에 벌어지는 사건 사이사이에 어눌한 말투의 기호와 천진난만한 복순의 엉뚱한 행동이 개입됨으로써 웃음은 더욱 증폭된다.
　그리고, 장운과 민혜옥 사이에 팽팽하게 진행되어 온 사랑 싸움에 균형이 깨어지면서 두 사람이 화해에 이르게 된 것은 계교와 새로운 인물의 등장에 따른 반전의 극적 기법이다.

　[개
기 호 그렇습니다. 그렇게만 되면 참 편리할 텐데…… 아버지에게
       거짓말한 것도 통할 수 있고……
장 운 그건 또 무슨 소리지?
미 영 실은 기호씨 아버님이 요번 토요일에 절 선보러 오시게 돼
       있어요. 그런데 기호씨가 저에게 아버지가 계신다고 거짓말을
       했다는 거예요.
장 운 그럼 아버지 없이 태어났다는 건가?
미 영 그게 아니라, 지금 살아 계시다구 했다는 거예요. 게다가 굉
       장한 화가라고까지 했다지 않아요.(87쪽)

　　[나]
춘　추　천만에 말씀을, 김춘추올시다.
혜　옥　(그저 멍하니 쳐다볼 뿐이다.)
장　운　이쪽이 문제의 딸년입니다.
미　영　(얌전히 절한다.)
장　운　(혜옥에게) 당신은 피곤하면 들어가 있지, 상은 복순이가 보
　　　　게 하구. (춘추에게) 집사람이 며칠째 독감을 앓고 있습니
　　　　다.(95쪽)

　[가]는 미영과 기호, 장운이 꾸미는 계교 장면이다. 기호 아버지가 미영을 선보러 오게 되어 있는데, 기호는 아버지에게 미영의 아버지가 굉장한 화가라고 거짓말을 한 것이다. 그래서, 기호와 미영은 장운에게 기호 아버지를 만나면 미영의 아버지로 행세해 달라고 부탁한다. 세 사람은 이러한 계교의 마련에 쉽게 동의한다. 기호는 미영의 아버지가 있다고 거짓말한 것을 감출 수 있고, 미영은 이 기회에 어머니와 장운의 결합을 추진할 수 있으리란 기대 때문이다. 그리고, 장운은 그토록 민혜옥을 줄기차게 쫓아다녔는데, 이제 그녀와의 사랑을 성사시킬 수 있는 절호의 기회를 만난 것이다. 이처럼 세 사람의 이해가 일치될 수 있었기에 이들은 거짓말하기에 쉽게 동의하게 된다.

　[나]에서는 김춘추가 민혜옥의 집을 방문하여 이들과 첫 대면을 하는 장면인데, 장운은 미영의 아버지 행세를 거침없이 해내고 있다. 예기치 않은 상황에 맞닥뜨린 민혜옥은 당황하여 어쩔 줄 몰라하고 있는 것이다.

　이처럼 <토끼와 포수>에서 김춘추의 등장은 사건의 전개에서 엄청난 반전을 몰고 온다. 김춘추의 등장이 없었다면 장운과 민혜옥의 줄다리기는 새로운 돌파구를 마련하지 못한 채 지루하게 이어질 수밖에 없다. 작가의 뛰어난 극적 감각과 구성력이 돋보이는 곳도 바로 이 부분이다.

IV. 맺음말

이 글에서는 박조열의 희곡 작품 중에서 초기작 <관광지대>와 <토끼와 포수> 두 편만을 다루었다. 이 작품을 통해 작가가 분단 문제에 다가서고, 또 그로부터 물러서는 모습을 살펴보았다. 그리고, 작가가 분단이란 치열한 문제에 다가서고 물러서면서 어떤 극적 전략을 마련하고, 그것이 작품 속에 어떻게 구현되고 있는지도 살펴보았다. 이와 같은 작업은 작가의 희곡작품을 온당하게 이해하기 위한 단서를 마련하는 데 이바지할 수 있을 것이기 때문이다.

<관광지대>는 부분적인 결함에도 불구하고, 분단 문제의 거론을 금기시 했던 1960년대의 정치적 상황에서, 비록 에두르는 방법이기는 하나 분단과 통일 문제를 다루었다는 데에서 그 일차적 의의를 찾을 수 있다. 그리고, 그것은 분단의 해소와 통일을 열망하는 치열한 작가 의식의 소산이다.

그리고, 작가는 말할 수 없는 상황에서도 자기의 신념이나 세계관을 말하기 위해서 심각한 것을 심각하지 않은 것처럼 꾸미거나, 우스꽝스럽게 변질시키는 전략을 선택한 것이다. 그래서, 작가는 있을 법하지 않은 상황을 우스꽝스럽게 꾸며서 보여준 것이다. 판문점을 관광지대로 꾸민다거나, 휴전 회담 장면을 소극풍으로 스케치하듯이 그린 것도 바로 그러한 전략의 구사이다.

<관광지대>로 분단 문제에 다가섰다가 외부의 압력에 의해 이러한 글쓰기가 여의치 않게 되자, 작가는 치열한 현실로부터 한발 물러서서 <토끼와 포수>를 창작했다. 그리고, 연극이란 일단 재미있어야 한다는 작가의 연극관이 보태어진 것은 말할 나위도 없다.

그러나, 이 작품의 가치를 창작 의도에 대한 작가의 설명에 따라 경계선 의식에서 찾는 것은 온당한 방법이 아니다. 이 작품의 참된 가치는 경계선

의식에 있다기보다 제대로 구현된 희극 정신에 있기 때문이다. 희극성을 찾기 어려운 당시의 연극 환경에서 두 쌍의 사랑을 교직(交織)한 탄탄한 극적 짜임새, 대조적인 성격의 인물 설정, 예상을 뒤엎는 기지에 찬 대사, 장면의 빠른 전환 등 희극이 갖추어야 할 요건을 골고루 지닌 이 작품은 우리 나라 희곡사가 거둔 소중한 결실이다.

그리고, <토끼와 포수>에서 김춘추의 등장은 사건의 전개에서 엄청난 반전을 몰고 온다. 김춘추의 등장이 없었다면 장운과 민혜옥의 줄다리기는 새로운 돌파구를 마련하지 못한 채 지루하게 이어질 수밖에 없었기 때문이다. 그러므로, 이 작품에서 작가의 뛰어난 극적 감각과 구성력이 돋보이는 곳도 바로 이 부분이라고 할 수 있다.

◈ 참고문헌 ◈

김성희, 「분단 현실의 극복과 동화적 세계」, 『연극의 사회학, 희곡의 해석학』, 문예마당, 1995.

김재석, 「대담으로 풀어보는 연극론, 懷鄕 정념의 발현 - 극작가 박조열」, 『민족극과 예술운동』통권 13호, 1966년 가을호.

민병욱, 『희곡문학론』, 현범사, 1989.

박조열, <관광지대>, <토끼와 포수>, 『박조열 희곡집』, 학고방, 1991

박조열, 「꼬리말-작자의 옛 이야기-」, 『박조열 희곡집』, 학고방, 1991.

박혜령, 「박조열 희곡 읽기」, 『우암어문논집』, 제8호, 1997.

양승국, 『희곡의 이해』, 연극과인간, 2000.

유민영, 『한국현대희곡사』, 홍성사, 1982.

이미원, 「박조열 작품론 : 양식적 실험과 집념」, 『한국 근대극 연구』, 현대미학사, 1994.

마틴 에슬린, 원재길 옮김, 『드라머의 해부』, 청하, 1987.

분단현실의 객관화와 통일의지의 환기
-〈관광지대〉-

이 상 진

[차 례]

Ⅰ. 머리말

1960년대의 분단희곡은 1950년대의 희곡들이 갖는 문제점에서 벗어나 그 시선을 다양화했다는 데 의의가 있다. 즉 1950년대 희곡의 가장 보편적이고 절실한 소재인 6·25를 바라보는 시각이 흑백논리를 벗어나지 못했다면 1960년대는 6·25의 객관화라는 기본방향 아래 새로운 다양성을 모색했던 시기였다. 이 시기에 주목할 만한 분단희곡이 바로 박조열의 <관광지대>이다. <관광지대>는 '냉철하고도 객관적인 분단상황'을 진단해내었다는 데 의의가 있다. <관광지대>는 박조열의 처녀작이자 작가가 수난을 당하게 되는 계기가 된 작품이다. 특별히 이 작품을 선택한 것은 작가의 처녀작이기도 하고, 작가가 추구하는 주된 작품 방향인 통일문제에 대한 고민이

이 작품을 시작으로 본격화되었기 때문이다. 또한 통일문제에 대한 객관화된 시선을 드러내어 기존의 흑백논리적인 반공이데올로기를 깨우치게 하는 선구적인 작품이라는 점도 관심을 불러일으키는 요인으로 작용한다.

　박조열의 <관광지대>는 앞선 연구자들에 의해 많은 연구들이 있어 왔다. 그러나 대부분의 논의가 박조열작품들의 전체적 방향에 대한 한 부분으로서 소개되는 수준이었다. 본고에서는 <관광지대>라는 하나의 작품이 지니는 의미를 세부적으로 분석해내고자 한다.

　이 작품을 논의하는 데 있어 먼저 작품 속에서 보이고 있는 다양한 장치들과 극의 중심적 위치를 차지하고 있는 남북회담장면과 끼여들기 식으로 드러나는 판문점 명도소송사건이 지니는 의미를 파악해내어 궁극적으로 이 극이 표현하고자 하는 바를 찾아내고자 한다. 또한 이 작품을 이끌어가는 한남북과 극을 지켜보는 관객의 역할에 대해서도 살펴보고자 한다. 전체적으로 장치, 내용, 인물의 형태로 <관광지대>를 짚어보고자 한다.

II. 이분화된 시각적 장치들

　<관광지대>(판문점 명도소송)는 제목에서처럼 이제는 관광지대로 변해버린 판문점에서 일어나는 하나의 사건을 다룬다. 남한측의 보초로 있는 '한남북'이라는 인물이 지금은 판문점이 되어버린 위치가 과거 자신의 집이었음을 이야기하면서 남북회담의 우스꽝스러운 장면을 보여준다. 이 작품은 4월 1일 만우절을 시간적 배경으로 설정함으로써 이 모든 사건이 거짓일 수도 있다는 것을 암시하고 있다.

　작가는 남북한의 상황을 아주 쉽고 간단하게 이분화하고 있다.

　　한남북 : ……비록 전쟁 바람에 여기 있던 우리 집은 흔적도 없이

사라지고 지금은 이렇게 휴전 회의실이 차지하고 있습니다
만……, 참 그렇지, 여기는 (하며 자기가 선 자리를 가리킨다.)
우리집 정지방이었고, 여기는 (하며 철조망 가까이 가서 중립
국 감시 위원단전용문을 건드린다. 인민군 보초가 놀라며 달
려온다.) 가운데 방으로 통하는 문이었죠, 그러니까 저기는
(철조망 너머를 가리킨다) 가운데 방이었죠. 하긴 그때도 우리
부모님께서 전쟁하실 때마다 이곳에 비록 눈에는 안 보이지
만 철조망이 쳐지곤 하였습니다. 일단 전쟁이 발발하기만 하
면 아버지께선 가운데 방만 고수하시고 어머니께선 어머니대
로 정지방만 고수하셨으니까요. 그러면 하루에도 몇 십번씩
저와 쌍둥이 누나는 여기 있던 문을 뻔질나게 들락날락해야
했습니다. ……1)

한남북 : ……어머니께선 아버지가 인민군에게 총살당하신 일주일
후에 미군 폭격을 맞아 집과 함께 폭사하셨습니다. 결국 우리
부모는 양쪽에서 한 사람씩 공평하게 죽인 셈이죠. 그러나 우
리가정의 비극이 여기서 끝난 것은 아닙니다. 그 후 다시 유
엔군이 여기를 수복했다가 후퇴하는 혼란통에 우리 나이 어
린 남매마저 어느 결에 남북으로 분배돼 버렸던 것입니
다……2)

　남한과 북한의 전쟁을 아버지와 어머니의 부부싸움으로, 한민족이었다가
남과 북으로 갈라지는 상황을 쌍둥이 남매인 누나와 한남북이 남한과 북한
으로 각각 헤어지는 것으로, 중립국 감시위원단 전용문을 가운데 방(아버지
가 계신 곳)과 정지방(어머니가 계신 곳) 사이의 문으로 표현해내고 있다.
국가적 문제인 남북한 정치상황을 가정의 문제인 부모의 싸움으로 축소하
여 재인식시키고 있다. 휴전회의실을 가로지르는 철조망은 3.8선을 상징한

---

1) 박조열, <관광지대>, 『오장군의 발톱』, 학고방, 1988, 15~16쪽. 앞으로의 작품
　인용은 이 책의 쪽수만 밝힌다.
2) 앞의 책, 20쪽.

다. 철조망으로 인해 무대공간은 이분화 된다. 이런 공간의 이분화는 남북한 이념의 이분화를 시각화하는 장치이다.

조카의 사진이나 누나와의 이산은 한 핏줄이라는 것을 표면적으로 드러냄으로써 통일의 당위성을 관객들에게 인식시킨다. 북한에 있는 누나와 한남북이 쌍둥이라는 사실은 우리 민족의 분단을 나타내기 위한 적절한 시각적 장치이다.

인물들의 이름에서도 이와 같은 이분화된 장치를 발견할 수 있다. 남북회담에서 '괴공산'과 '북중좌'는 북한을 대표하고, '맥카시'와 '사우스'는 남한을 대표한다. 남한을 대표하는 인물은 남한의 대통령이나 장관이 아닌 유엔측의 인물들이다. 남과 북으로 이름까지 이분화하였다. 그러나 이 극을 이끌어가고 있는 '한남북'이라는 인물의 이름, 즉 남과 북이 하나로 합쳐진 이름을 통해 작가의 바람을 드러내고 있다.

이 작품은 판문점 보초병인 한남북이 연설자의 위치로 등장해서 '남북회담'에 대한 이야기와 자신의 판문점 명도소송'에 관한 이야기를 시작하면서 극이 진행된다. 그리고 그 중심내용을 차지하는 것은 '북한과 유엔대표와의 남북회담'이다. 이 남북회담이 처음으로 성사된 후 다시 한남북은 자신의 명도소송사건으로 이야기를 전환한다. 얼핏 보기에는 남북회담이 이야기의 중심을 차지하고 있는 것처럼 보인다. 그러나 남북회담과 한남북의 이야기는 동시진행된다. 무대를 이분화해서 병렬적으로 동시진행하는 것이 아니라 남북회담에 관한 장면이 있으면 그 다음은 한남북의 이야기라는 식으로 교차 진행된다. 남북회담의 시작을 알림과 동시에 한남북은 관객에게 자신을 소개한다. 이런 식으로 회담이 진행되는 내내 그 틈새에 끼여들어 자신의 이야기를 관객에게 들려준다. 이런 점으로 미루어보아 이 작품은 그 중심부를 떡 하니 차지하고 있는 남북회담이 중요한 것이 아니라 한남북의 판문점 명도소송이 더욱 중요한 문제임을 드러내고 있다.

한남북 : ……예? 곧 회의가 시작될 거라고요? 벌써 5분이 지났나요?

즉 4월 1일 만우절에 벌어지는 이 웃지 못할 헤프닝에 불과한 남북회담은
결국 '판문점 명도소송'을 강조하기 위한 하나의 장치에 불과하다. 이렇듯
<관광지대>는 남북회담이라는 하나의 사건을 그 중심내용으로 다루고 있
는 듯하나 사실은 아주 개인적 문제인 명도소송을 그 중심내용으로 삼고 있
다. 그러나 이 명도소송은 단순한 개인의 문제가 아니다. 명도소송을 하고
자 하는 한남북의 태도에서 개인만의 노력으로 이루어질 수 있는 것이 아님
을 알 수 있다. '여러분'들의 의견을 모아야 한다는 것이다. 즉, 관객의 역할
을 유도해내고 있다.

Ⅲ. 남북회담과 판문점 명도소송

그렇다면 왜 남북회담의 장면을 그 사이사이에 끼워넣었는가. 그것은 바
로 우리가 처한 현실을 직시하자는 것이며, 관객을 깨우치게 하여 통일의
방향으로 한 걸음 나아가고자 하는 데 그 의미가 있다. 현실직시는 바로 통
일을 위한 첫 단계이다.

남북회담 장면에서 가장 주목되는 부분은 맥카시에 대한 작가의 시선이
다. 말도 안되는 트집을 잡고 떼를 쓰는 북한측의 태도는 이미 우리에게 익
숙해져 있다. 그러나 유엔대표이자 남한의 대표격인 맥카시는 우리가 우방
이라고 생각하는 미국을 말한다. 그런데 이 미국인 맥카시에 대한 작가의
시선은 결코 곱지 않다. 회담을 성사시키기보다는 결렬시키는 데에 목적이

---

3) 앞의 책, 20쪽.

있는 듯한 북한측 대표인 괴공산과 마찬가지로 맥카시 또한 긍정적인 인물로 보이지는 않는다.

> 맥카시 : ······정말 기쁩니다. (갑자기 어떤 생각이 퍼뜩 들어) 그런데, 장군 그 황소가 받은 금방울은 어떻게 될까요?[4]

> 맥카시 : (퇴장하다 말고 서서 보좌관을 돌아보며) 지금 금값이 얼만지 알아주게.
> 아나운서: ······그런데 여러분! 그 미국 소장이 왜 그토록 금방울에 대하여 관심이 많은지 아십니까? 소문대로라면 그 미국 소장 숙소에는 곰방대, 삿갓, 치마, 저고리, 두루마기, 꼬챙이, 속옷, 탈바가지, 그리고 이조 18대 왕의 후궁이 쓰던 백자 요강···아뭏든 굉장한 수집가인 모양입니다. 이런 미국 소장이 그 금방울에 대하여 관심을 가질 때야 뻔하지 않습니까.[5]

아나운서는 작가의 생각을 대신 전달하면서 관객에게 맥카시의 취미를 알려줌으로써 상황을 파악하게 해주는 해설자 역할까지 하고 있다. 맥카시는 위에서 보는 바와 같이 북한으로 넘어갔던 소를 돌려받는 데 주된 목적이 있다기보다는 개인적 취미인 수집, 즉 소가 매달고 있는 금방울에 더 관심이 있다. 이것은 바로 맥카시가 남북회담이라는 정치적 상황에 대한 근본적인 문제해결에 관심을 갖는 것이 아니라 자신의 개인적인 문제에 더 관심이 있다는 것을 말한다. 즉 개인의 이익을 추구하는 인물로 나타난다. 당시 미국을 절대적 우방으로 여기던 시대상황으로 봤을 때, 미국에 대한 한 작가의 객관적인 시선은 놀랄 만한 것이다. 미국이 남북한 문제에 개입하는 것은 결코 우리나라를 위한 것이 아니라 자국의 이익을 위한 행위일 뿐이라는 것이다. 미국의 이러한 실리추구적 측면을 맥카시를 통해 드러냄으로써

---

4) 앞의 책, 26쪽.
5) 앞의 책, 27쪽.

미국을 절대적으로 신용하고 있던 당시 국민들을 각성시키고 있다.

작가의 객관적 시선은 한남북의 대사에도 그대로 드러난다.

> 한남북 : ……그래서 저는 얼마 전부터 소송을 준비 중에 있습니다
> 만, 그러나 저는 아직 이런 소송을 취급할 만한 권한을 가진
> 재판소가 어디 있는지를 모릅니다. 예? 유엔이요? 에이 거긴
> 믿을 만한 곳이 못돼죠.……6)

명도소송을 어디에 내야 할까를 고민하던 한남북은 관객에게 묻다가 유엔은 믿을 곳이 못된다고 말한다. 유엔을 통한 통일을 국시로 삼고있던 당시로서는 파격적인 발언이다. 그래서 작가가 수난을 당하기도 했다.

우리의 우방이라 믿던 미국이나 유엔에 대한 이런 냉정한 시선은 통일문제의 주체가 누구여야 하는가에 대해 고민하게 한다. 미국도 유엔도 우리의 통일문제에 있어서는 방관자에 불과하다. 통일의 주체는 바로 우리이다. 그러므로 미국이나 유엔에 대해 긍정적으로 보지 않는 것은 너무나도 당연하다. 관객에게 여론형성을 유도하는 것은 바로 통일문제에 대한 주체로서의 인식을 요구하는 것이다. 이 작품에서 남북회담장면은 미국과 유엔에 대한 이런 냉정한 시선을 통해 통일문제의 기본적 과제인 현실인식과 통일문제의 주체적 개입에 대한 관객들의 역할을 유도해내고 있다.

한남북이라는 보초병이 자신의 옛집터인 판문점에 대한 명도소송을 제기하는 데에서 이 극은 시작된다. 명도소송을 제기하는 것은 표면적으로는 한남북이라는 개인의 땅을 되찾는 것을 의미한다. 그러나 이 판문점 명도소송은 단순히 개인의 땅을 되찾는데서 끝나는 문제가 아니다. 지금은 판문점이 되어버린 한남북의 옛집터를 되찾기 위해서는 먼저 이 판문점이 사라져야 한다. '판문점'이 없어지고 그곳이 다시 개인의 소유로 넘어간다는 것은 무엇을 의미하는가. 남북한의 경계가 없어진다는 것이다. 즉 통일이 된다는

---

6) 앞의 책, 33쪽.

것이다. 통일이 되어야만 가능한 일이다. 판문점 명도소송은 바로 통일을 향한 발걸음이다. 명도소송의 내포적 의미는 바로 통일이다.

한남북이 명도소송을 제기하는 또하나의 이유는 판문점에 호텔을 지어 관광지대로 만드는 것이다. 판문점은 지금도 이미 관광지대가 되어있다. 그러나 한남북은 이런 동족의 이데올로기싸움의 흔적으로 남아있는 부끄러운 관광지대가 아닌 진정한 관광지대를 꿈꾸고 있는 것이다. 진정한 관광지대는 바로 한남북의 헤어진 누나가족 즉 북에 있는 가족과의 화합을 의미한다. 이산가족이 상봉하게 되는 것이다. 지금은 북의 보초병이자 자신의 매부가 된 이웃 동네에 살던 곰보 영감 아들 살살이와 함께 그 호텔을 경영하는 것을 꿈꾸고 있다. 지금은 서로 헤어져 이데올로기의 회유책으로 조카의 사진을 보여주는 사이이지만 명도소송 후 이 땅을 되찾게 되는 그날에는 함께 모여 관광지대를 꾸려가는 진정한 가족의 모습을 보여주고 있다. 한남북은 지금의 부끄러운 관광지대, 슬픈 관광지대가 아닌 진정한 관광지대를 꿈꾸고 있다. 분단된 우리 국토를 되찾자는 뜻이 한남북의 명도소송에는 숨어 있다.

Ⅳ. 관객과 한남북

관객이 직접적으로 작품에 개입하지는 않는다. 그러나 아나운서와 한남북의 대사를 통해 관객의 존재는 드러나게 된다. 아나운서와 한남북의 대사를 가능하게 해주는 존재가 바로 관광객으로 표현되는 관객이다.

> 아나운서: 관광객 여러분, 오래 기다리셨습니다. 여러분께서 고대하
> 시던 한국휴전 위원회 1,2,3,4차 본회의는 드디어 5분 후로 박
> 두하였습니다.……
> 한남북 : 여러분, 아직도 5분이 남았다니까 그동안 제 얘길 들으면

서 기다리는 것이 어떻습니까? 그런데 여러분, 제 앞에서는
너무 그렇게 거드름을 피우지 말고 좀 겸손하게 앉아 주십시
오.……7)

아나운서: (그들이 다 퇴장하자 관객에게 다가서며) 또 휴회가 됐군
요. 이제 구경은 집어치우고 돌아가시는 것이 어떻습니까. 아
무도 대답을 안하시는 걸 보니 결판을 보구야 말 작정인 것
같군요.……8)

한남북 : ……전 기어이 찾아내고야 말겠습니다. 여러분! 그때까지
이 소송 문제에 대한 여론을 일으켜 주시기를 부탁합니다. 그
러기 위해서 우선 여러분 중에 기자가 계시면 제 사진을 한
장 찍어서 신문에 실어 주실 수 없을까요? 대문짝만한 특호
활자로 [판문점의 명도를 요구하는 땅 주인 한남북씨] 이렇게
소개해서……9)

　관객의 역할은 아주 중요한 비중을 차지하고 있다. 처음부터 한남북은 관
객을 인식하고 있으며 그 관객들을 향해 자신의 이야기를 시작한다. 또한
마지막 부분에 가서 한남북은 관객들을 향해 카메라가 있으면 자신의 사진
을 찍어달라고 요구하고, 자신의 명도소송에 대해 여론을 형성해 달라고 한
다. 연극이 끝나고 자리에서 일어나려는 관객의 어깨에 새로운 과제를 얹어
주고 있다. 바로 통일문제에 대한 관객의 적극적인 개입을 요구하고 있다.
　관객에게 요구되어지는 여론은 표면적으로는 한남북의 명도소송문제이
다. 그러나 진정으로 한남북이 관객에게 요구하는 것은 통일에 대한 의지이
다. 극의 중심을 차지했던, 관객들이 우스꽝스러운 그 장면에 폭소를 터트
렸을지도 모르는 남북회담의 성사가 관객에게 중요한 것이 아니다. 남북회

---

7) 앞의 책, 15쪽.
8) 앞의 책, 27쪽.
9) 앞의 책, 33쪽.

담 장면은 우리의 현실을 직시하게 만드는 하나의 장치에 불과하다. 소와 간첩을 맞바꾼다는 것은 이념의 차이를 드러내는 것이다. 남북회담의 성사는 결국 간첩이 지닌 이념과 소가 지닌 자본력을 다시 본래의 위치로 되돌려 놓는 것에 불과하다. 결국 회담은 성사되었지만 북한은 여전히 이념을, 남한은 여전히 자본을 얻었을 뿐이다. 서로의 것에 대한 이해나 자신의 것에 대한 수정따위는 없다. 그저 현재 각자의 이데올로기를 고수하는 것에 불과하다. 결국 남북회담의 성사는 이런 의미에서는 무의미하다. 다만 미국이 소가 아닌 소의 금방울에 시선을 둔다는 것, 다시 말해 미국이 우리의 남북문제에 관여하는 이유가 바로 자국의 이익을 위한 것에 불과하다는 사실을 깨닫게 해준다. 관객은 바로 이런 점을 인식하고 있어야 한다. 통일의 주체가 미국이나 유엔이 아닌 우리여야 한다는 것이다. 타의에 의해 나누어진 그 경계선을 우리의 손으로 허물자는 것이다. 그 하나의 방법으로 한남북의 명도소송의 여론을 형성하자는 것이다.

이 작품은 화해의 결말이라고 보기에는 무언가 씁쓸함이 남는다. 북한측과 남한측은 모두 간첩과 황소를 되찾았지만, 자신의 것만 다시 되돌려 받고 얼른 헤어져 버리는 듯한 차가움이 느껴진다. 이것은 상황이 제자리를 찾은 듯, 혹은 평화를 되찾은 듯도 하지만 사실은 분단의 지속화, 냉전의 연장화로 돌아간 것이다. 이렇듯 어떤 해결점을 드러내지 못하고 있는 것은 박조열 자신이 통일 문제에 대한 어떤 선명한 대안을 언급하기에는 무언가 두려움이 있기 때문이다.

한남북은 남한의 판문점 보초병이다. 그리고 이 작품을 이끌어 가는 인물이면서 해설자의 역할을 곁들이고 있다. 그는 자신의 옛집터를 되찾고자 하는 너무나 평범한 인물이다. 누구나 자신의 땅을 되찾고자 하는 열망을 가지고 있을 것이다. 특히나 개인의 의지도 아닌 전쟁 때문에 잃어버린 땅이라면 그것에 대한 미련은 당연한 것이다. 그런 사람이 한 두 사람이겠는가. 한남북은 전쟁통에 땅을 잃게 된 많은 사람들을 대표하는 인물이며 자신의 옛집터를 되찾고자 하는 아주 소박한 꿈을 가진 청년이다. 그러나 한남북은 이런 단순한 인물이 아니다.

한남북은 어쩌면 불가능할지도 모르는 일을 감히 꿈꾸고 있다. 그러나 단순히 불가능할지도 모르는 꿈을 꾸는 몽상가만은 아니다. 자신의 꿈을 실현시키기 위해 여론까지 형성하게 하고, 기자에게 사진을 찍어서 신문에 내어 달라고 하는 적극적인 행동을 함으로써 그가 몽상가는 아님을 알 수 있다. 자신의 옛집터를 되찾고자 하는 소박한 꿈을 가진 듯하지만, 한남북은 관객들보다 훨씬 객관적인 시선을 가지고 있는 인물이다. 유엔을 믿지 않는 그의 대사에서 이미 한남북은 관객보다 한 걸음 앞서 가 있다. 한남북은 자신이 명도소송을 제기함으로써 사람들의 시선을 모을 것이며, 또한 그로 인해 자신과 같은 처지에 있는 많은 사람들이 자신과 같은 소송을 제기할 것을 알고 있다. 좀더 엄밀히 말하자면 자신과 같은 소송을 제기할 것을 기대하고 유도하고 있다. 그 스스로가 통일을 위한 발화점이 되고 있다. "전 기어이 찾아내고야 말겠습니다"라는 대사에서 한남북의 강한 의지를 볼 수 있다.

한남북이라는 이름만 보아도 그는 평범한 인물이 아니다. 이 작품에서 이름이 중요한 의미를 지님은 '괴공산', '북중좌'나 '맥카시', '사우스' 등에서 이미 알 수 있다. 그들의 이름은 곧 자신의 신분이나 정체성을 의미하고 있다. 한남북도 예외는 아니다. '한남북'이라는 이름은 남과 북이 하나가 된다는 의미를 갖는다. 이것은 직설적으로 말해 통일을 의미한다. 한남북은 바로 통일의 주체이며 통일을 이루어낼 인물이다. 이렇듯 평범해 보이는 보초병 한남북은 결코 평범한 인물이 아니다. 이 극에서 한남북은 박조열 자신과 닮아 있다. 북에 가족을 두고 온 작가의 심정을 한남북이라는 인물을 통해 드러내고 있다. 그리고 자신의 실낱같은 희망을 한남북의 마지막 대사에 싣고 있다.

한남북 : ……이제 여러분 중의 누구도 다시는 이런 싱거운 관광을
위해서 판문점에 오리라고 생각지 않습니다. 그렇지만 저는

언제고 여러분을 다시 여기에 초대할 작정입니다. 물론 그때
는 이 철조망은 없을 것이고, 이 회의실 자리는 아담한 관광
호텔로 꾸며져 있을 겁니다. 여러분께서 수위장의 근엄한 경
례를 받으면서 현관을 들어서기가 바쁘게 미인이 쫓아와서
상냥스레 방으로 안내합니다. 그 미인은- 저의 누님입니다.
수위장은- 그야 물론 저 매부지요. 저는 여러분이 돌아가실
때 계산서를 내밀고 돈을 받습니다……10)

V. 맺음말

　본고에서는 박조열의 작품 <관광지대>를 연구 과제로 삼아, 분단 상황
과 통일 문제에 관한 작가의 의도를 파악해 보았다. 분단 상황이나 통일 문
제에 관해 어느 정도의 거리를 유지할 수밖에 없었던 당시 상황에서 작가는
한 발 앞서나가 냉철하고 객관적인 시선을 보여주고 있다. 논의한 바를 요
약하면 다음과 같다.

　첫째, 무대 장치들의 의도화된 이분화를 통해 '분단 현실'을 시각적으로
제시하고, 주인공인 한남북과 북에 있는 누이가 '쌍둥이'라고 설정함으로써
'분단 민족'의 모습을 구체화시켜 보여주고 있다. 작가는 이러한 시각화된
이분화 장치들을 통해 우리의 분단 현실을 우선적으로 관객에게 인식시키
고 있는 것이다.

　둘째, 우스꽝스럽기만 한 남북회담을 주요 사건인양 드러내면서 한남북
은 끊임없이 끼여들기식으로 자신의 가족사와 명도소송을 이야기한다. 이
러한 끼여들기식은 관객이 '남북회담'이라는 극적 환상에 몰입하지 못하도
록 하는 장치이기도 하다. 끼여들기식의 '명도소송'은 분단 이후 우리의 통
일문제에 대한 작가의 냉정한 시선을 드러내고 있다.

____

10) 앞의 책, 33쪽.

셋째, 관객을 관광객으로 이끌어들여 통일의 주체가 누구여야 하는가를 말해주고 있다. 즉, 한남북은 자신의 통일의지를 선명하게 밝히면서, 관객들에게 여론 형성을 유도해내고 있다.

<관광지대>는 쉽지 않고 가볍지 않은 문제, 즉 분단문제를 단순화하고 소극화(笑劇化)하여 무대화시키고 있는 작품이다. 작가는 분단 현실에 대한 편파적 시선을 탈피하여 객관적이고 냉철한 판단을 보여주고 있다. 작가는 이 작품에서 통일을 위해 우리가 해야할 일들을 한 단계 한 단계 우회적으로 인식시켜 주고 있다.

◆ 참고문헌 ◆

박조열, 『오장군의 발톱』, 학고방, 1991.
박혜령, 「박조열 희곡 읽기」, 『우암어문논집』, 제8호, 부산외대 국문과, 1997. 11
이미원, 『한국 근대극 연구』, 현대미학사, 1994.
최상민, 「박조열 희곡의 주제의식 연구」, 조선대 국문과 석사논문, 2000. 8.

박조열의 알레고리적 글쓰기
-〈목이 긴 두 사람의 대화〉를 중심으로-

여 세 주

[차 례]

I. 서 론

박조열의 희곡작품은 알레고리적 형식에 상당히 의존하고 있다. <관광지대>, <목이 긴 두 사람의 대화>, <흰둥이의 방문>, <오장군의 발톱> 등이 그러하다.

<목이 긴 두 사람의 대화>는 박조열의 작품 가운데 알레고리 형식의 대표적인 작품이다. 이 희곡은 1966년에 씌어져, 극단 '탈'의 이효영 연출로 1967년 5월 18일에서 20일까지 초연되었다.[1] 이 작품은 부조리극의 대표작인 사무엘 베케트의 <고도를 기다리며>(1949년 작/1953년 초연)를 연상시

---

[1] 오군자, 「60년대의 한국 연극」, 서울대 교육대학원 석사논문, 1971의 '공연 연표' 참조.

킨다. 두 사람의 극중 인물이 시시콜콜한 말들을 끝없이 주고받으며 누구인
지도 알지 못하는 대장을 무작정 기다리고 있는 부조리한 상황을 그리고 있
기 때문이다.

　<고도를 기다리며>가 <목이 긴 두 사람의 대화>의 창작 과정에서 일종
의 '계시'와 '자기 확인'의 계기가 되었다는 사실은 작가 스스로도 분명히
밝히고 있다.[2] 그러나 두 작품의 이러한 상관성이 단순히 형식과 스타일의
비양심적 흉내내기라고 치부[3]되기보다는 패러디적 글쓰기의 결과로 이해
되어야 한다. 글쓰기의 앞선 형식을 본뜨는 가운데서도 새로운 생각으로 창
조적인 글쓰기를 해나가는 것이 패러디적 글쓰기의 근본 이치이다.

　<목이 긴 두 사람의 대화>는 <고도를 기다리며>를 모방하면서도 새롭
게 씌어진 희곡이다. 베케트가 인간의 부조리한 실존상황을 그리고 있는 데
반하여 박조열은 그것을 민족 분단이라는 현실상황으로 전도시키고 있다.
베케트의 극에는 사회·역사적 맥락이 철저하게 배제되어 있으나, 박조열
의 극에서는 사회·역사적 현실을 제시하는 데에 초점이 주어져 있다.

　두 작품의 패러디적 관계는 정우숙과 김영희[4]에 의해 이미 논의된 바 있

---

2) "작품을 쓰기 시작하자마자 자기 회의 때문에 멎어졌었다. 그런 때에 결정적인
　구원의 기회를 가질 수 있었다. 우연하게 베케트의 <고도를 기다리며>를 읽게
　된 것이다. 그것은 계시며 자기 확인이었다. <고도를 기다리며>의 처량한 수작
　들과 기다림이야말로 내가 등장인물들에게 부여코저 했던 바와 흡사했던 것이
　다." 박조열 희곡집 『오장군의 발톱』, 학고방, 1991의 꼬리말 참조.
3) 정지창은 두 작품의 상관성에 대해 다음과 같이 비판하고 있다. "<고도를 기다
　리며>를 읽고 그와 비슷한 형식과 기법으로 통일 문제를 다룬 작품을 쓸 수 있
　는 '계시'와 '자기 확인'을 얻었다는 것은 문제가 아닐 수 없다. 보통 양식을 가진
　작가라면 자신의 절실한 문제를 남이 이미 발표한 작품의 형식과 스타일을 그대
　로 흉내내어 표현하려고는 하지 않을 것이기 때문이다." 「모더니즘 연극의 수용
　과 극복」, 『서사극 마당극 민족극』, 창작과 비평사, 1989, 65쪽.
4) 정우숙, 「박조열의 희곡 <목이 긴 두 사람의 대화> 고찰─사무엘 베케트의 희
　곡 <고도를 기다리며>와의 비교를 중심으로」, 『이화어문논집』, 제12집, 이화여
　대 한국문학연구소, 1992.
　김영희, 「박조열 희곡의 구조와 의식연구」, 한국극문학회 제3차 전국학술대회 발
　표요지, 1999. 9.

다. 그러나 두 작품의 패러디적 상관성이 충분히 논의되지는 못하였다. 그 것은 <목이 긴 두 사람의 대화>에 대한 해석이 미비한 상태에서 연구가 이루어졌기 때문이라 여겨진다. 따라서 두 작품의 패러디적 관계에 대한 연구에 앞서서, 작품에 대한 해석 작업이 우선 급한 문제이다. 어떤 텍스트의 해석이 완결될 수 있다거나 패러디적 연구는 텍스트에 대한 해석이 완결된 후에야 가능하다는 말은 아니다. <고도를 기다리며>에 대한 연구는 상당 한 수준에 이르렀다 치더라도, <목이 긴 두사람의 대화>에 대한 연구는 아직 미미한 수준에 머물러 있기 때문에, 이 작품에 대한 해석 작업이 어느정도 이루어진 후에 두 작품의 패러디적 관계를 논의하는 것이 보다 깊이 있는 접근이 가능하다는 뜻이다.

이러한 인식을 바탕으로, 이 논문에서는 작품을 구성하는 주요 요소들의 알레고리적 의미를 찾고 확정하여, <목이 긴 두 사람의 대화>에 대한 전반 적인 이해와 해석에 도달해 보고자 한다. 하나의 작품만을 집중적인 분석의 대상으로 삼음으로써, 지금까지의 박조열 희곡 연구들이 여러 작품을 한꺼 번에 다루면서 놓치고 있는 세밀한 부분까지 들춰낼 수 있다는 데서도 이 연구의 의의를 찾을 수 있을 것이다.

II. 오브제의 극적 기능

<목이 긴 두 사람의 대화>에서 오브제[5]는 작품 해석에 매우 긴요한 구 실을 한다. 이 작품에서의 오브제는 단순히 역사적 시대나 삶의 현장 등, 극 의 공간적 배경을 직접적으로 지시하는 기능이 아니라, 비유적이고 상징적

---

5) 배우의 육체, 무대 장식, 소도구 등을 총칭하여 오브제라고 하나, 여기에서는 배우의 육체를 제외한 무대장치와 소도구만을 지칭하는 용어로 활용한다. 오브제의 개념 범주에 대해서는, 안느 위베르스펠드, 『연극기호학』, 신현숙 역, 문학과 지성사, 1988, 180쪽 참조.

인 기능을 지니기 때문이다.

이 작품에서 가장 중요한 의미 작용을 하는 오브제는 '두 개의 빈 의자'와 '철조망 같은 경계책'이다.

> 지명이나 인명은 분명하지 않다. 황량한 벌판이다. 이 벌판 한가운데를 낮고 꾸불꾸불한, 흡사 철조망 같은 경계책이 끝없이 피곤하게 뻗어 있다. 멀리 보이는 앙상한 마른나무들. 이 덩그러니 빈 벌판 위를 줄곧 바람이 불고 있다. 빛을 가리는 회색의 구름과 공기. 황량하고 쓸쓸한 세계. 기묘하게도 경계책을 사이에 두고 어울리지 않게 크고 위엄만 부리는 의자가 두 개 놓여 있다. 연극적인 순서에 따르자면, 우리는 조명의 안내에 따라 먼저 두 개의 빈 의자와 경계책의 일부분만을 보게 된다. 조명이 확대되면서 비로소 이미 설명한 바 있는 이 벌판의 전경이 드러난다.[6]

무대 지시문이다. 작가는 '철조망 같은 경계책'을 사이에 두고 크고 위엄만 부리는 '두 개의 빈 의자'를 조명에 의해 초점화시켜 강조하고 있다. 이 극에서 경계책을 사이에 두고 있는 '두 개의 빈 의자'는 극중인물들에게 어떤 유용성을 지니고 있거나 극중인물의 생활 환경을 드러내고자 하는 오브제는 아니다. 작가는 두 개의 빈 의자와 경계책이라는 오브제에 중요한 비유적·상징적 기능을 부여하고 있다.

작가는 이들 오브제가 의미하는 바를 텍스트의 표면에 구체적으로 드러내지 않고 극히 추상화시켜 제시하고 있다. 그럼으로써, 이 두 오브제는 관객에게 호기심을 불러일으키게 되고, 그것의 내포적 의미는 극의 전개 과정에서 서서히 분명해진다.

작가가 자신의 희곡집 『오장군의 발톱』 후기에서 밝히고 있는 창작 의

---

6) <목이 긴 두 사람의 대화>, 박조열 희곡집 『오장군의 발톱』, 학고방, 1991, 108쪽. 이 작품에 대한 인용은 모두 이 작품집에 의거하므로, 이후의 작품 인용은 쪽수만으로 표시한다.

도7)에 굳이 기대지 않더라도, 황량한 벌판 한가운데로 뻗어 있는 경계책은 민족의 분단 상황을 비유하고 있다는 사실에 어렵지 않게 접근할 수 있다. 이러한 분단의 상황은 바람이 줄곧 불고 빛을 가리는 회색의 구름과 공기가 덮여 있는 '황량한 벌판'과 관련을 맺으면서 쓸쓸함과 슬픔의 정서를 불러 일으킨다. 또한, 이런 무대장치는 문명의 원시성을 환기시키기도 한다. 분단 상황에서의 모든 문화적 성취는 무의미하다는 암시로 전달될 수 있다. 이처럼 황량한 벌판을 가로질러 뻗어있는 경계선이 무대장치로 고정되어 있음으로써, 이는 고착화되어 있는 민족분단의 현실을 비유적으로 암시하고 있는 것이다.

의자는 황량한 벌판을 가로지르는 이 경계선 양쪽에 놓여 있고, 하나가 아니라 둘이며, 비어 있다. 극중인물들이 하염없이 기다리는 '대장들'이 오면 앉을 의자이다. 의자는 간절한 기다림의 대상인 '대장들'의 정체를 암시해 주는 역할을 한다. 정우숙은 대장들을, "통일을 가능케 해 줄 그 누구, 혹은 그 무엇 즉 외세", "우리 민족 스스로의 통일 의지나 실천력", "외세에 의한 통일의 주체" 등으로 해석한다.8) 대장을 외세로 볼 만한 근거는 어디에서도 찾을 수 없고, 통일의지나 실천력으로 읽는 데에도 논리적 비약이 필요하다. 이미원은 대장을 통일이라고 읽고 있는데,9) 대장은 하나가 아니라 둘이라면, 그러한 독서가 설득력을 상실한다.

    B　어느 쪽 대장이지?
    A　너희 쪽 대장 아냐?
    B　몰라.

---

7) "암튼 그것은 '남북통일' 문제를 제재로 한 작품을 극단하게 금기시하고 있던 당시의 정치상황 속에서 어떻게 남북분단의 슬픔과 통일에의 열망을 우회적, 상징적 방법으로 표현하고 싶었던 욕구가 움트게 하고 점점 구체화되어간, 아마도 '궁여지책'이라는 표현이 가장 어울릴 극작작업의 결과"라고 밝히고 있다. 357쪽.
8) 정우숙, 앞의 논문, 124쪽.
9) 이미원, 「박조열 작품론: 양식적 실험과 통일에의 집념」, 『한국 근대극 연구』, 현대미학사, 1994, 399쪽.

A 대장임엔 틀림없지?

B 물론.

(두 사람이 다시 C를 엿보다가)

B 우리 쪽 대장일거야.

A 무슨 소리야. 우리 쪽…(116쪽)

대장이 둘이라는 사실을 인정한다면, 분단된 양쪽 진영을 대표할 수 있는 두 인물이 곧 '대장들'이라는 유추가 가능하다. 즉, 대장들은 민족 분단과 통일 문제를 협의하며 주도해 나갈 각 진영의 대표자로 읽혀질 수 있다. 이러한 사실은 극중인물들이 의자에 앉아 회담을 하는 수작을 떠는 데서 증명된다.

B 대장들은 회담을 한단 말이야.

A 물론이지.

B 그렇지? 그렇다면 우리도 회담을 해야 할 것 아니야?

  … 중략 …

A 자 그럼 시작할까?

B 좋아.

(AB, 위엄을 부리고 서로 의자를 손짓하며 앉기를 권한다. 앉는

다. 마주 쳐다본다. 한참. (126쪽)

극중인물들이 회담 놀이를 하면서 도달된 의제는 "대장은 왜 안 오나!"(129쪽)의 문제이다. 대장이 누구이며 언제쯤 올 것인가의 문제보다는 왜 오지 않는가의 문제를 의제로 떠올린 것은 관심의 초점을 지도자의 부재와 부재현상을 초래한 현실에 모으고 있다는 말이다. 관객으로 하여금 대장의 부재현상과 대장이 올 수 없도록 한 당면한 현실 상황을 되새겨 보도록 요구하고 있는 것이다.

이 작품의 오브제로서는 이 외에 '빨간 끈'과 '눈깔사탕'이 있다. 이 두 오브제는 극중인물 A와 B가 항상 지니고 있는 소도구이다.

지금 AB는 열심히 작업중이다. A의 작업은 오른 쪽 주머니에 빨간 끈을
자꾸 잡아당겨 그것을 왼쪽 주머니로 옮기는 일이고 B의 작업은 하얀
눈깔사탕 하나를 여기 저기 주머니로 넣었다 뺐다 하며 옮기는 일이다.
두 사람의 작업은 마치 요술사의 수작처럼 보이기도 한다. 곡마단의 클
라리넷. 한 차례의 거센 바람. 그리고 휘청하는 나무들과 AB. 침묵. 계속
되는 작업. (108쪽)

첫 장면의 행동 지시문이다. 보는 바와 같이, '빨간 끈'과 '눈깔사탕'은 긴
요한 오브제로 강조되고 있음을 알 수 있다. 그러나 이 오브제는 특별히 유
용성을 지니고 있지 않을 뿐더러 비유적 또는 상징적인 기능을 지니고 있는
것 같지도 않다. 이들은 극중인물의 유희적 놀이용으로서, 극중인물들의 무
료한 상황을 말해주는 것으로 재의미화의 기능을 지니고 있다. 즉, 대장을
기다리는 상황이 얼마나 무료한 현실인가를 말해 주고 있는 것이다.

III. 등장인물의 메타포

이 작품에 등장하는 인물은 A와 B, 그리고 C이다. 이들 등장인물에게는
성격창조의 기본요소가 되는 사회적, 심리적, 신체적 특징조차 부여되어 있
지 않다. 등장인물을 의도적으로 불분명하게 처리하기 위한 추상적 명명(命
名)이라고 해야 할 것이다.

A와 B는 경계선이 그어져 있는 황량한 벌판에서 서로의 관계조차 불분명
한 상태로 부조리한 말들을 주고받는다. 그들은 의자 주위를 배회하면서 누
구인지도 확실치 않은 '대장들'을 무작정 기다리고 있다. 두 사람의 기다림
은 하염없이 계속된다. 얼마나 기다려야 하는지, 왜 기다려야 하는지, 대장
이 오면 무엇이 달라질 것인지도 이들은 알지 못하는 듯하다. 그래도 두 사
람은 그 기다림을 포기할 수 없는 상황에 처해 있다.

극이 시작되면 그들은 작업에 열중이다. A는 빨간 끈을 오른쪽 주머니에서 왼쪽 주머니로 옮기고 있고, B는 눈깔사탕 하나를 여기 저기 주머니로 넣었다 뺐다 한다. 빨간 끈과 눈깔사탕을 가지고 노는 모습은 마술사나 광대와 다를 바 없다. 이런 광대놀음을 하면서 그들은 무작정 대장이 오기만을 기다리고 있는 '분단민족의 자화상'이다.[10]

> A 이번엔 보일 수 있는 거리까지 다가온 대장들.
> B 다시 그 절반.
> A 또, 절반.
> B 그, 절반.
> A 절반.
> B 아아 조마조마하다.
> A 드디어 저기.
> B 나타났다아!
>   (AB 의자로 달려가서 먼지를 마구 털고 차려 자세를 취한다. 한
>   참. B, 히득히득 웃기 시작한다.)
> A 왜 웃어?
> B 네 얼굴이 꼭. (110∼111쪽)

A와 B는 대장을 기다리는 존재일 뿐이다. 그들 스스로가 대장이 될 수도 있다는 생각은 감히 하지 못한다. 의자에 슬그머니 앉아 대장들의 흉내를 내 보기도 하지만, 금방 침울해지면서 "역시 우린 대장이 못 돼."라는 결론에 도달하게 된다. 의자에 앉아 있는 일 자체가 불안하기만 하다. 그들은 "먹구 자구 기다리고, …여기서 남겨진 일이란 배설하는 것뿐"(114쪽)인 인물이다. 막연한 기다림을 지니고 살지만, 먹고 자고 배설하는 본능적 행위 이상을 기대할 수 없는 인물로 설정되어 있을 뿐이다. 두 개의 빈 의자 주위

---

10) A, B는 '남과 북의 실향민'이라고 지나치게 축소 해석되기도 한다.
   이미원, 앞의 책, 399쪽.
   유민영, 「분단의 지적·정한적 탐구」, 『한국현대희곡사』, 새미, 1997, 274쪽.

를 끝없이 배회하는 두 인물은 독특한 시각적 이미지를 무대 위에 구현한다. 민족의 통일을 위해 주체적으로 의식하거나 행동하지 못하고 그저 본능적으로 살아가고 있는 분단민족의 무기력함을 읽어낼 수 있다. 의자의 주인이면서 주인이 되지 못하는 분단민족의 좌절된 소망이 그 시각적 이미지 속에 묻혀 있다.

A와 B가 잠시 대장이라고 오인하는 C도 역시 대장은 아니다. A나 B와 마찬가지로 스스로 대장이기를 거부한다. 이들 스스로가 대장이 될 수도 있다는 의식을 가지고 있지 않다. 이러한 인물 설정은 누구나 통일을 논의하고 이끌어갈 주체일 수도 있으나 그런 주체로서의 인식을 상실하고 있는 민족적 현실을 비판하기 위한 작가의 의도로 보인다.

그러나 C가 A와 B와 동일한 처지와 동일한 의식을 지닌 인물은 아니다. A와 B는 경계선을 사이에 둔 이쪽과 저쪽의 어느 한쪽에 존재하며 한쪽의 입장에만 서 있는 존재라고 한다면, C는 경계선 양쪽에 걸쳐서 살아가는 양성적 존재이다.

> 무대 뒤쪽에서 C가 나타난다. C, 경계선을 가랑이에 타고 이리저리 땅바닥을 살피며 나타난다. 마치 땅에 떨어진 동전이라도 찾듯이. C가 남자인지 여자인지는 전연 짐작할 수 없다라고 하는 것은 C의 복장이 상반신은 여자의 차림이고 하반신은 남자의 차림—아니면 그 반대—이기 때문이다.(115쪽)

반은 여자의 차림이고 반은 남자의 차림인 의상이 암시해 주듯이, C는 어느 쪽도 아닌, 다시 말해 어느 쪽일 수도 있는 존재이다. 그래서 C는 분단민족이 아니라 통일민족으로 살아가고자 하는 '작가의 분신' 내지는 '실향민'으로 이해될 수도 있다. "스무 살까지 북쪽 땅에서 살다가 홀로 월남하여 환갑이 되도록 남쪽 땅에서 살아 온"[11] 작가 자신의 '정념의 소산'인 것이

---

11) 박조열 희곡집, 『오장군의 발톱』, 꼬리말, 353쪽.

다. C는 이쪽과 저쪽으로 분열된 자아라기보다는 이쪽과 저쪽을 함께 포용
할 수 있는 통합된 자아이다.[12] 어느 한쪽의 이데올로기에 편향되지 않고
분단 상황을 냉정하게 판단하고 객관적으로 바라보고 있는 민족적 자아로
형상화되어 있다.

　이처럼, C는 A나 B와 다른 처지이지만, 역시 대장을 기다리는 존재일 뿐
이다. C의 등장으로 극중인물 모두가 반세기 동안 대장을 기다려왔다는 사
실을 깨닫게 된다. 대장을 기다리기 시작한 날이 '여름 어느 날 정오 태양이
세배나 커졌던' 날부터라는 사실을 깨닫게 되는 것이다. 그날은 만세를 불
렀고, C는 고향을 잃은 날이기도 하다.

　　　B　우리가 첨 만난 날은 언젠가?
　　　A　아아, 언제부터 기다리기 시작했는가?
　　　　　… 중략 …
　　　B　몰라? 그, …여름, 어느 날, 정오, …태양이 세배나 커졌던.
　　　A　오오. (살아나는 기억. 갑자기 고함) 만세에. 만세에. 만세에.(세
　　　　　번을)
　　　B　(A를 쳐다보다가) 만세에! 만세에!(두 번을)
　　　C　(AB를 번갈아 보다가 침울하게) 만세(한번만). 내가 고향을 잃은
　　　　　날.
　　　(AB 서로 마주본다.) (118~119쪽)

　여기에서 극중 상황은 더욱 분명하게 암시된다. 작가가 이미 "1945년 8월
15일 정오는 나에게 있어서 태양이 세배나 커 보였던 기억으로 생생하게 남
아있다. 그날은 국토분단의 시작이기도 했다. 그 후 나(많은 동포들과 함께)
는 고향을 잃었다."[13]라고 밝힌 사실이지만, 8·15 해방이 되던 날의 환희

---

12) 김영희는 C의 모습에 대해 "인격분열" 또는 "불투명한 정체성", 그리고 "어중간
　　한 상황"으로 읽으면서, 이는 "국토의 분단과 그에 따른 모순, 그리고 어중간한
　　정치적 상황에 대한 상징"이라고 하였다. 그리고, 이미원은 C를 "표류하는 통일
　　의 시각적 상징"이라고 하였다. 김영희, 앞의 논문, 40쪽. 이미원, 앞의 책, 401쪽.

가 남북 분단이라는 슬픔으로 바뀌어 버린 비극적 현실이 그것이다. 그 이후 반세기 동안, 극중인물들은 막연하게 대장을 기다리고 있을 뿐 변함없는 날들을 보내고 있는 상황이 관객들에게 전달되는 것이다.

그러나 C를 통해서 그러한 상황에 무기력하게 안주해 버려서는 안 된다는 사실을 관객들로 하여금 강하게 깨닫게 한다.[14]

> C …전략… 난 이대로 서 있겠소. (또 생각에 잠기다가) 앉으면 한꺼번에 피곤이 몰려 올 것 같군요. 난 몇십 년째 앉아보질 못했소. 이젠 정말 견딜 수 없이 피곤합니다. 그래도 서 있어야죠. (AB를 번갈아 본 다음 점점 수다스러워지며) 당신들은 그 이유를 묻지 않는군요. 얘기를 계속하라 이 말씀이죠? 내가 앉지 않는 이유는, 서 있는 이유는 그것이… 즉 서 있어야만 내 피곤을 지탱할 수 있기 때문이오.
>
> … 중략 …
>
> C 사실 난 앉기도 어려운 처지지요. (양다리를 한 번씩 들어 보이며 — 경계선이 그의 두 다리 사이를 지나고 있다는 사실을 잊지 말 것) 보셨죠? 이런 상태에서 어떻게 앉을 수 있겠소? (또 한번 양다리를 한 번씩 들어 보인다.) (119~120쪽)

민족 분단의 현실에서 편안하게 안주할 수 없는 상황, 안주해서도 안 되는 상황, 그리고 왜 그래야만 되는지조차 망각하고 있는 상황, 그것이 우리가 처해 있는 슬픈 현실임을 C의 행위를 통해 깨닫게 하는 것이다.

우리 민족이 처해 있는 상황이 편안히 앉을 수 없고 앉기 어려운 처지라는 사실 자체를 "거지처럼 동정을 구하"며 굳이 설명해야 하는 현실조차 부끄러운 "추태"(120쪽)라고 한다. 여기에서 분단현실에 대한 우리 개개인의

---

13) 박조열, 「연출, 연기에 대한 작자의 협조」, 앞의 책, 139쪽.
14) 최상민은 이 작품이 "고도의 우화와 상징을 동원하여 분단을 그냥 내버려두고 있는 이 무기력한 현실을 '그냥 느끼라'고 주문하고 있다."고 한 바 있다. 『박조열 희곡의 주제의식 연구』, 조선대학교 대학원 석사논문, 2000, 31~33쪽 참조

무감각 상태를 바라보는 작가의 답답한 심정을 엿볼 수 있다.

C가 "추태다!"라고 외치는 상황은 이뿐이 아니다. A와 B가 자신의 '부하구, 졸병이죠'라고 하는 데서, 그리고 A와 B가 대장의 친척이라고 하는 말에 질색을 하며 거부하는 데서도 C는 "추태다!"라고 외친다. 이는 A와 B 자신들이 대장으로서의 역할을 할 수 있는 데도 불구하고 그렇지 않다고 생각하는 통일에 대한 주인의식의 상실, 그리고 자신들이 친척으로서 같은 핏줄인데도 그 사실을 거부하는 동족의식의 망각 현상을 '추태'라는 한 마디로 매도하고 있는 것으로 해석할 수 있다. C는 A와 B가 "대장의 친척"이라고 하면서 "그럼 당신들 두 사람끼리는?"이라는 질문과 "내 친척"일 수도 있다는 말(122쪽)을 던지고 가버리는 것이다.

> A 부하구,
> B 졸병이죠.
>   (잠시 침묵)
> C (단호하게) 추태다! …당신들에 대한 얘기를 들었던 것 같소. 당신
>   들은 또 대장의 친척이기도 하죠?
> A (잠깐 있다가 당황하며) 처, 천만에요. (B를 가리키며) 저 사람은
>   어 떤지 몰라두.
> B (질색하며) 무슨 소리야.
> C 추태다! …그럼 당신들 두 사람끼리는?
>   (AB, 서로 손가락질하며 더욱 질색한다.)
> C (관객을 향하여) 미친놈들이군… (AB에게) 난 가야겠소.
> AB ……
> C 당신들이 내 친척일지도 모른다는 생각이 얼핏 들었기 때문이오.
> AB (동시에) 예?
>   … 중략 …
> B (양보하며) 그치하구 우리하구 친척이다. 그런데 너하구 나하구는
>   친척이 아니다. 물론 대장하구도 아니구… 그런데 그치하구 우리하
>   구 친척이다. (A는 B의 유추가 진행됨에 따라, 얼마나 우스우냐는

듯 끽끽거리고 있다.) 그러니까 너하구 나하구두… (냉담하게) 암만
해도 미친놈이군. (122~123쪽)

이처럼, A와 B는 이리 저리 친척관계를 유추해 보면서 자신들의 관계를
추적해 보다가 자연스럽게 유추되어 오는 결과를 슬그머니 무시해 버린다.
작가는 A와 B의 이러한 혈연관계 부정을 통해 그들 사이의 피할 수 없는
혈연관계를 관객들 스스로 긍정하도록 하여 반어적 효과를 기대한다.

이 작품은 우리 민족이 처해 있는 분단 현실, 우리 민족의 무감각한 통일
의식, 그리고 동족의식의 거부 현상을 알레고리에 의해 매우 추상적으로 비
판하고 있다. 작가는 분단현실에 대한 모두의 관심을 촉구하고 있는 것이
다. C가 떠나면서 "당신들은 내가 왜 땅바닥을 살피느냐에 대해서 얘기를
시작하시오."(122쪽)라고 한 것도 남북으로 경계지어진 땅, 즉 분단현실에
대한 관심을 촉구하고 있는 알레고리로 해석될 수 있는 것이다. 그럼으로
써, 이 작품은 관객들로 하여금 더욱 심도 있는 고민에 빠지게 하고 깨달음
을 제공하고 있다. 작가가 말하고자 하는 바, '분단 현실을 극복하기 위해
아무 것도 할 수 없는 현실적 불합리함 그리고 아무 것도 하지 못하는 무기
력함'은 다음의 대사에서 압축되어 나타나 있다.

> B …전략… 귀머거리처럼 아무 말도 못 듣고, 벙어리처럼 아무 말도
> 못하고, 장님처럼 아무 것도 못 보고, 돼지처럼 아무 생각도 없이,
> 그렇다고 죽었다는 건 아니야. 숨은 쉬고 있으니까… 그렇지. 우린
> 똑같이 숨만을 쉬면서, 똑같이 말이다, 숨만을 쉬면서 마치 쌍둥이
> 처럼 졸고 있었던 거야. …후략…(133쪽)

이 작품에서의 극중인물들은 분단민족으로 살아가면서 통일에 대한 의지
나 염원을 좌절된 소망처럼 간직하며 살아가는 우리의 자화상이다. 작가도
알레고리적 수법으로 처리된 극중인물들의 행위를 통해서 분단현실이나 통
일의지에 대한 인식의 환기를 요구하고 있다.

Ⅳ. 알레고리의 또 다른 효과

이 작품은 분단민족으로서 우리가 처해 있는 현실적 상황을 직접적이고 구체적인 담론으로 문제삼지 않고 알레고리적 글쓰기를 통해서 간접적으로 비판한다. 현실에 대한 알레고리를 위해 부조리극의 기법을 그대로 수용하고 있다. 따라서 구성의 논리성이나 인물의 일관된 성격, 합리적인 대사는 의도적으로 부정된다. 무작정 기다리는 상황에서 두 인물의 부조리한 대사와 행동들이 끝없이 반복된다. 두 사람의 대사는 유희적이며 그 행동은 우스꽝스럽다. 마치 대장을 기다리는 시간적 지겨움을 때우기 위한 광대놀음이나 진배없다. 그러나 그것은 독특한 이미지들을 무대 위에 구현해 낸다. 이 작품은 어떤 메시지를 직접적이고 구체적인 화법으로 전달하려는 것이 아니라 통일을 이끌어갈 지도자를 무작정 기다리고 있는 부조리한 현실 상황 자체를 이미지로 그려내고 있는 것이다.

이 작품의 의미는 얼마든지 확장되고 다양화되어 해석될 수 있다. 그러나 이 작품은 일단 민족분단에 대한 감각마비 현상과 무기력한 통일의지를 알레고리적 글쓰기로 은근히 풍자하고 있는 것으로 해석할 수 있다. 작가도 "이 작품의 내용과 형식은 통일문제가 타부시되었던 시기에 그 벽을 뚫는 방법을 모색한 결과임을 이제 와서 밝혀야겠다. 따라서 모호성이나 추상성은 의도적이었고 불가피하였다."[15]라고 말하고 있기 때문이다.

사실, 1960년대의 냉전이데올로기 속에서 분단이나 통일에 대한 논의는 철저히 억압되어 왔다. 특히, '反共을 國是의 第一義'로 삼고 반공태세를 강화한 5·16 군부쿠데타 정부에서 냉전이데올로기는 신성불가침의 원리였다. 분단의 현실을 운명적으로 받아들여야 하고 분단체제를 수호하기 위한 그 어떤 형태의 억압에도 충실히 따라야 하는 것이다. 남북분단이나 통일을

---

15) 박조열, 앞의 책, 139쪽.

논의한다는 것이 불가능한 이러한 정치적 상황하에서, 체제에 정면으로 도전하는 글쓰기로 대응할 수도 있다. 그러나 체제를 직접적으로 비판하고 실천적 행동을 요구하는 글쓰기가 사태 해결의 능사는 아니다. 이런 방식의 글쓰기는 오히려 상상력의 울림을 축소시킬 수 있기 때문이다. 당면한 문제를 가장 직접적이고 구체적으로 다루는 것만이 능사라고 한다면, 문학을 포기하고 논설문을 선택해야 바람직하다.

따라서 알레고리를 통한 글쓰기를 무조건 치열하지 못한 작가의식[16]이나 작가의 정치적 무의식[17]의 결과로만 치부할 수는 없다. 알레고리적 글쓰기는 이중의 효과를 지니고 있다. 알레고리는 부딪쳐 오는 현실적 억압을 우회해 나갈 수 있는 방파제 구실을 할 뿐 아니라, 관객들에게 상상할 수 있는 여유를 무한정 확산시키는 역할을 하는 것이다.

박조열의 글쓰기 방식도 알레고리의 이중적 효과를 모두 지니고 있다. 표현에 대한 현실적 억압을 우회하기 위한 방편이 알레고리적 글쓰기의 의도된 효용이라면, 알레고리 형식을 통해 관객들의 생각할 수 있는 여유를 보다 더 열어준 것은 의도되지 않은 효용이다. 물론, 박조열의 알레고리가 지나치게 관념적이라는 지적[18]을 피할 수는 없지만, 비유적 암시가 모호할수록 분단현실이나 통일에 대해 인식하고 자각하는 관객들의 상상력의 반향은 무한정 확산될 수 있다고 볼 수도 있는 것이다. 그러므로 이 작품의 알레고리 형식은 분단과 통일의 문제를 관객들에게 보다 큰 울림으로 인식시키고 호소하는 예술적 전략으로 해석할 수 있다.

---

16) 최상민은 <목이 긴 두 사람의 대화>에서의 알레고리적 글쓰기를 작가정신의 치열함이 부족한 데서 기인된 결과라고 지적하고 있다. 최상민, 앞의 논문, 22~33쪽 참조

17) 박영정, 「1960년대 희곡의 정치적 무의식과 알레고리－박조열, 신명순, 윤대성을 중심으로」, 『한국극예술연구』, 제11집, 한국극예술학회, 2000, 참조.

18) 박영정, 앞의 논문, 266쪽 참조.

V. 결 론

  이 글에서는 박조열의 <목이 긴 두 사람의 대화>를 구성하는 주요 요소들의 알레고리적 의미를 찾아봄으로써, 이 작품에 대한 전반적인 이해와 해석에 도달해 보고자 하였다.

  이 작품의 무대장치는 작품 해석에 매우 긴요한 구실을 하고 있다. 황량한 벌판을 가로질러 뻗어있는 경계책이나 그 양쪽에 놓여 있는 두 개의 빈 의자는 유용성을 지닌 오브제가 아니라 비유적이고 상징적인 기능을 지닌 오브제이기 때문이다. 즉, 무대장치인 경계책은 고착화되어 있는 민족분단의 현실을 상징하고, 두 개의 빈 의자는 극중인물들이 무작정 기다리고 있는 '대장들'의 존재를 암시해 준다. 경계선을 사이에 두고 놓여 있는 두 개의 의자를 통해서, 기다림의 대상인 대장들은 분단이나 통일을 협의하고 주도해 나갈 양 진영의 대표자임을 유추해낼 수 있다.

  극중인물 A와 B, 그리고 C는 모두 대장을 기다리는 자들이다. 작가는 이들 기다리는 자들을 통해서, 분단의 슬픔을 전달하고, 분단에 대한 무감각한 인식과 무기력한 통일의지를 비판한다. 즉 A와 B를 통해서 민족의 통일을 위해서 주체적으로 의식하거나 행동하지 못하며 살아가고 있는 우리의 무기력증을, C를 통해서는 분단현실에 안주할 수 없고 안주해서도 안 되는 슬픈 현실을 반어적으로 깨닫게 한다. 극중인물들은 분단민족으로 살아가면서 통일에 대한 의지나 염원을 좌절된 소망처럼 간직하며 살아가는 우리의 자화상이다. 작가는 알레고리적 수법으로 처리된 극중인물들의 행위를 통해서 분단현실이나 통일의지에 대한 인식의 환기를 요구하고 있다.

  이 작품은 우리의 현실에 대한 매우 추상적인 알레고리로 이루어져 있다. 이러한 알레고리적 글쓰기는 분단이나 통일에 대한 논의를 금기하던 정치적 억압을 우회해 나가기 위한 방편이기도 하나, 관객들에게 무한한 상상력의 반향을 가져오게 하는 전략이 되기도 한다. 분단현실의 알레고리화를 통해, 현실적 상황에 대해 관객들로 하여금 더 많은 생각을 열게 하는 효과를 가져오고 있는 것이다. 따라서 박조열의 알레고리적 글쓰기를 작가의 정치적 무의식이나 치열하지 못한 작가정신의 소산이라고만 치부할 수는 없다.

　부조리극의 형식을 빌어온 이 작품은 희비극적 성격을 지니고 있다. 하염없이 기다려야 하는 절망적 상황을 다루고 있다는 점에서 비극적이지만, 그러한 상황을 조롱하면서 우스꽝스럽게 표현하고 있다는 점에서 희극적이다. 두 사람의 대사나 동작 하나하나는 웃음을 자아내지만, 그 행위들이 드러내는 이미지는 민족 분단의 비극적 상황을 드러내 주고 있는 것이다.

◈ 참고문헌 ◈

김영희, 「박조열 희곡의 구조와 의식연구」, 한국극문학회 제3차 전국학술대회 발표요지, 1999.9.

박영정, 「1960년대 희곡의 정치적 무의식과 알레고리-박조열, 신명순, 윤대성을 중심으로」, 『한국극예술연구』, 제11집, 한국극예술학회, 2000.

오군자, 「60년대의 한국 연극」, 서울대 교육대학원 석사논문, 1971.

유민영, 「분단의 지적·정한적 탐구」, 『한국현대희곡사』, 새미, 1997.

이미원, 「박조열 작품론:양식적 실험과 통일에의 집념」, 『한국 근대극 연구』, 현대미학사, 1994.

정우숙, 「박조열의 희곡 <목이 긴 두 사람의 대화> 고찰-사무엘 베케트의 희곡 <고도를 기다리며>와의 비교를 중심으로」, 『이화어문논집』, 제12집, 이화여대 한국문학연구소, 1992.

정지창, 「모더니즘 연극의 수용과 극복」, 『서사극 마당극 민족극』, 창작과 비평사, 1989.

최상민, 『박조열 희곡의 주제의식 연구』, 조선대학교 대학원 석사논문, 2000.8.

안느 위베르스펠드, 『연극기호학』(신현숙 역), 문학과 지성사, 1988.

불청객의 방문을 통해서 본 〈소식〉의 의미

최 창 길

[차 례]

I. 머리말

1960년대 한국 연극계는 사실주의 극작술에서 벗어나 다양한 방법의 창작을 시도하던 시기였다. 반사실주의극의 다양한 시도는 사실주의극이 지닌 한계를 극복하기 위함이었는데, 박조열도 이런 시대적인 흐름에 동참하여 극작 활동을 한 사람이다.

그는 다양한 극작 방법을 통해 현실 사회를 풍자하고, 궁극적으로 인간성 회복을 추구하는 것을 목표로 하였다. 희극성을 주조로 하는 작가 특유의 언어 구사 능력과 뒤집힌 상황의 의미 및 다양한 극작술의 시도 양상을 살펴보고, 등장 인물이 궁극적으로 무엇을 의미하는가를 밝히는 작업을 통해, 작가가 관객에게 전달하고자 하는 바가 무엇인가를 캐고자 한다.

지금까지 박조열에 대한 연구는 분단·통일 문제에 초점이 맞추어졌다. 이것은 그가 6·25때 월남한 실향민으로 누구보다도 분단의 아픔을 가장 크게 느꼈고, 아울러 통일을 절실히 원했을 것이라는 짐작과 작품집 말미에서 그가 피력한 말 때문이 아닌가 한다.

> 어쩌면 이다지도 '남북분단'에만 집착했을까. 이 자화상은 자기연민에 빠지게 한다. <중략> 이제 와서 나는 비로소 나의 작품의 거의 모두가 생사조차 알 길 없는 북쪽 땅의 나의 혈육과 고향산천을 향한 정념의 소산이었음을 깨닫는다. 한편, '남북분단'에 대한 집착은 통일문제를 제재로 한 작품을 금기시하였던 지난날의 정치상황과 상충하면서 일종의 자멸작용을 하였음도 깨닫는다.[1]

그렇다고 해서 그의 작품이 모두 분단의식이나 통일문제만 거론한 것이라고 볼 수는 없다. <소식>은 헤어져서 안부를 알 수 없는 혈육에 대한 그리움을 절실히 표현한 작품이다. 헤어져서 소식을 알 수 없는 안타까움은 작품 속 인물들만의 것이 아니다. 남북 분단으로 서로 소식도 모른 채 살아가는 수많은 사람들의 아픔이기도 하다. 작가도 물론 그런 사람들 중의 하나다. 현실적으로 헤어진 가족이 직접 서로 소식을 전할 수 없기 때문에 작가는 여기서 그 소식을 전해 줄 인물로 도둑을 설정했다. 이 작품에는 불청객(不請客)인 도둑이 등장해서 극을 진행하는데 비록 비현실적이기는 하지만 적절한 표현방법이라고 본다. 도둑은 자기의 본업인 도둑질은 하지 않고, 오히려 소식을 몰라 궁금해하는 할머니에게 손자의 무용담을 꾸며 들려줌으로써 할머니를 위로한다. 작품에 등장하지 않는 다른 극중 인물의 역할을 대행하기 위해서 동원된 도둑은 그 역을 효과적으로 해낸다. 이 작품에

---

1) 박조열, <꼬리말>-작자의 옛 이야기-『오장군의 발톱』, 학고방, 1991. 353쪽

서 도둑이 차지하는 비중이 크고, 의미가 있다고 봐서 여기에 초점을 맞추
어 논의를 전개하고자 한다.

　본고에서는 박조열의 첫 희곡집『오장군의 발톱』[2])에 실려 있는 <소식>
을 대상으로 하여 작품의 의미를 살펴보고자 한다.

Ⅱ. 작품의 개관

작품의 이해를 돕기 위해서 줄거리를 간단히 소개하면 다음과 같다.

> (가) 섣달 그믐날 밤에 통닭 집에 도둑이 나타나서 닭 한 마리를 사 먹
> 　　으며 지난 해 섣달 그믐밤에 있었던 일을 이야기하겠다고 관객들에
> 　　게 동의를 구한다.
> (나) 도둑이 어떤 할머니 집에 침입한다. 월남에 참전한 군인을 손자로
> 　　둔 할머니는 도둑을 손자의 친구로 알고 따뜻하게 대한다. 고아 출
> 　　신인 도둑은 할머니와 함께 행복한 밤을 지내면서 할머니가 궁금해
> 　　하는 손자의 활약상을 꾸며 이야기한다. 이튿날 새벽 자기를 손녀
> 　　사위로 삼고 싶어하는 할머니의 곁을 몰래 빠져 나온 도둑은 월남
> 　　에 있는 손자에게 지난 밤 사건의 전말과 당부의 편지를 보낸다.

　내용이 단조롭기도 한 이 작품은 처음에는 라디오 단막극으로 씌어졌던
것을 연극 공연용 희곡으로 고쳐 쓴 것인데, 라디오 극을 거의 그대로 옮긴
거나 다름없다. 라디오 극이나 '여인극장' 초연까지의 첫 희곡 작품은 할머
니와 도둑 두 사람만 등장하는 (나) 만으로 이루어진 극이었으나, 연극협회
가 제작한 지방순회공연 때 연기자를 더 등장시켜 달라는 연출자(김정옥)의

---

2) 박조열,『오장군의 발톱』, 도서출판 학고방, 1991. 이 책을 기본서로 활용하며, 앞
　으로 작품을 인용할 경우 각주로 처리하지 않고, 인용 부분 뒤에 쪽 수를 밝히도
　록 한다.

요청으로 (가)의 '닭집' 장면을 덧붙였다.[3]

(나)에서 주역은 도둑이고, 할머니는 그 상대역에 지나지 않는다. 할머니
는 도둑의 이야기로 손자의 소식을 알 수 있다. 물론 그것은 꾸며낸 이야기
에 지나지 않지만 할머니는 그것을 사실로 믿는다.

III. 연극적 재미

박조열 희곡의 가장 뚜렷한 특징의 하나는 그가 재미있는 연극을 만들기
에 집요한 관심을 가졌다는 것이다. 그는 분단상황과 통일이라는 심각한 문
제를 다루면서도 상황을 희극적으로 설정하고 있는데, 이것은 연극은 재미
있어야 한다는 평소의 그의 지론이 드러나는 바다.[4]

희곡이 대사와 행동으로 이루어진 문학이기 때문에 대사를 분석하는 것
이 희곡의 특성을 잘 이해하는 방법이라고 생각해서, 다양한 언어 구사와
뒤집힌 상황의 의미로 재미있는 연극적 요소를 규명해 보겠다. 또한 그의
다양한 극작술도 연극적 흥미를 더하는 요소라고 봐서 거기에 대해서도 천
착해보려 한다.

1. 다양한 언어 구사

<소식>에 나타난 대사 가운데 반어적인 부분을 보면,

      할 머 (도둑놈이 벗은 구두를 들어서 방안으로 들어놓는다.)
       도 둑 아니 신은 왜 방안으로,

---

3) 박조열, 「꼬리말」, 위의 책, 359쪽.
4) 김재석, 「대담으로 풀어보는 연극론, 懷鄕정념의 발현―극작가 박조열」, 『민족극
   과 예술운동』, 1996년 가을, 통권 13호.

　　할　머　밖에다 그냥 놓으면 도둑이 집어간다구요. 눈 깜짝할 새면 없
　　　　　어져요.
　　도　둑　아 네에……(하며 묘한 표정을 짓고 흘깃 관객을 본다.) (179
　　　　　쪽)

　　도　둑　끔찍하긴요. 그리군 동굴 속에다 대고 소리를 지르는 거예요.
　　　　　<야아이 베뜨꽁 새끼들아아> (하며 집이 떠나갈 듯 고함을
　　　　　지른다.)
　　할　머　(질겁하며) 아우 아우 오밤중에 그렇게 소릴 지름 어떡하우.
　　　　　동네에 도둑이 든 줄 알겠어요.
　　도　둑　(도둑이란 소리에 쑥 들어갔다가 이내 기분을 되찾으며) 그럼
　　　　　이제부터 낮게 애기하죠. (184쪽)

　　도　둑　쉬이
　　할　머　…… ? 왜 그러시우?
　　도　둑　(손으로 막고 잠시 침묵)……
　　할　머　……?
　　　　　(사이)
　　도　둑　요렇게 잠시 동안 동굴 속이 쥐죽은듯이 조용하더라아 이 말
　　　　　이에요.
　　할　머　호호…… 난 또 좀도둑이 밖에서 바스락대는 소리라두 난 줄
　　　　　알았지. (185쪽)

　도둑의 구두를 도둑맞을까봐 걱정이 되어 방안으로 들여놓는 할머니의
행동이나 오밤중에 지른 큰 소리에 동네 사람들이 도둑이 든 줄로 알 것이
라고 걱정하는 할머니의 마음 씀씀이나 방안 바로 자기 앞에 있는 도둑은
알지 못하고 밖에 있을지도 모르는 좀도둑을 걱정하는 할머니의 태도는 모
두 반어적이다. 반어는 통상적인 의미의 해학적 요소 이상으로 인생에 대한
폭넓은 비판의식을 갖기[5] 때문에 이런 반어적인 요소를 많이 내포하고 있

---

5) 이상섭, 『문학비평용어사전』, 민음사, 1976, 191쪽.

는 작품은 그렇지 못한 작품에 비해 재미있고, 수준이 높을 수밖에 없다.

아래는 도둑이 용팔이의 무용담을 실제에서 일어난 사건인 것처럼 할머니에게 들려주면서 함께 극을 진행하는 부분이다.

> 도 둑 ……! 큼큼. 그리고 나서 드디어 베뜨꽁들이 손들고 나오는
> 데……한놈, 두놈, 세놈, (뚝 그치고) 할머니 몇놈이나 나왔는
> 지 아세요?
> 할 머 넷?
> 도 둑 천만에요. 다섯놈, 여섯놈, 일곱놈, 여덟놈, (뚝 그치고) 할머니
> 몇놈 나왔는지 아세요?
> 할 머 아홉,
> 도 둑 천만예요. 열놈, 열한놈, 열두놈, 열세놈, 열네놈,(뚝 그치고)
> 할머니 몇놈 나왔는지 아세요?
> 할 머 호호
> 도 둑 할머니 재밌죠?
> 할 머 그래 재밌수. 호호.
> 도 둑 어서 맞춰보세요.
> 할 머 열다섯?
> 도 둑 틀렸어요. 좀 더 올리세요.
> 할 머 열여섯.
> 도 둑 더요.
> 할 머 열일곱?
> 도 둑 맞았어요.
> 할 머 휴우. (한숨을 포옥 쉬며 마치 어려운 산수문제를 풀기라도
> 한 듯한 대견스러운 표정)
> (두 사람 즐겁게 킥킥 웃는다.) (185~186쪽)

베뜨꽁 포로의 수 알아맞추기 놀이로 도둑은 할머니와 재미를 만끽하고 있다. 대화의 내용상에는 별다른 진전이 없고, 단지 숫자알아맞추기 놀이를 즐길 뿐이다. 이는 문답 유형의 반복으로 일종의 언어유희다. 대화 내용에

별다른 의미도 없는 이런 놀이에 관객이 쉽게 동화되기를 작가는 바라고 있다. 이 놀이 행위를 통해 할머니와 친숙하게 된 도둑은 자기 이야기가 거짓이 아니라는 신뢰를 확보하게 된다.

2. 뒤집힌 상황의 의미

작품 여러 곳에 나타나는 뒤집힌 상황의 배치 의미는 무엇일까? 그것은 현실이 불만스러울 때 그것을 뒤집음으로써 재미를 느끼게 하는 것이다. 이 재미는 극적인 작품에 꼭 필요한 요소로 작가는 여러 곳에 이것을 배치함으로써 뒤집힌 상황의 즐거움을 관객이 만끽할 수 있도록 했다. 이런 점이 단순한 소재를 갖고도 관객을 지루하지 않도록 하는 힘이라고 본다.

> 도 둑 아가씨, 그 탁자하구 의잘 들구 어서 빨리 여기서 나가요.
> 여 점 뭐라구요?
> 도 둑 군소리 말구 빨리 시키는대로 해요. (순경에게) 여보 당신두
>   그 탁자하구 의잘 들구 빨리 없어져요. (멍한 두 사람에게) 뭘
>   멀뚱거리구만 있는거야, 아 빨리 없어지지 못해! 엉! (하며 무
>   서운 형상을 짓는다.)
>   (도둑놈의 기세에 눌려서 먼저 순경이 뒷걸음을 치더니 후닥
>   닥 도망을 간다. 이어 여점원도 도망을 간다.) (176쪽)

순경은 도둑을 잡아야 할 책임이 있는 사람이다. 그런 순경이 눈앞에 있는 도둑을 알아보지 못할 뿐만 아니라 도둑의 말에 도망을 간다. 정작 도망을 가야할 도둑은 큰소리 치면서 남아 있고, 남아서 자기의 임무를 수행해야 할 순경은 도망간다. 도둑에게 쫓겨가는 것은 순경만이 아니다. 통닭집을 지켜야 할 여점원도 손님의 기세에 눌려서 가게를 내팽개치고 도망간다. 도둑을 잡아야 할 순경이 도둑에게 몰려 되려 도망을 치고, 가게를 책임지고 지켜야 할 여점원이 오히려 도둑에게 쫓겨가는 것은 일종의 반어이다.

이것은 정상적인 관계에서는 성립될 수 없는 상황이다. 주객이 전도된 이 상황이 관객들에게 재미스러움을 더해 준다.

> 도 둑 아 저기 정신 나간 대문이 하나 있군.(관객에게) 마치 <어서
>   옵쇼오>하는 듯이 화안하게 열린 채 바람에 흔들리고 있군
>   요.
>   (대문 안을 기웃거리듯 하는 몸짓을 하는데 순경이 지나간다.)
> 도 둑 추운데 수고 많으십니다.
> 순 경 천만에요, 새해에 복 많이 받으십시오.
> 도 둑 네에 선생님두요. (177쪽)

순경과 도둑이 만나는 장면이다. 설 명절 전날인 섣달 그믐밤에 주택가를 지나가는 순경이라면 대문간을 기웃거리는 행동만으로도 그 사람을 의심하고 심문해야 마땅할텐데, 그냥 지나간다는 것은 경찰 본연의 순찰 임무에 충실하지 못함을 나타낸다. 도둑의 입장에서는 될 수 있으면 순경을 만나지 말아야 하고, 또 어쩔 수 없이 만나게 되면 우선 피하는 것이 당연하다. 사정이 이런데도 도둑은 되려 순경에게 먼저 인사를 하는 적극성을 보인다. 소극적이어야 할 도둑은 적극적이고, 적극적이어야 할 순경은 오히려 소극적이다. 도둑과 순경의 통상적인 입장을 뒤집어 보이는 의외성이 관객들에게 재미를 더해주고 있다.

> 도 둑 전 일을 시작 전엔 무더운 한여름 밤에도 꼭 술을 마시군 합
>   니다. 예? 왜 그러느냐구요? 아 이 세상에 맑은 정신으로 도
>   둑질하는 놈이 어뎄습니까? (176쪽)

도둑이 도둑질을 하기 전에 꼭 술을 마시는 이유에 대한 해명이다. 술을 마시면 정신이 흐려진다. 정신이 흐려지면 도둑질 같은 옳지 못한 일도 할 수 있다. 그래서 옳지 못한 도둑질을 맑은 정신으로는 할 수 없기 때문에

술을 마셔 정신을 흐리게 한 뒤에야 한다는 이 논리는 제법 정연하다. 이렇게 논리가 정연한 사람이 도둑질 밖에 할 수 없는 사회는 제대로 된 사회가 아니다. 부조리한 사회에 대한 작가의 신랄한 비판이 담긴 반어다.

3. 다양한 극작술의 시도

박조열의 작품이 재미가 있는 또 하나의 이유는 그의 극작품에 드러난 다양한 극작술때문이다. 이런 다양한 변화의 시도는 사실주의 극의 일반적인 극작 방법과는 달리 관객들의 흥미를 불러일으켜 극의 재미를 느끼도록 해주는 한 관건이 된다.

등장인물과 관객 사이에 비판적 거리가 생겨서 낯설게 하기의 효과를 일으키도록 하는 기법으로 해설자를 등장시켰다. 이 해설자의 역할은 극의 진행 중에 관객들이 작중의 사건 속으로 몰입되는 것을 막자는 것이다. 해설자의 역할에 따라 '극화된 화자'와 '극화되지 않는 화자'로 구분한다6)면, <소식>에 등장하는 도둑은 극중에서 배역을 하다가 해설자의 역할도 하기 때문에 사건의 진행과는 전혀 관계없이 해설자의 역할만 하는 '극화되지 않는 화자'와는 구별되는 '극화된 화자'라고 하겠다.

> 도 둑 (뒤통수에 대고) 계집애가 아주 맹꽁이군. ㉠안 그렇습니까,
>   여러분?
> 관 객 ㉡옳소오.
>   (바람 소리가 한결 높아진다.)
> 도 둑 (닭을 뜯어 먹으며) 거 바람 되게 불어대는군. 작년 그믐날
>   밤에도 저렇게 기를 쓰더니……(관객에게) ㉢참 여러분, 작년
>   의 바로 오늘, 그러니까 작년 그믐날 밤에 내가 겪었던 재미
>   있는 얘길 하나 들려 드릴까요?
> 관 객 ㉣좋소오. (175쪽)

---

6) 김일영, 『연극총론』, 중문, 1997, 102쪽.

밑줄 친 ㉠,㉢은 등장 인물이 관객에게 말을 걸어 지지나 동의를 구하는
부분이다. 이에 관객은 ㉡,㉣에서처럼 적극적으로 호응한다. 이런 관객은 단
순한 방관적 구경꾼이 아니라 극중 행위에 개입하기 때문에 특별한 의미를
띤다. 서사적인 연극에서 관객은 몰아(沒我)적인 태도를 지닐 수 없고, 오히
려 연극적인 행위에 적극적인 관심을 가지고 극의 진행에 개입하게 된다.
관객이 극에 개입하는 것은 극중 행위에 대한 관객의 관심의 표현이다. 극
에서 관객의 현실성 확보는 극적 비판으로 나타나게 됨으로써 극적 환상(幻
想)을 배제한다. 극적 환상을 표현의 수단으로 삼지 않고 현실성을 추구하
는 연극은 여러 가지 불필요한 수고를 덜고, 나타내고자 하는 핵심에 바로
도달할 수 있는 장점을 갖는다.

> 도 둑 어 저 친구들 봐, 탁자하구 의자를 들구서 없어지라구 했는
> 　　　데…… 할 수 없군, 내가 다아 치워야지. (하며 탁자 의자를
> 　　　치우면서, 무대 뒤에 대고) 여봐요들, 나와서 날 좀 거들어 줘
> 　　　야지.
>
> 　　　(뒷스탭들이 우르르 나와서 무대 위의 소도구들을 삽시간에
> 　　　치워 버린다. 잠시 빈 무대……바람 소리가 잠시 혼자서 기승
> 　　　을 부리고 나서…… 도둑놈이 추위에 떨며 나타난다.) (176쪽)

인용 앞부분의 통닭집이라는 현재의 장면에서 뒷부분의 김용팔네 집이라
는 과거의 장면으로 전환이 이루어진다. 작가는 의도적으로 스탭들도 무대
에 등장시켜 장면을 전환시키는 작업을 관객들에게 보여주는 기법을 사용
하였다. 이렇게 함으로써 이것이 극 속의 장면이라는 것을 관객에게 뚜렷이
부각시키는 효과를 가져왔다.

장면 전환을 위한 이 부분의 장치는 매우 독특하다. 무대 공간상 통닭집
과 여점원 그리고 순경을 일시에 사라지게 할 뿐 아니라, 시간적으로도 일
년 전으로 되돌려 놓았다. 특히 뒷스탭들이 무대에 등장하여 소도구를 등장

인물과 함께 삽시간에 치워버림으로써 앞뒤 장면이 자연스럽게 연결되도록
하였다.

　<소식>은 라디오 극의 특성을 더 많이 지녔다. 막으로 무대 장면을 전환
하는 정통적인 연극의 구성법을 사용하지 않고, 한 장소에서 인물과 사건의
전환이 이루어지는 라디오 극 특유의 구성법을 통해 인물의 성격 창조와 사
건 전개가 이루어진다.

　　　무 대
　　　　　이 연극을 위한 장치가 따로 마련될 필요는 전연 없다. 필수
　　　　　적인 몇 가지의 소도구만 있으면 거의 모든 장소에서 연극할
　　　　　수 있을 것이다. (173쪽)

　이렇기 때문에 이 작품은 비교적 손쉽게 무대에 형상화할 수 있는 특징을
갖는다.

　　　도 둑 (관객에게) 여러분, 이 세상에는 남에게 미움 받을 짓만 골라
　　　　　하면서 살아가는 사람들이 더러 있습니다. 내가 바로 그런 사
　　　　　람입니다. 아마 여러분께서도 내 직업이 뭣인가를 알게 된다
　　　　　면 그 아가씨가 내게 눈을 부릅뜨며 화낸 것처럼 대번에 화
　　　　　를 내실 겁니다. 예? 세무서원이 아니냐구요? 헤헤 아닙니다.
　　　　　이 세상 모든 사람들이 한결같이 싫어하는 직업을 생각해 보
　　　　　십시오. …… 예? 계마담이요? 아니 내가 여잡니까?…… 예?
　　　　　도 뭐요? 다시요! 도, 도 …… 맞았습니다. 난 도둑놈이 올시
　　　　　다. 난 이래뵈두 도둑놈이라구요. (자랑스런 포오즈) (174~
　　　　　175쪽)

　등장인물은 자문자답 형식으로 관객들의 관심을 불러일으키면서 자기
가 도둑이라는 사실을 밝힌다. 밑줄 친 부분은 도둑의 물음에 관객이 답했
을 것으로 예상한 부분이다. 도둑은 이 문답놀이를 통하여 관객을 극 속으

로 끌어들여 재미있게 한판 놀아보자는 것이다.

> 도 둑 (관객에게) 전 우선 용팔이라는 파월용사의 분대장으로 있다
>   가 만기 제대가 돼서 어제 귀국한거라고 꾸며댔습니다. 그리
>   군 용팔이란 파월용사에 대한 거짓말을 마구 늘어놓았습니다.
>   그런데 이날 저녁은 웬 거짓말이 샘처럼 그치지 않고 술술
>   나와주는지…… 전 원체 머리가 나빠서 거짓말을 잘 못하는
>   데 이날 저녁은 참으로 이상했습니다. 아마 거짓말 귀신이 붙
>   었었나봐요. 게다가 거짓말을 하면서 그렇게 즐거워 보기도
>   처음이었습죠. (180쪽)

도둑이 관객을 상대로 해서 자신의 입장을 표명한 부분이다. 극 속에서의
설명은 배우의 행동이나 대사만으로는 나타낼 수 없는 내용을 관객에게 전
달하기 위해서도 필요하고, 연기로 나타낼 수 있는 내용이라고 하더라도 관
객에게 더 많은 관심을 갖도록 하기 위해서도 사용한다. 여기서 도둑은 자
기가 한 말이 거짓말이라는 것을 관객들에게 밝히는 것은, 이미 알고 있는
사실을 관객들에게 환기시키는 효과가 있다.

> 할 머 호호……에유 거짓말 마슈. 근석이 어릴적부터 씨름을 잘하긴
>   했지만 자기 몸의 다섯배나 되는 장사한테까지 이겼을라구.
> 도 둑 할머니, 그럼 제가 거짓말을 한단 말입니까.
> 할 머 거짓말이야 하겠소만 다섯배나 큰 사람을 이겼다니까 하는
>   말이우. 뒤배람 또 몰라두. (180쪽)

용팔이의 무용담은 물론 할머니를 기쁘게 해드리기 위해 도둑이 지어낸
말이다. 도둑은 관객들에게는 자기 말이 거짓말이라고 밝히면서도, 할머니
에게는 거짓말이 아니라고 시치미를 뗀다. 할머니가 "그런 거짓말은 하지
말라"고 한데 대해서는 그러면 자기가 "거짓말을 한다는 말이냐"고 되려 큰
소리를 친다. 그 기세에 할머니는 한 발 물러서서 "설마 거짓말이야 하겠느

냐"고 하면서 도둑의 입장을 살려준다. 관객에게 밝힌 거짓말을 할머니에게
는 굳이 거짓말이 아니라고 하는 까닭은 무엇인가? 그것은 꾸며낸 이야기일
지라도 손자의 소식을 애타게 기다리는 할머니를 위로하려는 도둑의 배려
다. 그러나 할머니는 다섯 배나 큰 사람을 씨름으로 이겼다는 도둑의 말을
믿지 않는다. 상식적으로도 성립할 수 없는 도둑의 허풍을 할머니는 속으로
믿지 않으면서도 겉으로 믿는 척 해주는 것이다. 그것은 손자의 친구로, 자
기가 고대하던 소식을 전해준 고마움에 대한 일종의 배려라고 할 수 있다.
도둑과 할머니는 상대방을 위한 배려의 정신을 갖고 있기 때문에 서로 믿는
친밀한 관계를 유지할 수 있게 된다.

> 도 둑 …… (구두를 신는다) 예? 왜 도망을 가느냐구요? 아니 그럼
> 저더러 할머니 말씀대로 용숙이란 아가씨가 오는걸 기다려
> 선을 보고 그리고…… 그리고…… 에이 사람 가죽을 쓰고 그
> 럴 수가 있습니까. 사람은 양심이란 게 있습니다. 양심이란
> 게요. 그리구 염치라는 걸 알아야 합니다. (190쪽)

　도둑은 양심과 염치 때문에 할머니 몰래 그 집을 빠져 나온다. 이제 도둑
은 더 이상 도둑이 아니다. 양심과 염치를 회복한 청년일 뿐이다. 할머니 말
씀대로 마음에 드는 손녀 사윗감 일 수도 있다.

Ⅳ. 등장 인물의 의미 규명

　전쟁터인 월남에 손자를 보내고 그 소식을 몰라 애태우면서 손녀와 함께
어렵게 살고 있는 할머니는 도대체 누구이며, 손자의 소식을 할머니에게 전
하는 도둑의 존재는 또 무엇일까? 이것을 밝히는 것이 이 작품을 제대로 이
해하는 지름길이다. 작품 속의 등장인물과 작품 밖의 작가를 비교해서 생각

해보면 어떤 실마리를 찾을 수 있을 것 같다.

작품 속(용팔이의 상황)	작품 밖(작가의 입장)
1. 월남(베트남)에 참전함 2. 고국에는 할머니가 여동생과 함께 산다. 3. 어려서 부모를 잃고 할머니 손에서 외롭게 자랐다. 4. 할머니께 소식도 전하지 못한다. 5. 내 훗달이면 만기 제대해서 할머니 곁으로 돌아 갈 수 있다.	1. 북에서 남으로 월남함 2. 고향에는 어머니가 여동생들과 함께 산다. 3. 단신 월남하여 일가 친척도 없이 외롭게 살았다. 4. 어머니께 소식을 전할 길이 없다. 5. 어머니와 북쪽의 가족을 만나게 될 날을 간절히 기다린다.

　용팔이는 월남(越南)전에 참전하고 있는 용사다. 작가는 월남(越南)해서 오랫동안 군대 생활을 했다. 앞의 것은 '베트남'이라는 나라를 가리키고, 뒤의 것은 '북쪽에서 남쪽으로 넘어옴'을 가리켜서 뜻은 비록 다르지만 소리 같다. 그리고 그것은 가족과 헤어져서 만나지 못하는 상황의 표현이기도 하다.

　월남에 가 있는 용팔이는 할머니와 떨어져 있으면서 소식도 전하지 못하고 있고, 작가 또한 월남해서 어머니와 헤어져 있으면서 소식을 전할 길이 없다. 용팔이의 소식은 다행히 도둑이 등장해서 전해 주는데 비해 작가의 소식은 현실적으로 전해 줄 사람이 없다. 작가는 자기의 소식을 전해줄 도둑같은 인물이라도 있기를 간절히 고대했는지도 모른다. 도둑은 김용팔이가 월남에서 겪었을 일을 할머니에게 전달해 준다는 점에서 김용팔의 분신이라고 할 수 있다. 실제로 김용팔이 나타나서 자기의 이야기를 할 수는 없기 때문에 도둑의 입을 통해서 손자의 근황을 할머니께 알리는 수법을 썼다. 그렇기 때문에 도둑은 김용팔의 이야기를 자기 이야기처럼 할 수 있는 것이다. 자기 본분을 망각한 채 김용팔의 소식을 들려주는 것으로 자기가 맡은 역할을 다 하는 도둑은 곧 김용팔이다. 늙은 할머니 집에 도둑질을 하

러 들어가서 그 목적한 바를 이루지는 못했지만 할머니와 함께 지낸 하룻밤
이 행복했다고 한다. 그만큼 도둑은 따뜻한 가족의 정이 그리운 것이다.

> 도 둑 고아로 자란 저에게 있어서 그 따뜻한 아랫목에서 이불을 두
> 개나 껴덮고 할머니와 함께 잔 어제 밤은, 여지껏 제 인생에
> 있어서 가장 즐겁고 행복한 하룻밤이었다는 걸 말하고 싶습
> 니다. (191쪽)

작가는 물론 고아로 자란 도둑은 아니나 단신 월남해서 의지할 혈육이
라고는 아무도 없으니 고아와 다를 바 없고, 무위도식(無爲徒食)에 가까운
어려운 생활로, 친구들에게 많은 신세를 지고 있기 때문에 이 때 자기의 처
지를 도둑과 다를 바 없다고 생각한 것 같다.

> 이 무렵에는 몹시도 궁핍했다. 술을 사겠다는 친구더러 버스 정거장으로
> 나오게 해서 내 버스값까지 물게 한 적도 있을 정도였다. (358~359쪽)

궁핍한 생활을 나타낸 윗 부분을 보면 작가의 솔직한 마음을 헤아려 볼
수 있을 것이다. 부모를 잃고 할머니 손에서 자란 용팔이 남매가 외롭고
가난한 삶을 살았다면. 작가도 가족과 생이별한 채 외롭고 어려운 생활을
한 사람이다.

헤어진 가족이 서로의 안부를 몰라 그리워한다는 것은 누구에게나 공통
되는 점이다. 할머니가 손자의 소식을 기다리는 것이나 어머니가 자식의 소
식을 기다리는 것이나 같다. 할머니가 손자의 소식을 얼마나 간절하게 기다
렸으면, 꿈을 꾼 것이 실현된 것으로 믿고, 도둑을 손자의 친구로 착각하였
겠는가.

> 할 머 아유 반갑수. 글쎄 내 꿈이 틀림없다니까. 아 용팔이 녀석이
> 오늘 아침 새벽 꿈에 나타나서 친구가 소식을 가지고 갈 거

라지 않겠수. (177쪽)

작가의 어머니 심정 또한 할머니와 다를 바 없다. 작가가 작품집 말미에
밝힌 다음 내용은 북쪽에 남겨진 헤어진 가족에 대한 간절한 그리움을 나타
낸 것이라 할 수 있다.

> 나는 작품을 쓸 때마다 그 제재와는 상관없이 의례 몇 번씩 어머니를
> 생각하는 버릇이 있다. 그리고 정복·정록·임록·귀복—누이동생들이
> 다—을 생각하곤 한다. (362쪽)

헤어진 가족이 서로 만나지 못하는 현실에서 그 안부 소식을 듣고 싶어하
는 것은 당연한 일이다. 작가가 어머니나 누이를 생각하는 마음이나 북의
가족들이 작가를 생각하는 마음이나 다를 바가 없다.

> 할 머　그럼 잠이 들 동안만이라두 내 말을 들우. 알고보니 도도청년
> 　　　두 외로운 처지구 이쪽두 외로운 처지라 서로 외로운 사람끼
> 　　　리니 더욱 서로 의지하게 생겼겠다, 게다가 용팔이 하군 친구
> 　　　지간이겠다, 그렇게 되면 얼마나 좋겠수. 더욱이나 아까도 말
> 　　　했듯이 ○○띠하구 ○○띠는 원래 궁합이 천생연분이겠다……
> 　　　도도 청년, 이것도 인연인데, 내일 아침 용숙이가 오는 대로
> 　　　선을 보고 도도청년 맘에 들거든 우리 아주 혼약을 정하기로
> 　　　합시다…… (189쪽)
> 할 머　……자는체 하는 줄 알았더니 정말 잠이 들었구먼. 장가 애길
> 　　　하는데 잠들어버리다니 태평도 하지 원…… 하긴 남자는 태
> 　　　평스러운 데가 있어야 여편네가 모시기 편한 법이지……(다
> 　　　시 들여다보며) 정말 내 손녀 사위가 되면 오죽이나 좋을
> 　　　까…… 이렇게 맘에 드는 사위감이 또 어디 있을라구…… (잠
> 　　　시 후 자리에 눕는다.) (190쪽)

할머니가 도도청년을 손녀 사윗감으로 삼으려 하는 것은,

첫째, 그가 외로운 처지에 있는 사람이기 때문이다. 할머니는 자기네도 항상 외로웠기 때문에 외로운 사람끼리는 서로 의지할 수 있다고 생각한다.

둘째, 도둑을 손자의 친구라고 믿기 때문이다. 손자를 믿고 의지하면서 살아온 할머니는 손자의 친구에게도 그렇게 믿고 의지하고 싶은 것이다.

셋째, 아무 근거도 없는 ○○띠와 ○○띠가 천생연분이라는 것을 할머니는 굳게 믿기 때문이다.

넷째, 청년의 마음을 태평스럽다고 보고, 그런 심성을 지녔다면 여편네가 모시기 편하다고 생각한다.

할머니는 손녀가 인물 곱고 몸도 건강하며, 부지런하고 마음씨가 고와도 가난하기 때문에 다른 사람들이 거들떠보지도 않는다고 했다. 그래서 손녀의 결혼이 걱정이라고 하면서 처음 보는 이 도도청년을 마음에 드는 손녀사윗감으로 생각한 것이다.

할머니는 자기 스스로 사태의 추이를 정확하게 안다고 하지만 실제에서는 그렇지 못하다. 자기 앞에 있는 청년이 도둑이라는 가장 단순한 것마저 미처 깨닫지 못한다. 도도청년은 결코 자기의 손녀사윗감이 될 수 없는 도둑이라는 것도 깨닫지 못하는 할머니는 그래도 칠십 노인의 눈은 귀신보다 정확하다고 스스로 자신한다.

> 할 머 예로부터 속담이 있어요. 귀신 눈은 속여도 칠십 노인 눈은
> 못 속인다구, ……호호……. 자아, 우리 이제부턴 아주 이불을
> 펴놓고 누워서 얘길합시다. (182~183쪽)

그러면서도 작가는 할머니의 폭넓은 아량과 도둑의 착한 심성에 대해서 무척 긍정적이다. 작품 어디에서도 두 인물이 대립하거나 갈등을 일으키는 부정적인 장면을 발견할 수 없었다. 이것은 작가가 일관되게 추구해온 그의 삶의 자세가 사랑과 관용을 바탕으로 한 상생(相生)의 정신임을 보여주는 것이다.

V. 맺음말

박조열의 희곡 중 <소식>의 분석을 통해 얻은 결과를 요약하여 맺음말로 대신한다.

이 작품은 손자를 월남전에 보내고 그 소식을 몰라 궁금해하는 할머니 집에 섣달 그믐밤에 불청객(不請客)인 도둑이 등장해서 하룻밤을 지낸 사건을 그렸다.

반어법을 사용한 작가 특유의 언어 구사 능력과 뒤집힌 상황의 배치로 재미있는 연극을 만들려고 노력했으며, 무대 전환이나 해설자의 등장이라는 독특한 극작술로 관객을 흥미롭게 했다. 이 작품이 라디오 극의 특성을 보다 많이 지녔기 때문에 장면 전환이라든가, 숫자알아맞추기 놀이 같은 것을 통해서 관객이 재미를 느끼도록 했다.

비록 도둑의 꾸민 이야기이지만 그것을 통해 할머니가 손자의 소식을 알 수 있음에 비해, 작가 자신은 북쪽에 있는 가족에게 소식을 알릴 길이 없는 상황이기에 오히려 소식에 대한 간절한 소망을 이렇게 표현했다고 본다. 도둑의 이야기를 통해서 작가가 궁극적으로 추구한 것은 헤어져 안부를 알 수 없는 혈육에 대한 그리움이다. 그렇기 때문에 이 작품은 작가 자신의 이야기일 수도 있다는 개연성을 갖는다. 내 훗달이면 용팔이는 만기 제대하여 할머니와 상봉하여 효도를 하게 되듯이 작가 자신도 가까운 시일에 어머니를 만나 뵙고 효도할 수 있게 되기를 바랐다. 작가에게 있어서 이 간절한 바람은 통일이 전제되어야 가능하다. 박조열에게 있어서 분단 해소는 선택의 문제가 아니라 필수적인 명제라고 보았다.

이런 그의 작품 활동이 이후 한국 연극계에 어떤 영향을 미치고 있는지를 살피는 것도 흥미로운 연구과제이지만 다음에 기회를 마련하여 다루기로 한다.

◆ 참고문헌 ◆

박조열, 『오장군의 발톱』, 서울, 학고방, 1991.
김재석, 「대담으로 풀어보는 연극론, 懷鄕 정념의 발현 - 극작가 박조열」, 『민족극과
　　　예술 운동』, 1996년 가을, 통권 13호.
최상민, 「박조열 희곡의 주제의식 연구」, 조선대학교 석사학위 논문, 2000.
이상섭, 『문학비평용어사전』, 서울, 민음사, 1976.
김일영, 『연극총론』, 대구, 중문, 1997.
_____, 『작가와 도둑』, 대구, 중문, 2000.
유민영, 『한국 현대 희곡사』, 서울, 홍성사, 1982.

<오장군의 발톱>에 나타나는 개방 희곡적 특성

김 선 주

[차 례]

I. 서 론

1970년대 우리 문학은 검열과 밀접한 관계를 가지고 있다. 이 시기의 문학인들은 군사 독재의 원칙과 기준 없는 검열로 인해 작품이 발표(공연)되지 못하는 수난을 겪는 등 암담한 시절을 보내야만 했다. 박조열의 <오장군의 발톱> 역시 검열에 걸려 공연되지 못하다가 1988년 공연법 개정으로 무대에 올릴 수 있었던 작품이다. 이 작품은 이러한 상황으로 인해 박조열의 문제작으로 평가되는 등 많은 이들의 관심을 받아 꾸준히 공연되고 있다. 그러나 이 작품은 공연 횟수에 비해 희곡에 대한 연구는 양적으로 미흡한 실정이다. 그나마 발표된 기존 논문들도 박조열 희곡을 개괄적으로 다룬 경우가 대부분이다. <오장군의 발톱>에 대한 심도 깊은 연구는 백로라의

『<오장군의 발톱>의 공간 연구』와 김길수의 『<오장군의 발톱>을 통해 본 대조의 연극미학』두 편에 불과한 실정이다. 본 고에서는 <오장군의 발톱>에 나타나는 개방 희곡적 특성을 고찰해 나가고자 한다.

Ⅱ. 시대 배경의 세 충위

한 시대의 문학적 특성은 시대 정신이 목표 의식을 가지고 추진해 가는 상황과 밀접한 관계가 있으므로, 그 시대의 문학을 총체적으로 이해하기 위해서는 시대적 상황 자체에 대한 이해가 전제되어야 한다. 이것은 시대 상황을 충분히 숙지한 관객에게는 희곡의 내포 의미가 한층 더 깊이 다가올 수 있기 때문이다. 따라서 <오장군의 발톱>이 창작된 1974년과 처음 공연된 1988년으로 나누어지는 작품 외적 배경과 1920년대로 설정된 작품 내적 배경을 함께 살펴봄으로써 작품 속에 나타나는 시대상과 그 시대상 속에 내재되어 있는 작가의 시대 비판 의식을 고찰해 보고자 한다.

1970년대 지식인과 민중들은 극악한 정치적 억압으로 역사상 전례를 찾기 어려울 정도로 극심한 혼란을 겪었다. 특히 <오장군의 발톱>이 창작된 1974년은 문인 간첩단 사건(2월), 김지하 구속(4월), 인혁당 사건·민청학련 사건 선고 공판·김지하 사형 구형(7월), 창작과 표현의 자유에 관한 결의(10월) 등의 규제 강화로 혼란이 가중되던 시기였다. 이러한 시기에 비록 우회적이기는 하나 당대의 상황을 적실하게 표현한 <오장군의 발톱>은 당국의 규제 대상에서 벗어나지 못했다. 작가는 이 작품에 1920년대 일제 식민지 시대라는 상황 설정과 우화적 요소의 도입 등의 우회적인 방법을 통해 당국의 규제를 피해보려 했지만, 대본·공연·연기자·극단의 사전 검열과 등록을 골자로 한 공연법에 걸려 공연하지 못한다. 1963년부터 1987년 6·29선언 직후까지 적용된 공연법은 1963년부터 1976년까지 창작을 한 작가의 작품 활동시기와 맞닿아 있다. 작가의 희곡 작품이 10여 편에 불과한 것도 이와 같은 규제의 영향일 것이다.

1970년대 문학의 특성은 지주와 소작인의 위치 역전―과거 소작인이었던 인물이 돈을 벌어 지주의 땅(재산)을 사고, 이로 인해 지주는 소작인으로 몰락한다.―을 다루는 데 있었다.[1] 그러나 박조열은 <오장군의 발톱>의 시대적 배경을 '오장군이 참전한 시기는 쌍발로 프로펠러 추진식폭격기가 출현한 1920년대 후반기에 해당한다'[2]와 같이 1920년대로 설정했다. 이를 통해 그는 피해자가 가해자의 손아귀에서 벗어나지 못하는 등 일제라는 가해자와 조선이라는 피해자의 이분 양상을 뚜렷하게 구분하면서 70년대에 활동하던 작가들과는 다른 시각으로 당대의 시대상황을 풀어 나간다.

1920년대 후반 일제는 문화 정치에서 벗어나 군국주의화 경향을 강화하기 시작했다. 그들은 1920년대의 소위 문화 정치에서 허용하고 있던 부분적인 형식상의 자유조차 박탈했으며, 민족 해방 운동에 대한 파쇼적 억압을 강화하기 위해 모든 수단을 동원했다. 뿐만 아니라 많은 젊은이들이 강제 징집으로 희생되었는데, 이와 같은 상황은 작품 속에 나타난 오장군의 삶과 연결된다. 그렇기 때문에 1920년대라는 설정은 이 작품이 한 개인만의 이야기로 한정된 것이 아니라 당시 젊은이들의 보편적인 이야기였음을 내포한다. 이뿐만 아니라 이러한 설정은 가해자와 피해자의 구분이 모호해지고, 이중적 성격을 지닌 가해자가 득세하는 1970년대 현실을 비판하기 위한 수단으로 여겨진다.

<오장군의 발톱>에 대한 공연허가 판정이 내려진 것은 작품이 창작된지 14년만의 일이었다.[3] 1988년은 올림픽으로 인해 사회 개방 속도가 가속

---

1) 김동환, 「권력관계의 구조화와 분단소설의 한 양상-문순태의 <달궁>, <철쭉제>론」, 『1970년대 문학연구』, 예하, 1994.
2) 박조열, 「무대화를 위한 작자의 협조」, 『오장군의 발톱』, 공간미디어, 97쪽. 다음부터는 쪽수만 표시하겠다.
3) <오장군의 발톱>은 공연 허가 판정을 받은 이후에 작품성과 연극성을 인정받아 5차례 이상 공연되었다. 이 작품의 공연 목록은 다음과 같다.

화되면서 문화계의 개방이 이루어지던 때였다. 1980년대 후반은 민주화 물결로 인해 납북시인 정지용과 김기림의 작품 공식 해금(3월), 납·월북작가의 작품 해금(7월), 납·월북 예술인 100여 명의 작품 중 정부수립 이전 순수예술 작품 해금(10월), 연극·무용·음악 등 무대 공연물의 각본 또는 대본의 사전 심사제 폐지(1989년 1월) 등의 규제 완화가 이루어졌다. 이러한 시대적 사건들은 이데올로기의 선택과 연관하여 정치적인 규제의 대상이 되었던 문학의 금기 지대를 제거하는 획기적인 계기가 되기도 했다. 이 시기는 창작의 자유가 보장되기 시작한 때였던 만큼 현재의 불행과 미래에 대한 희망이 함께 공존했다. 이는 오장군의 죽음이라는 비극이 새로운 생명의 탄생으로 이어지는 것과도 연관시켜 볼 수 있을 듯하다. <오장군의 발톱> 역시 불행하면서도 새로운 희망이 암시되고 있기 때문이다.

　　위에서 살펴본 바와 같이 1920년대로 설정된 작품 내적 배경과 작품이 창작된 1974년의 가해자는 각각 일제와 군사 정부로 나누어지지만 민중의 억압이 이루어졌다는 공통점을 지니고 있다. 그리고 민중의 억압이 조금씩 풀어지기 시작한 1988년에 <오장군의 발톱>이 처음 공연되었다는 사실은 현실의 불행과 미래에 대한 희망이 공존하는 시대 상황과 연관되어 있다는 것이기도 하다.

Ⅲ. 사건 전개의 특성

　　<오장군의 발톱>에는 소와 인간이 대화를 나누고, 나무가 춤을 추는 등

---

1. 미추//1988. 6. 3.~1988. 6. 9.//손진책 연출//문예회관대극장(제2회 발표작품)
2. 전북극단 황토//89. 5. 21.~6. 5.//경북포항시민회관(제7회 대한민국연극제)
3. 미추//1992. 8.//블라디보스톡 챔버드라마 씨어터(제1회 태평양국제연극제)
4. 대구 예전//2000. 5. 23.~5. 31.//김태석 연출//예전아트홀(박조열 연극제)
5. 포항 형영//2000. 6. 1.~6. 2.//이영률 연출//포항문화예술회관

우화극적인 요소가 두드러지게 나타난다. 이처럼 우화극, 상황극, 변증법 연극, 부조리 연극, 표현주의극, 서사극 등 비사실주의를 표방한 희곡은 창의적인 사고 개입 가능성이 넓기 때문에 그만큼 연출가의 몫이 커진다. 박조열은 이 작품의 서두에 희곡의 무대화에 필요한 부분을 적어놓음으로써 연출을 돕고자 했다. 따라서 이 작품의 연출가는 작가의 말을 참고로 당대의 상황이나 시대 비판적 요구에 맞게 희곡을 다양한 시각에서 재해석할 수 있는 것이다.

이 작품을 비극으로 치닫게 하는 사건 전개의 중요한 매개 역할을 하는 것은 편지이다. 평범한 농사꾼인 오장군에게 징집 영장[4]이 전달되면서 비극의 양상을 띠는데, 서로의 마음과 마음이 전해지는 편지와는 달리 징집 영장은 거대한 조직에서 온 일방적인 통보일 뿐이다. 일방적인 통보의 성격을 지닌 편지(징집영장)와는 달리 오장군과 어머니(연인)의 마음을 이어주는 매개 역할을 하는 편지도 있다. 뿐만 아니라 자신이 다른 사람과 바뀌는 착오로 군대에 가게 된 진실을 알려 주는 기능도 한다. 영현 하사관이 가져온 전사통지서 역시 징집 영장과 같은 성격을 띤다. 이처럼 편지는 극의 초반부에는 부정적인 의미를 가지다가 극의 중반부에는 상호 의사 소통이라는 긍정적인 의미를 가진다. 그러다가 극의 후반부에 전사통지서로 인해 편지의 기능은 다시 부정적인 양상을 띠는 것이다.[5] 이를 도표화하면 다음과 같은 양상이 된다.

초 반	중 반	후 반
입영통지서(세계→자아)	자아 ↔ 자아	전사통지서(세계 → 자아)

---

4) 백로라의 「박조열 희곡의 공간 연구-<오장군의 발톱>을 중심으로」에서는 징집영장과 전사통지서를 편지와는 다른 항으로 분석했지만 본고에서는 징집영장과 전사통지서를 편지로 묶어 살펴보고자 한다.(백로라의 「박조열 희곡의 공간 연구- <오장군의 발톱>을 중심으로」, 숭실대학교 대학원, 1994.)
5) 백로라, 앞의 논문, 95~97쪽 참고.

위와 같이 입영 통지서는 자아와의 의지와는 상관없는 세계의 일방적인 통보일 뿐이고, 극의 중반부에 있는 어머니와 꽃분의 편지는 서로가 간절히 원하는 상호 소통의 기능을 가진다. 그리고 후반부의 전사통지서 역시 입영 통지서와 같은 기능을 하는 것이다.

<오장군의 발톱>은 오로지 현재를 기준으로 오장군의 고향에서의 생활 → 입대 → 죽음에 이르는 과정이 순차적으로 진행된다.

전체 15경으로 구성된 이 작품은 각 경들마다 개별적인 장소가 설정된 소제목이 설정되어 있다. 1경은 평범 이하의 인물이지만, 큰 욕심없이 농사를 지으며 순박하게 살아가는 농민인 오장군에게 징집 영장이 전달되면서 시작된다. 그는 입대를 거부할 능력이 없기 때문에 자신에게 닥쳐온 불행한 운명에 순응할 뿐이다. 대신에 그는 입대하지 전 얼마 동안만이라도 홀로 남아 고생할 어머니의 짐을 덜기 위해 먹쇠와 함께 열심히 밭일을 하고, 꽃분과 풀숲으로 들어가 사랑을 속삭이며, 자신들만의 증표를 남기는 등 최선을 다한 후에 입대한다.

그러나 군대 생활에 적응하지 못한 오장군은 총을 들고 싸우는 대신에 동쪽나라 사령관의 어깨를 주무르는 일을 한다. 사령관은 그의 순박함과 힘을 인정하고 만족한다.

오장군은 그리운 어머니와 꽃분을 매일 꿈속에서 만나 그리움을 달랜다. 고향소식과 오장군의 군대 생활 등이 꿈을 통해 서로에게 전달된다. 오장군은 꿈에서 꽃분이 아이를 가졌다는 이야기를 듣고, 꿈속의 내용을 적은 편지를 보낸다.

어느 날 우체부가 징집 영장을 배달하기 위해 또 다시 오장군의 집으로 찾아온다. 우체부의 실수로 오장군이 군대에 가게 됐다는 사실을 알게 된다. 어머니와 꽃분은 관료들을 찾아가 정정해 줄 것을 요구하지만 책임전가만을 일삼는 그들의 태도에 실망만 할 뿐 아무런 대책을 세울 능력이 없다. 이는 오장군 역시 마찬가지이다. 자신이 억울하게 군대에 오게 됐다는 편지를 받지만 무슨 내용인지 제대로 이해하지 못한 채 전방으로 배치된다. 동쪽나라 사령관이 오장군을 전략 회의에 참석시켜 가짜 정보를 인식시킨 후 전쟁터로 배치하자 곧 서쪽나라의 포로가 된다.

서쪽나라의 사령관은 오장군이 제공한 정보에 속아 패배하자 오장군을 고문한다. 그는 오장군을 철저히 자신을 속이고 거짓말을 하는 인물로 여기고 총살을 지시한다.

한편, 동쪽나라 영현 하사관은 오장군의 집으로 오장군의 손톱과 발톱을 유해 대신 가지고 와서 전사 소식을 전한다. 꽃분이가 어머니는 각각 아들과 애인을 잃는 아픔을 겪지만 부조리한 현실에 대해 당당하게 권리 주장하기는커녕 아무 말도 하지 못한 채 그것을 받아들인다.

이처럼 <오장군의 발톱>은 주인공 오장군의 죽음이라는 결말의 성격상 폐쇄 희곡으로 규정될 수도 있겠지만, 꿈을 통해 꽃분이가 아이를 가졌으리라는 희망이 암시되었기 때문에 개방 희곡으로 봐야 한다. 그렇기 때문에 이 작품에서 주인공이 살아가는 억압적인 현실의 극복여부는 극을 보는 관객들의 몫으로 돌려지는 것이다.

IV. 인물의 갈등 양상

<오장군의 발톱>의 등장인물은 크게 오장군(그의 가족을 포함)과 군인들로 나눌 수 있다. 이때 오장군은 지극히 유형적인 개인을, 군인은 전형적인 사회를 상징한다. 그렇기 때문에 군인이라기보다는 개인적인 성격이 강한 오장군과 개인적이라기보다 군인인 그들과의 갈등으로 인한, 개인과 사회의 대립은 거대한 조직에 희생되는 조그만 개인을 나타낸다고 보아야 할 것이다. 이는 개방 희곡의 특성이기도 한데, 개방 희곡의 주인공은 결코 대등한 상대 인물을 가지지 않으며, 분산된 많은 장면들과 거기에서 나타나는

세계들과 마주한다. 인물이 승리하거나 패배하는 갈등이 적수간에 일어나지 않고 개인과 그의 운명간에, 혹은 고독한 인물과 그를 둘러싼 세계와의 사이에 일어난다.[6]

　주인공 '오장군'의 이름에 나타나는 장군은 계급의 명칭이 아니다. 이에 대해 작가는 다음과 같이 설명하고 있다.

> '오장군'은 '장군'이 아니다. 한국인으로 단정하는 것도 잘못이다. 아들이 태어나면 '장군'이라는 아명으로 부르면서 건강하고 고명한 대장부로 성장하기를 바라는 우리 나라 부모들의 미소로운 욕심에서 발상을 얻었을 뿐이다. (97쪽)

　각자의 개성이 중시되고 있는 이 시대에도 부모는 자식들이 장군이 되거나 장군답게 되기를 꿈꾼다. 자식에 대한 기대와 그로 인한 절망은 시대와 인종을 초월하는 문제이다. 그 정도의 강약은 있을지언정 불변의 법칙인 것이다. <오장군의 발톱>의 주인공 오장군 역시 그런 인물이다. '오장군'은 건강하고 고명한 대장부로 성장하기를 바라는 부모의 뜻과는 달리 '별을 보고 밭에 나가고 달을 보며 집에 돌아오는 삶' 외에 다른 욕심을 부려본 적도 없고, 꿈꿔본 일도 없는 순박한 인물일 뿐이다. 그렇기 때문에 오장군이 평범 이하의 인물로 평가받는지도 모른다. 이는 그의 어머니도 마찬가지이다. 아래의 대사는 이들 모자(母子)의 성격을 가장 단적으로 보여준다.

> 어머니 : 설마가 아냐. (중략) 새파랗게 젊은 녀석이드란다. 온몸에
> 　　　　백금처럼 빛나는 갑옷을 걸치구……한 마디의 말도 없이 그
> 　　　　냥 두들겨 패기만 하더라는 게야.
> 오장군 : (새삼스럽게 겁에 질리면서 다시 하늘을 쳐다본다.)
> 어머니 : 걱정할 것 없다. 그냥 지나간 걸 봐서는 니가 욕하는 소릴
> 　　　　못 들은 게 분명하니까. 이제부턴 비행기가 지나 가더라두 못

---

6) 한국 뷔히너학회 편, 앞의 책, 264쪽.

들은 척 못 본 척 하거라.
오장군 : (끄덕이며) 엄마두요. (104쪽)

이처럼 이들 모자는 자신의 인생을 혐오하며 타인의 파괴를 통해 자신의 행복을 찾으려는 인물이 아니라 남에게 피해를 주지 않으면서 바보스러울 만큼 묵묵히 자신의 일을 해나가는 순박한 인물일 뿐이다. 욕심없이 순수한 인물인 오장군이 인간성과 개인성이 상실된 채 승리를 위한 욕망만이 존재하는 전쟁에 참여한다는 설정은 이 작품을 더욱 극적이고 아이러니하게 만들고 있다.

뿐만 아니라 오장군과 군인들로 대표되는 두 인물 군(群)은 가치관의 차이로 인해 서로가 이해하지 못하는 관계로 발전한다. 오로지 타인을 죽이고 일어서야만 하는 것만이 목적인 군인들과 자연인으로 타인과 함께 살고자 하는 오장군 사이에 이해관계가 형성되지 못하는 것은 당연한 일로, 이는 개방 희곡의 또 다른 특징이기도 하다.

<오장군의 발톱>에는 오장군과 꽃분, 어머니, 먹쇠를 제외하고도 30여 명이 넘는 다수의 인물들이 등장한다. 이에 대해 작가는 「무대화를 위한 작자의 협조」에서 '수십 명의 등장 인물 중, 오장군을 빼고는 몇 가지 역을 겸할 수 있고, 또 그러기를 바란다'고 적고 있다. 이들은 일인(一人) 다역(多役)을 담당하며 분위기 조성을 위한 부수적 작용만을 담당하며 대부분 인격적 성숙과 완전성이 결여된 채 군대라는 공간에서 생활하는 인물들의 전형적인 성격을 갖는다.

예를 들면, 훈련받는 장면에서 군인들은 오장군과 비교되어 오장군의 입장을 더욱 비참하게 부각시키는 등 특정한 상황에서 유동체처럼 분장되어 주인공을 돋보이게 하는 역할을 한다. 군인으로 상징되는 거대한 조직의 인물들은 사건 진행 및 시간과 공간의 다양성과 함께 개방 희곡의 특성을 가진다.

이와 같이 순진한 오장군이 자신과 상반되는 지배 계급으로부터 소외·

불안·고통을 겪으면서 파멸해 가는 과정에는 작가 박조열의 사회 비판 의식이 내재되어 있다. 작가는 무지하고 가난하다는 이유로 선량한 한 인간에게 파멸을 강요하는 세계에 대한 비판을 가하고, 인간 본래의 소박하고 순수한 생활을 하고 있는 서민 집단이 지배당하고 무시되는 사회를 고발한 것이다. 이러한 고발을 통해 그는 회복될 수 없을 것 같은 사회 모순에 대항하는 수단으로써 고통받는 인간에 대한 동정과 사랑을 강조한다. 박조열은 배운 자와 가진 자의 특권과 횡포에 대한 증오와 함께 무지하고 고통받는 자의 사랑을 극작의 기본 모티브로 삼고 있는 것이다. 작가는 이를 바탕으로 주인공들의 소박하고 진실한 인간성을 부각시킴으로써 그들의 비극성을 한층 더 고조시킨다. 결국 작가는 자아와 세계와의 갈등으로 희생당하는 것은 자아뿐이라는 안타까운 진실을 담담하게 말하고 있는 것이다.

그러나 <오장군의 발톱>에 이러한 사회 비판적 요소가 풍부하게 내포되었다고 해서 이 작품을 사회주의적인 혁명극이나 경향극으로 간주할 수는 없다. 왜냐하면 작품에 등장하는 주인공 오장군이 반항적 투쟁을 하지 않고 자신의 운명을 불가변의 것으로 받아들이면서 운명에 순응하고 있기 때문이다.

이처럼 인물의 갈등에 나타나는 개방 희곡적 특성은 인물들의 갈등이 적 수간에 일어나지 않고 자아와 세계와의 갈등일 뿐만 아니라, 이러한 갈등으로 인해 두 인물군 사이에 어떠한 이해 관계도 형성되지 않는다는 데 있다. 그리고 거대한 조직을 나타내기 위해 30여 명이 넘는 많은 인물들을 등장시킴으로써 개방 희곡적 특성을 나타내고 있음을 알 수 있었다.

V. 언어의 이중성

박조열 희곡의 묘미는 함축과 절제미를 가진 언어[7]에 있다. 작가가 오장군에 대해 '별을 보며 밭에 나가고 달을 보며 집에 돌아오는 삶밖에는 몰랐다. 그가 아는 어휘가 극히 적은 것은 당연하다'며 밝혔듯이 오장군은 타인과 대화를 통해 자신의 견해를 밝힐 수 있을 만큼 풍부한 어휘를 구사하는 인물이 아니다.

설상가상(雪上加霜)으로 수평 관계가 아닌 수직 관계의 억압에 눌린 오장군의 현실은 더더욱 타인과의 대화를 지속시키지 못한다. 개방 희곡에 나타나는 언어는 등장 인물의 상황과 작품이 발생한 역사적 장소에 따라 다르게 나타나는데, 오장군 역시 억압에 눌린 자신의 상황 때문에 평소보다 더 어눌하게 된다. 이와 함께 억압된 상황과 더불어 믿음의 부재도 대화를 지속시키지 못하는 한 요인이 된다. 타인에 대한 믿음이 없는 사령관과 철저히 타인을 믿는 오장군 사이에는 더 이상 대화가 지속될 수 없다. 그렇기 때문에 극 초반부의 스무 줄에 달하는 오장군의 대사는 후반부로 갈수록 '옛'과 같은 단음절로 끝나는 경우가 많다. 아무리 순수하고 무지한 오장군일지라도 극 후반부로 갈수록 자신의 언어가 타인들에게 더 이상 피력되지 않음을 알고 대화의 무의미를 느낀 것이다.

뿐만 아니라 오장군이 지극히 개인적인 언어를 구사하는 반면, 군인들은 그들만의 강하고 남성적이며 계급적인 언어를 구사할 뿐만 아니라 이중의 언어를 사용한다. 군인들은 오장군(민중)과 적대적이지만, 오장군을 끊임없이 이용하기 위해 내포 언어와 외연 언어가 다른 이중 언어를 사용할 수밖에 없다. 이는 다음의 대사를 통해 알 수 있다.

> 영현하사관 : (전사 통지서를 읽는다.)나, 동쪽나라 제5야전군 사령관
> 은 더할 수 없는 슬픔으로 육군 일등병 오장군의 장렬한
> 전사를 통지합니다. 오장군 일등병은 그 애국심과 군인 정
> 신에 있어서 온 동쪽나라 군인의 으뜸이었습니다. 오장군

---

7) 유민영, 「분단의 지적 정한적 탐구 - 박조열의 인간과 작품」, 『오장군의 발톱』, 공간미디어, 1994, 272쪽.

일등병이 남긴 유언은 단 한마디 "동쪽나라 만세에!"였습
니다. (153쪽)

영현 하사관은 자아를 상실한 군인으로 전형화 된 채 "동쪽나라 만세에!"
라고 적혀 있는 전사 통지서를 읽는다. 그러나 오장군이 남긴 진실의 언어
는 아래와 같다.

헌병장교 : 사격준비!
오장군 : (또다시 혼신의 힘으로) 엄마야……꽃분아……먹쇠야…….
헌병장교 : 사격! (152쪽)

서쪽 나라 사령관은 오장군의 마지막 모습이 연기라고 생각한다. 동쪽나
라에서는 '사격술 0점, 화기 분해법 0점, 분대전술 0점, 내무 생활 2점'을 받
아 고문관으로 치부받은 오장군이 서쪽 나라에서는 뛰어난 군인으로 평가
받는 등 대조적인 모습을 보인다.

사령관 : (참모A를 돌아보며) 그는 죽음까지도 연기로 장식했다.(흉
내)엄마야아, 꽃분아아, 먹쇠야아……아무리 무식한 시골뜨기
라도 그보다 더 시골뜨기를 닮은 수는 없을 거야. (152쪽)

'아무리 무식한 시골뜨기라도 그보다 더 시골뜨기를 닮을 수는 없을 거
야'는 이 작품에서 가장 주목할 대사이다. 사령관의 대사는 '오장군은 시골
뜨기가 아니라 훌륭한 군인이다. 그럼에도 어떤 시골뜨기보다 시골뜨기의
역할을 훌륭하게 해냈다'라는 뜻이다. 이는 사령관의 착오이지만 그는 이를
의심하지 않는다. 사령관은 자신의 이중 언어에 도취된 나머지 타인의 진실
된 언어를 듣지 못하기 때문에 이와 같이 말할 수 있는 것이다.
한편 어머니는 관료에게 항의하기 위해 찾아가지만, 그들과 대등한 위치
에서 대화를 하지 못하고, 오히려 그들에게 무시만 당한다.

· 어머니 : 아유 이를 어째! 그렇담 그 편질 받지 말아야 하는 건데.
(편지를 빼앗아서 집배원에게 내밀며)나 이 편지 안 받겠수.
(107쪽)

· 관료 A : 그는 왜 남의 징집 영장을 받습니까?
· 어머니 : 그야 주니까 받았습죠. (126쪽)

· 관료 B : (생략) 그것은 댁의 아드님인 오장군씨가 아닌 다른 오장군
씨에게 전달되어야 할 영장이니까요.
· 어머니 : 그럼 그 잘못 받은 영장을 되돌려 드리기만 하면 제 아들
도 되돌아 오겠네요? (127쪽)

어머니는 자신에게 모든 책임을 전가하는 관료들을 대적할 언어구사 능력이 없을 뿐더러 함께 간 꽃분 역시 제대로 항의를 하지 못한 채 물러난다. 이처럼 대부분의 언어는 등장 인물들의 신분과 속성에 일치하지만 가끔 일상적이고 자연적인 언어를 벗어난 표현 방식이 사용되는 경우도 있다.

· 사령관 : ……나를 감상적으로 만든 유일한 병사야. 나는 여지껏 수
만 명을 죽이고 부상시켰는데……. 저 병사더러 내 어깨를 좀
더 주무르게 내버려둘 걸 그랬어.
(중략)
· 사령관 : (무표정하게, 마치 억양이 없는 어조로 글을 읽듯이) 저 병
사를 다시 불러와, 저 병사를 다시 불러와.(정보참모를 돌아보
며) 움직이면 안 돼! (141쪽)

· 사령관 : 잔인 무도한 놈들! 양보다도 순한 병사를 저렇게 거칠게 다
루다니!(억양 없는 어조로) (145쪽)

이처럼 동쪽나라 사령관은 오장군을 죽게 만든 직접적인 원인 제공자이면서도 오장군의 죽음을 누구보다 안타까워한다. 이처럼 언어가 통상적이

지 않고 화자의 천성을 떠나 예외적으로 사용된 몇몇 부분은 자신의 세계관을 투여시키기 위한 작가의 의도가 내포된 것으로 보아야 할 것이다.

뿐만 아니라 작가는 꿈을 통해 미래의 사건을 암시하고 있다. 개방 희곡의 언어에서 성서·노래 격언·동화·꿈은 형상·비유·인용 등을 창출[8]하는데, 이 작품 역시 이러한 특징이 있다. 오장군은 낮잠을 자는 사이에 꾼 꿈의 내용을 어머니에게 이야기한다.

> 오장군 : 꿈을 꿨는데 말야.(하다가 집배원을 보고)……엄마 저 사람
> 　　　　　누구야?
> 어머니 : 우체국이란 데서 왔다는 구나.
> 오장군 : 우체국이요?(이내 무관심해지며)엄마, 꿈에 내가 군인이 돼
> 　　　　　가지구 전쟁에 나갔지 뭐야.
> 어머니 : 넌 잠이 들었다 하면 개꿈을 꾼다니깐. 어서 더 자거라.
> 오장군 : 어유 무서워! 이만한 대포알이 위잉 소리를 내면서 번개같
> 　　　　　이 날아오더니 내 입 속으로……. (106쪽)

개방 희곡에 나타나는 꿈은 구체적이며 직접적인 내용과 형상을 나타내는데, 위의 대사는 군인이 되어 희생될 오장군의 운명을 암시한다. 이는 꿈 속에서 오장군과 꽃분이가 만나는 부분에서도 나타난다.

> 오장군 : 히히……(누운 채 이리저리 뒤채면서 웃는다. 한참 웃더니
> 　　　　　뚝 그리고 쿨쿨 자다가) 참 우리들의 아인 아직두 소식 없니?
> 꽃　분 : 며칠 전부터 좀 이상한 것 같애.
> 오장군 : 어떻게?
> 꽃　분 : 뭔가 아랫배에서 자라고 있는 것 같애.
> 오장군 : 틀림없다. 너와 내가 만든 아이다. 쌍둥이다. 아랫배를 잘
> 　　　　　간수해라. 이불도 꼭꼭 덮어 주구. (116쪽)

---

8) 한국 뷔히너학회 편, 앞의 책, 151쪽.

오장군이 아이 소식을 묻자, 꽃분은 '뭔가' 자라고 있다는 말을 한다. 이는 앞으로 오장군의 죽음과 대체될 새로운 생명의 탄생을 꿈을 통해 암시하는 부분이기도 하다. 오장군은 꿈속의 내용을 적어 꽃분에게 편지를 보내는데, 이를 통해 생명 탄생의 암시가 더욱 확실시된다. 이처럼 개방 희곡에서 꿈은 미래의 일을 구체적이고, 직접적으로 표현하는 기능을 한다.

위에서 살펴본 바와 같이 오장군과 어머니, 꽃분의 언어는 거짓된 언어가 없는 진실 언어였던 반면에, 군인들의 언어는 내포 의미와 외연 의미가 다른 이중 언어를 사용하고 있음을 알 수 있다. 오장군의 개인적인 언어와 군인들의 계급적인 언어는 자신들의 성격과 심리 상태를 뚜렷하게 나타낼 뿐만 아니라 꿈의 언어를 통해 미래의 일이 암시되고 있는 등의 개방 희곡적 특성이 나타나는 것이다.

Ⅵ. 결 론

<오장군의 발톱>의 내·외적 배경인 1920년대와 1970년대의 가해자는 각각 일본과 군사 정부로 다르게 나타나지만 민중을 억압했다는 점에서는 공통점을 갖는다. 그리고 <오장군의 발톱>이 처음 공연된 1988년은 민중의 억압이 조금씩 풀어지기 시작하던 시대로, 현실에 대한 불행과 미래의 희망이 조심스럽게 제기되던 때였다. 이를 작품으로 도입해보면 오장군의 죽음이라는 불행과 새로운 생명의 탄생이라는 미래의 암시가 공존하고 있다고 볼 수 있는 것이다.

그렇기 때문에 오장군의 고향에서의 생활 → 군대에서의 생활 → 전쟁터에서의 고난 → 죽음으로 이어지는 사건 전개는 절정에서 파국으로 급전직하(急轉直下)하는 폐쇄 희곡의 특징을 가지는 듯하지만, 새로운 생명의 탄생이라는 암시로 인해 개방 희곡으로 볼 수 있다. 이 작품에서 사건을 풀어나

가는 데 중요한 매개 역할을 하는 편지는 거대한 세계에서 온 일방적인 통보의 기능 → 사랑하는 이와의 상호 의사 소통의 기능 → 거대한 세계에서 온 일방적인 통보의 기능으로 나누어진다. 이를 통해 편지가 부정적 → 긍정적 → 부정적인 양상을 띠고 있음을 알 수 있다.

이와 함께 인물들의 갈등이 자아와 자아 사이에서 발생한 것이 아니라 자아와 세계와의 갈등이라는 점과 자아와 거대한 조직 사이와의 이해 관계가 형성되지 않았다는 점에서도 개방 희곡으로 규정할 수 있다. 상호 이해관계가 형성되지 않는 군인들과 오장군의 언어는 내포 언어와 외연 언어가 다른 이중의 언어를 통해 적절한 대조 관계를 보이고 있다. 이러한 대조 관계를 통해 인물들의 성격이 뚜렷하게 제시되었을 뿐만 아니라 꿈의 언어를 통해 미래가 암시되기도 한다.

지금까지 <오장군의 발톱>을 살펴본 결과 사건 전개, 인물들의 갈등, 언어에서 개방 희곡적 특성이 나타나고 있음을 알 수 있다.

◆ 참고문헌 ◆

박조열,『오장군의 발톱』, 공간미디어, 1994.
김길수,「<오장군의 발톱>을 통해 본 대조의 연극미학」,『드라마논총』 7집, 1995.12.
김동환,「권력관계의 구조화와 분단소설의 한 양상−문순태의 <달궁>,<철쭉제> 론」,『1970년대 문학연구』, 예하, 1994.
백로라,「박조열 희곡의 공간 연구−<오장군의 발톱>을 중심으로」, 숭실대학교 대학원, 1994.
유민영,「분단의 지적 정한적 탐구−박조열의 인간과 작품」,『오장군의 발톱』, 공간미디어, 1994,
한국 뷔히너학회 편,『뷔히너 문학 연구』, 문학과 지성사, 1990.

역사적 기록과 작가의 상상력

김 일 영

[차 례]

Ⅰ. 서 론
Ⅱ. 기록극의 기능과 구성 방법
  1. 기록극의 기능
  2. 기록극의 구성 방법
Ⅲ. <조만식은 지금도 살았는가>의 기록극적 성격
  1. 역사적 사실의 객관적 제시
  2. 작가의 상상력
Ⅳ. 결 론

Ⅰ. 서 론

박조열은 1976년에 <조만식은 지금도 살아 있는가>를 발표하였다.[1] 많

---

[1] 「조만식은 지금도 살아 있는가」라는 작품 이름이 통일되어 있지 아니하다. 공간 미디어에서 1994년에 출판한 박조열의 희곡집 『오장군의 발톱』에도 필자마다 작품 제목이 다르게 적혀 있다. 책의 차례에는 「조만식은 살아 있는가」로 되어 있고, 유민영은 「조만식은 아직도 살아 있는가」로, 이미원은 「조만식은 지금도 살아 있는가」로 표기하고 있다.

은 작품을 발표하지 않았던 그는 그 이후로 새로운 작품을 발표하지 않고 있다.[2] 그래서 <조만식은 지금도 살아 있는가>는 박조열의 마지막 작품으로 논의되기도 한다.

박조열은 무서우리만치 집요하게 남북분단 문제에 매달려 있는 작가이다. 흔히 희극이라고 불리는 <토끼와 포수>의 주제도 '경계선 의식의 표출'로 풀이되어 남북 통일을 다룬 작품이라고 평가된다.[3] <조만식은 지금도 살아 있는가> 역시 분단 문제를 실제 인물의 궤적을 통하여 형상화하고 있다. 그런데 이 작품과 <가면과 진실>은 종래에 그가 추구했던 동화적 발상에 의한 희화적 무대나 꾸며진 이야기를 다루고 있는 것이 아니라는 데에서 차이를 가지고 있다.

<가면과 진실>, <조만식은 지금도 살아 있는가>는 실제 인물들을 무대 위로 불러 내어 당대 사실을 재구하고자 하고 있다. 이러한 작품들은 역사적으로 실존했던 인물들을 다루고 있다는 점에서 역사극이라고 할 수도 있지만, 작가의 상상력보다는 실재 기록을 중시하고 있다는 데에서 기록극이라고 할 수 있을 것이다.

> ① 「가면과 진실」과 「조만식은 지금도 살아 있는가」에서 박조열은 새로운 양식으로 통일 집념을 시도하고 있다. 초기의 우회적인 방법을 넘어서 좀더 본격적이며 사실적인 논의를 제기하고자 하는 의도에서 실험된 듯싶으며, '기록극'이라는 새로운 양식을 개척한 것도 성과이다.[4]

> ② 같은 해에 그는 역시 기록극에 가까운 「조만식은 아직도 살아 있는

---

2) 여기서 '않고 있다'로 표기한 것은, 2000년 5월에 대구에서 개최된 「박조열 연극제」에서, 그가 새로운 작품을 10여 년 간 탈고하지 못한 채 가지고 있다는 언급을 했기 때문이다.

3) 권순종, 「<토끼와 포수> 드라마투르기」, 박조열 연극제 팜플렛, 2000. 5.

4) 이미원, 「박조열 작품론 : 양식적 실험과 통일에의 집념」, 『오장군의 발톱』, 공간미디어, 1994. 264쪽.

가」(1976)를 발표한 바 있다. 민족 지도자 조만식을 위시하여 김일성, 치스챠코프, 로마넹코, 최용건, 김책 등 해방 직후 북한 공산정권 수립 시기의 요인들이 주인공인 이 작품이야말로 전형적인 정치 기록극이라고 말할 수 있다. 그는 그때의 정황을 매우 객관적인 입장에서 재구성하고 있다. 그중에 주목되는 등장인물이 다름아닌 '작가'이다. 물론 이 작품의 등장인물 중 '작가'를 자신이라 밝히지 않았지만 서사적 방식도 겸해서 당시 정황을 객관화시킴과 동시에 박조열 자신의 입장이랄까 역사관도 피력하고 있다. 물론 그는 조만식이라는 인물을 통해서도 자신의 입장을 설명하곤 했다. 이 말은 곧 자신이 조만식의 민족주의적 자세에 동조한다는 것도 간접적으로 내비친다는 뜻도 된다. 조만식의 대사 중에 "이제 와서 난 우리가 일치 단결했더라도 분단이 불가피했으리라 생각이 드오. 하지만 우리는 단결해 보지도 않았다는 것을 기억해야 하오. 우리는 민족끼리 손잡는 걸 거절하고 외세와 손잡았소. 그 순간부터 한반도 분단은 결정된 거요"라는 구절이 있다. 박조열은 이러한 자기의 민족 정체성 획득 의지를 이야기하고 싶어서 해방 공간의 조만식의 고투 과정을 소상하게 재구성했는지도 모른다. 이처럼 그는 7·4 남북공동성명 발표 이후에는 통일 문제에만 집착해서 문학적으로 사유하는 데 몰두한 것이 아닌가 싶다. 왜냐하면 다음 작품이 나오지 않았기 때문이다.[5]

위의 예문들은 <조만식은 지금도 살아 있는가>와 박조열의 다른 작품들과의 변별성은 기록극이라는 데에 있음을 지적한 것들이다. 그러면서도 기록극이란 어떤 것인가에 대한 언급은 하고 있지 아니하다. 본고에서는 기록극이란 어떤 것인가에 대해 간략하게 알아보고 <조만식은 지금도 살아 있는가>를 기록극으로 지칭하는 것이 적합한가에 대하여 검토해 보기로 한다.

---

5) 유민영, 「분단의 지적 정한적 탐구 - 박조열의 인간과 작품」, 『오장군의 발톱』, 공간미디어, 1994. 278쪽.

II. 기록극의 기능과 구성 방법

1. 기록극의 기능

기록극은 언제 어디에서 생겨난 것일까? 이에 대해서는 많은 연구자들이 1960년대초 독일의 호흐후트가 희곡으로 쓰고, 피스카토르가 연출한 <대리인>에서부터 기록극이 시작되었다고 지적하고 있다.

기록극의 출현은 Adenauer의 퇴진과 관계 있다고 흔히 말해진다. Brian Barton이 "Hochhuth의 『대리자』가 바로 Adernauer시대가 끝나는 순간에 나타난 것은 확실히 우연이 아닐 것이다."라고 말하는 것이 그 예의 하나다. 기록극의 효시로 흔히 거론되는 작품은 Rolf Hochhuth의 『대리자』다. Adenauer가 퇴진한 1963년에 나왔던 이 작품은 나치스의 유태인 학살에 대한 교황의 책임을 거론함으로써 "과거 극복"의 문제를 제기하고 있는 것이다.

Adorno가 "아우슈비츠 이후에 시를 쓰는 것은 야만적이다."라고 말한 바 있듯이 뜻있는 독일인들에게 나치스의 만행은 지워질 수 없는 악몽이었다. 이 과거극복의 문제가 최근까지도 독일 지식인들의 뇌리를 지배하고 있다는 것은 근자의 신문에서도 확인된다. 사회학자 Ulich Beck이 쓴 「정체성으로서의 아우슈비츠. 독일의 악몽에 대한 생각」이란 글이 바로 그러한 사실을 보여주고 있다. 제목을 통해 벌써 그러한 뜻을 표현하고 있지만 그는 이 글에서 독일의 과거가 결코 종결될 수도 없고 또 종결되어져서도 안 된다고 말하고 있다.

이러한 과거 극복의 입장에서 쓰여진 작품으로 『대리자』 이외에 아우슈비츠 수용소 관리자들의 잔학행위에 대한 재판을 다룬 Peter Weiss의 『수사』, 유태인 백만 명의 목숨과 1만 대의 추럭을 바꾸려했던 나치스와 연합국의 교섭 이면사를 다룬 Heinar Kipphardt의 『요엘 브란트 Joel Brand』같은 작품들이 있다. 이와 같이 나치스의 만행은 이것을 세상에

사실대로 알려야 한다는 작가들의 사명감을 자극하여 기록극을 탄생시
키는 계기가 된 것이다.[6]

호흐후트의 <대리자>가 기록극의 출발점에 놓인다는 데에 대해서는 이
의가 없지만, 그 용어에 대해서는 그 적절성을 용인하지 않는 경우도 있다.
다음 예문은 그러한 것에 관한 언급이다.

기록극은 관객들의 정치적인 견해형성과 판단형성을 가능하게 하고
불러일으켜야만 하기 때문에 브레히트의 교육극(Lehrstuck)과 <20년대>
의 <정치극> 전통 중간에 위치한다. 기록극은 <정치극>의 가장 중요
한 대표자인 에르빈 피스카토르가 롤프 호흐후트의 작품 <대리인>을
1963년 2월 20일 베를린의 쿠어휘어스텐담극장에서 초연했을 때 특히
인상깊게 실증되었다.
    <기록극>이라는 표제는 전혀 좋은 선택이 못 된다. 이미 <대리인>
이 알려지게 된 후에 이 표제의 정당성에 대한 의심이 있었고, 그리고
그와 같이 대화체로 쓰여진 텍스트에 있어서 <기록적인 것>의 역할에
대한 해석이 새로운 작품이 생겨날 때마다 다시 논의되었다. 오늘날 이
들 작품 전체를 - 이것들은 본질적으로 그 전성기를 보냈다. - 개관하는
것이 가능하게 된 이후 인식할 수 있게 된 사실은 이들 작품 전체에 특
징적인 것은 기록적인 것보다 관객에게 특정한 정치적인 사건들과 그것
에 책임이 있는 인물들 및 세력들을 판단할 수 있도록 묘사하려는 의도
라는 점이다. 이러한 효과가 특정한 이데올로기를 관철시키는데 사용될
수 있거나 또는 처음부터 이 목적을 위해 배열된다는 사실은 명백하고,
마찬가지로 그 효과가 어느 정도 극작가의 자유로운 창작으로서가 아니
라 관여된 인물들과 권력단체에 관한 서류들에서 나온 기록 내용으로서
제시될 때면 이러한 효과는 특히 인상적이고 설득력있게 영향을 미친다
는 것도 분명하다.[7]

---

6) 김천혜, 「독일 기록극과 시대 상황과의 관계 고찰」, 『독일어문학』, 제3집, 1995.
   89쪽.
7) H. 모테카트 저, 김미란 역, 『현대 독일 드라마』, 대광문화사, 1990. 62~63쪽.

  그런데, 기록극의 내용이 정치적인 것이라는 데에는 이견이 없다. 그래서 기록극은 정치극이라고 하기도 한다. 즉 기록을 동원한 정치극이라는 의미일 것이다. '1950년대 말에서 60년대에 걸쳐 독일 지식인들의 뇌를 지배한 정치적 문제들은 나치스가 저지를 만행에 대한 과거극복의 문제와 이데올로기 대립에 의한 동서 냉전의 문제였다. 기록극은 이러한 상황에서 생겨난 일종의 정치극이었다. 기록극은 이러한 시대적 문제를 있는 그대로 무대에 올려 무엇이 진실인가를 대중에게 전파하려는 의도로 쓰여진 정치극이라 할 수 있다.'8) 따라서 기록극에서는 작가가 가지는 현실 변혁의 의지가 상당히 강조된다. 즉 기록극에서 다루는 소재가 과거의 것이라고 해서 그 의미가 과거에만 머무는 것이 아니라 현재에까지 영향을 미쳐야 한다고 하겠다.

  기록극이 과거의 일회성에 머물지 않고 현재와의 관련을 강조하기 위해서는 형식적으로는 개방적 형식을 가져야 하며 내용적으로는 典型性을 띠어야 한다. <폐쇄된 형식>인 경우 취급된 주제는 완결된, 현재의 입장에서 뒤돌아보는 인상을 남긴다. 서사극의 형식이 개방적 형식이 되고 있음은 바로 이와 같은 이유에서다. 주제의 계속적인 해결을 관객의 현재에 연장하기 위한 극적 수단이기 때문이다. P. 바이스의 의미에서 <아직 끝나지 않았다>의 형식이다. 특히 비판과 개선을 전제로 하는 기록극의 주제는 모순의 구조를 갖게 마련이다. 관객이 이 모순을 비판하고 해결을 모색할 수 있도록 주제 구현을 해야 한다. 바로 이 때문에 기록극은 개방적 형식을 가질 때 그 본래의 기능을 할 수 있다. <서로 모순되는 기록의 변증법은 대답을 제공하지 않는다. 그 때문에 기록극은 개방적 형식에로의 경향을 갖는다.>
  기록의 역사적 一回性에 머물지 않기 위해 기록극이 지향하는 또 다른 주제 내용상의 방법은 주제의 전형화다. <관객 및 독자에게 실현을 위한 필연적 「유토피아적」 유희공간을 주거나 열어 주는 것, 바로 모델

---

8) 김천혜, 앞의 책, 86쪽.

적인 것이다.

실현의 필연적 <유토피아적> 유희공간이란 미래에 실현될 사회 개
선의 공간인 것으로 기록극이 갖는 典型性이 바로 그와 같은 기능을 한
다.9)

기록극의 내용이 과거에 머무는 일회성을 극복하기 위해 요구되는 개방
적 형식은 관객들에게 동일시 현상을 일으키지 않는다. 그러니 자연적으로
기록극을 본 관객들은 연극으로부터 교훈적인 지침을 얻어내게 된다. 여기
에서 단순한 역사극과 기록극의 차이점이 나타난다. 역사극에서 유발될 수
있는 이른바 '필요한 시대착오'가 기록극에서는 필요하지 않기 때문이다.
그런 면에서 전형성이 중요한 의미를 갖는다. 기록극에서는 인물의 영웅적
삶이 아닌 전형적 모습을 보여줌으로써 관객들은 기록극으로부터 반성해야
할 과거사를 객관적으로 파악해 내는 것이다. 그래서 관객들로 하여금 현재
는 과거와 별개의 것이 아니라 연속적으로 진행되는 시간적 연속이라는 걸
철저히 깨닫도록 할 수 있는 것이 기록극이라고 하겠다.

2. 기록극의 구성 방법

기록극이 형식적으로는 개방적이며, 내용상으로는 전형성을 띠기 위해서
는 어떤 방법으로 극을 구성해야 하는가? 일차적으로는 과거의 기록을 통하
여 내용을 구성할 수밖에 없다.

① 사실성을 살리기 위해 기록극은 재판기록, 신문기사, 녹음된 연설,
사진 등을 그대로 무대 위에 올리는 경우가 많았다. Peter Weiss는
기록극을 다음과 같이 정의하고 있다. "기록극은 사실보도의 극이
다. 조서, 문서, 편지, 통계도표, 증권시세표, 은행과 회사들의 결산

---

9) 宋東準, 「독일 記錄劇 고찰」, 『현대독문학의 이해』, 김광규 편, 민음사, 1984. 24
4~245쪽.

보고서, 정부발표문, 연설, 인터뷰, 저명인사의 발언, 신문과 방송의
보도, 사진, 뉴스영화 및 현재의 상이한 증언들이 공연의 기초를 이
룬다. 기록극은 어떤 창작도 시도하지 않는다. 기록극은 신빙성 있
는 자료를 채택하여 내용은 바꾸지 않고 형식은 손을 보아서 무대
위에다가 재생시키는 것이다."[10]

② 기록극에서 말하고 있는 <記錄>은 실제의 역사적 현실을 위한 代
名詞로서 <기록의 활용> 및 <기록에 의한 논거>를 뜻한다. <기
록, 즉 연구하고, 가르치고, 논거하는 데 기여하는 모든 대상들, 예
컨대 신문, 잡지, 서류, 문서, 필름, 녹음, 모델 등을 수집, 정리, 활
용하는 것>이라고 定義되고 있다. 때문에 기록극은 <기록에 의한
논거가 가능한 실제의 서술>이라고 정의하는가 하면, <전적으로
어떤 소재의 논거를 가능케 하는 기록의 활용에 국한하는> 연극형
태라고 정의하기도 한다. 또한 케스팅 M. Kesting은 기록극은 <기
록으로 논거된 사실 documentaria, belegte Fakten>에 근거하는 것이
라 말하고 기록극의 예술성보다는 사실성을 강조하려 한다.[11]

위의 예문들에서 공통적으로 지적하고 있는 '기록'이란 과거에 기록된
모든 것을 의미하고 있다. 그리하여 기록극은 '신빙성 있는 자료를 채택하
여 내용은 바꾸지 않고 형식은 손을 보아서 무대 위에다가 재생시키는 것'
이라든가, '기록으로 논거된 사실에 근거하는 것이라 말하고 기록극의 예술
성보다는 사실성을 강조하'는 것으로 정의되고 있다. 극단적으로는 '기록극
에서는 어떠한 픽션적 창조가 없다. 오직 최근의 역사 및 현실의 기록이 극
의 기반이 된다.'고 강조되기도 한다.

그런데 과거의 기록으로만 되어 있는 것이 기록극이라면 객관성 확보는
달성될 수 있다손치더라도 작품을 만드는 데에 있어서 작가의 임무는 무엇

---

10) 김천혜, 앞의 책, 90~91쪽.

11) 宋東準, 「독일 記錄劇 고찰」, 『현대독문학의 이해』, 김광규 편, 민음사, 1984. 241
쪽.

인가 하는 의문이 제기된다. 개방형식이라든가 전형성의 획득은 작가의 작업을 통해서 얻어질 수 있는 것이기 때문이다.

① G. 뢸레 역시 기록극의 본질이 주로 현실에 영향을 주며 수정하는 기능에 있다고 본다. 그러나 문제는 기록극의 이러한 사회적 기능이 극예술 자체가 갖는 요구와 어떻게 부합될 수 있는가 하는 것이다. M. 케스팅은 이 점에서 부정적 견해를 보인다. 예술과 기록, 詩的 形式과 정치적 의도는 서로 배타적이라고 말하고 있다. <결국 작품마다 이 두 要求의 어느 것에도 정말 공정히는 되지 못한다.> 케스팅은 기록극의 형성도 바로 이러한 관점에서 본다. 즉 20세기 유대인 민족 학살과 같은 현실을 예술적으로 표현할 수 없기 때문에 기록을 사용했다는 논리다. 극작가 M. 발터는 기록극이 담은 모순된 二重性을 비판한다. <기록극은 환상극이다. 그것은 예술의 재료로 구현한 현실을 실제 현실인 듯 속인다.> 극작가 페터 한트케 Peter Handke는 연극에서 도대체 정치적 효과를 배제하고 있다. <사회시설로서의 극장은 사회제도의 변경을 위해서 소용없는 것으로 내게 생각된다.> 기록극에서 서술된 현실의 현실성은 항시 문제의 대상이 되었다. 美學的 변형이 되지 않은 채 作品化되어 다만 現實의 재현에 불과하다는 비판이 있는가 하면, 피스카토아의 말대로 현실의 소재 자체를 극의 主人公으로 하여 현실로 하여금 이야기하게 함으로써 오직 정치적 의도만을 기한다는 비판도 있다. 그러나 이미 P. 한트케의 경우에서 지적했듯 기록적 현실을 극작품에 그대로 옮겨 놓는다고 해도 그것은 극예술이 갖는 유희적 속성 때문에 극예술적 변질을 하게 마련이다. 뿐만 아니라, 반대로 寫眞의 경우처럼 현실 그대로의 재현이 가능하다 해도 이것은 기록극의 기능을 하지 못한다. 현실의 메카니즘 구조를 통찰케 할 수 없기 때문이다. 사회의 변혁을 의도하는 기록극은 우선 사회를 지배하는 기능적 연관에 관한 통찰을 가능케 해야 한다.[12]

---

12) 宋東準, 앞의 책, 243~244쪽.

② <기록>은 일차적으로 희곡적으로는 중요하지 않다. 우선 믿음의 완전성으로 의심받지 않던 인물에 대한 <전대미문적> 죄의 고발이 노골적으로 표명되었다는 것을 동시대 관객이 인식함으로부터 드라마 사건에서 사실로서 취급된 행동방식을 기록의 도움으로 실제 있었던 사건으로 나타내고 증명하고 확인하는 노력에까지 이르렀다. 호흐후트 작품의 국제적 성공 및 관객의 비상하게 강력한 관심은 드라마 자체에서는 거의 눈에 띄지 않는 기록적 특성의 결과가 아니라 작가가 지금까지 모든 종류의 인간적인 죄에 대해 예외적으로 제쳐 놓았던 공적이고 교회적인 삶을 가진 인물을, 최소한 행동하지 않음으로 인해 수 많은 동포 살해에 공범인 것처럼 보이게 했다는 사실이다.[13]

③ 기록극이 아무리 기록에 충실하고, 역사적 사실을 아무리 충실히 무대 위에 재현한다해도 그것은 작가의 의식의 투영물이지 역사 기록 자체일 수는 없는 것이다. 그러므로 기록극이 역사적 사건을 백 퍼센트 정확하게 무대 위에 재현한다는 믿음은 미신에 불과하다. 사실 기록극은 기록이 나타내고 있는 사건 당시의 시대상을 정확히 반영한다기보다는 씌여진 당시의 작가의 정신적 상황을 정확히 반영한다고 보는 것이 타당할 것이다.

기록극은 역사적 사건의 기록을 말 그대로 무대에 재현하는 것이 아니다. 소재로서의 기록에 작가의 주관을 가미시켜 작품으로 형상화한 것이라고 말하는 것이 더 알맞은 표현일 것이다. 그러므로 기록극이 표면적으로는 소재가 되고 있는 과거의 역사적 사건을 다루고 있지만 내면적으로는 집필 당시의 작가의 의식을 대변하고 있는 것이다. 그 의식은 현재의 현실을 변화시키겠다는 정치 의식이라 하겠다.[14]

위의 세 인용문들은 기록극에서는 역사적 사실의 정확한 제시가 중요하

---

13) H. 모테카르트, 앞의 책, 63~64쪽.
14) 김천혜, 앞의 책, 98~99쪽.

다고 강조했던 글들이었는데, 실제 기록극이 만들어지는 과정에서는 작가의 자세로서 '사회를 지배하는 기능적 연관에 관한 통찰', '기록의 도움으로 실제 있었던 사건으로 나타내고 증명하고 확인하는 노력', '씌여진 당시의 작가의 정신적 경향', '집필 당시의 작가의 의식' 등이 더 중요함을 지적하고 있다. 기록극에서 작가의 자세가 중요한 까닭은 기록극이 생겨날 때부터 가지고 있던 기능에 연유한다. 즉 기록극이 과거 극복의 문제와 동서 이데올로기 대립의 문제를 제기하여 현실을 비판하고 변화시키겠다는 정치적 목적을 가지고 있었다는 데에 있다. 그래서 기록극에서는 과거 기록과 작가의 자세는 서로 상보적인 입장에 있다. 과거 사실을 보다 객관적으로 제시함으로써 확실하게 개방형식을 만들어낼 수 있고, 현실 개혁에 대한 의지를 강하게 드러낼 수 있다. 그러나 작가가 편향적인 자세를 가지고 있다면 전형성을 추구할 수 없을 뿐만 아니라 현실 변화에 대한 의지를 확고하게 표현할 수도 없게 된다.

Ⅲ. <조만식은 지금도 살았는가>의 기록극적 성격

1. 역사적 사실의 객관적 제시

<조만식은 지금도 살았는가>의 작중 시간 배경은 1945년 이후 수개월과 1976년 현재이다. 2001년이 된 지금에 이르러 돌아보아도 1945년 이후의 수개월은 우리 민족사에서 있어서 아주 중요한 시기였다. 이 때는 일제 강점 시대에 있었던 잘못된 일들에 대한 반성과 민족의 통일이 동시에 이루어져야 할 시기였는데, 그렇게 하지 못하고 지나갔기 때문에 여러 방면에서의 고통을 오늘날에도 감수해야만 하는 상황이 계속되고 있다.

박조열은 이러한 어리석음에 대하여 이 작품을 통하여 자신의 목소리를 강하게 내세우지 않으면서 통렬하게 비판하고 있다. 목소리를 강하게 내세

우지 않으면서 과거사를 비판하는 방법으로 작가가 꾸며낸 것이 과거사의 객관적 제시이다. 박조열은 과거사를 객관적으로 제시하기 위하여 등장인 물들을 '증인화'하고 있다. 재판정에서 '증인'이 된다함은 거짓말을 하지 않는다는 의미를 내포하고 있다. 그렇다고 하여 <조만식은 지금도 살아있는가>가 재판극은 아니다. 무대는 재판정의 모습을 갖추지도 않았고, 재판관도 없다.

실존 인물이었던 김일성, 최용건, 현준혁, 로마넹코, 치스차코프 등이 조만식을 정치적으로 제거하기 위하여 일을 꾸몄던 1945년 무렵의 상황을 잘 드러내기 위하여 박조열은 해설역의 작가를 설정해 놓고 있다. 그리고는 작가가 증인들을 불러내어 과거의 일을 스스로 말하도록 하고 있다. 실제 작가는 허구화된 작가를 만들어서 등장인물들의 증언이 객관성을 확보하도록 하고 있는 것이다. 이는 박조열이 당대에 진행됐던 정치 상황에 대하여 긍정적인 태도를 가지고 있지 않음을 드러내고 있는 요소라고 할 수 있다. 그 무대를 살펴보자.

무대 뒤켠에 계단식으로 된 증인석이 있다. 이 연극의 연출자는 약간의 예외를 제외하고는 모두 증인을 겸한다. 그들은 때로는 증인이 되고, 때로는 증인석에서 내려와 '현장의 인물'이 되기도 하고, 때로는 증인석에 앉은 채 그 '현장의 목격자'가 되기도 한다.

객석에서는 증인석이 피고석처럼 느껴져야 한다. 증인석 앞의 넓은 빈 자리에 몇 군데 의자들이 놓여 있다. 그 의자들의 모임은 특정한 장소를 상징한다. 증인석 뒤 높은 곳에 영사막이 있다. 이 영사막은 관객에게 낯선 증인이 발언할 때마다 그를 소개해 준다.

박조열은 서사적 방법과 상징적 수법이 동시에 적용된 무대를 만들어 놓고, 거기에다가 '추가적인 협조'까지 첨가하고 있다.

1. 여기에 등장하는 작가는 해설자이다.

그는 작은 탁자 위에 서류들을 놓고 있다.
   그는 이 연극에서 증언자들의 사회도 겸한다.
2. 증인석에서 하는 발언은 대부분 경어가 아니다.
   이것은 그 발언의 기록성을 의미한다. 가끔 예외가 있긴 하다.
3. 증인들은 각기 서류를 들고 있다. 필요할 때 그들은 서류를 직접 읽어
   도 무방하다.
4. 각 장의 경계가 반드시 구분될 필요는 없다.

위의 추가적인 협조에서 유의할 사항이 2와 3이다. 이는 기록극적 성격을
나타내기 위한 기법으로 보이기 때문이다. 해설자로서의 작가는 1945년의
몇 달간과 작품이 창작될 당시의 사이를 왕래하거나 연결시켜 주는 매개 역
할을 한다.

> 작　가 : 예. 선생님에 대한 불법 감금의 진상을 파헤치는 데 필요한
> 　　　　사람들은 거의 다아 초청되었습니다. (증인석을 향해서) 김일
> 　　　　성 씨, 로마넹코 정치 사령관, 조선공산당 평남 책임자 현준
> 　　　　혁 씨. 루스벨트 대통령, …… (이름을 부를 적마다 당사자들
> 　　　　의 가벼운 몸짓) …… (관객에게 그만 소개하겠습니다. 우리
> 　　　　는 어차피 저 사람들 모두와 만날 기회가 있으니까요. 이제
> 　　　　여러분께서는 우리가 왜 이 자리에 모이게 되었는가를 짐작
> 　　　　하셨을 겁니다. 조만식 선생에 대한 불법 감금이 시작된 것은
> 　　　　1946년 춥니다. 그때 조 선생은 평양 인민정치위원회 위원장,
> 　　　　북조선 5도 행정국 위원장, 그리고 조선민주당의 당수였습니
> 　　　　다.
> 조만식 : 그 세 가지 공적 활동은 한결같이 소련군 사령부의 천거와
> 　　　　권고를 따른 것이었다는 것도 말해 주시오.
> 작　가 : 소련군 사령부와 관계는 어떻게 시작되었죠?
> 조만식 : 1945년 8월 26일 평양 인민정치위원회를 구성하면서부터
> 　　　　요.
> 작　가 : 자, 그럼 1945년 8월로 돌아가 봅시다.

군중들의 환호와 비행기 소리…… "로서아 비행기다!" "만세!
만세!" ……하늘에서 전단이 뿌려진다

군중 A : (읽는다) 포고문. 조선 인민이여! 붉은군대와 동맹국 군대
    는 일본 약탈자를 추방했다. 조선은 자유국이 됐다. 그러나
    이것은 신조선의 역사의 일 페이지에 불과하다. 노예적인 과
    거는 이제 또다시 오지 않는다. 소련 군대는 조선인민이 자유
    로이 창조적 노력에 착수하기에 충분한 조건을 만들어 주었
    다. 조선 인민 자체가 반드시 자신의 행복을 창조하는 자가
    되지 않으면 안 된다. 경영주, 상업가, 그리고 기업가들이여!
    왜놈이 파괴한 공장을 회복시켜라, 새로운 생산 기업을 개시
    하라. 소련군 사령부는 백방 원조할 것이다. 노동자들이여! 노
    력에 의한 영웅심과 창조적 노력을 발휘하라. 해방된 조선 인
    민 만세! 붉은군대 사령부.

    군중들은 달려나간다.15)

작품의 시작부터 조만식은 소련을 등에 업은 공산당의 계략에 의하여 조
종되고 있음을 보여주고 있다. 1945년 무렵의 조만식은 그걸 몰랐다 하더라
도 박조열이 살려놓은 좀나식은 그걸 깨닫고 있는 것이다. 어찌 보면 이 작
품은 남북의 정부 수립 이후에 생사가 분명하지 않은 조만식이 작품 창작
당시에 살아 나와서 당대의 사정을 밝혀주고 자신은 상황의 희생자였음을
강조하기 위한 목적을 가지고 있다고 할 수 있다.
조만식이 평남 인민정치위원회 위원장이 되는 과정을 보면, 이러한
느낌은 더욱 강해진다.

    조만식 : 위원회가 두 번째로 결정해야 할 일은 이 위원회의 이름을
        짓는 일입니다.
    좌익 A : 평남 인민위원회로 할 것을 건의합니다.

---

15) 박조열, 『오장군의 발톱』, 공간미디어, 1994. 205~206쪽.

우익 A : 인민이란 표현 대신 정치란 표현을 쓰는 편이 좋겠습니다.
　　　　평남 정치위원회라고.
좌익 A : 아니 왜 인민이란 표현을 기피하는 거죠?
우익 A : 인민이란 표현을 기피해서가 아니라 편향된 정치 체제를
　　　　연상시키는 표현을 피하자는 겁니다. 인민위원회란 좌경 체제
　　　　에만 붙이는 전용어라는 걸 누구나 알고 있잖습니까.
좌익 A : 좋소, 그렇담 타협안으로서 평남 인민정치위원회로 할 것
　　　　을 제안합니다.
우익 A : 그 타협안은 받아들일 수 없습니다. 인민이란 표현이 들어
　　　　가 있는 이상 그것은 여전히 좌익적 체제를 의미합니다.
좌익 B : 표결합시다.
조만식 : 표결보다는 더 토론을 통해서 원만한 타결이 이루어지기를
　　　　바랍니다. 표결해 봐야 좌우 15명씩 동수이고 그 결과는 뻔하
　　　　거든요.
좌익들 : 표결합시다.(저마다 소리지른다)
조만식 : 좋습니다. 그럼 표결하겠습니다. 평남 인민정치위원회라는
　　　　호칭을 찬성하시는 분.

　　　　좌익측 일제히 손을 든다. 그런데 우익측에서도 두 사람의
　　　　동조자가 있다. 우익측 모두 놀란다.

우익 A : 홍기주 동지, 잘못 든 것 아니오?
홍기주 : (무표정하게 듣고만 있다)
우익 B : 김광진 동지. 당신은 어느 편이오?
김광진 : (무표정하게 듣고만 있다)
조만식 : 이것은 민족 진영측의 최초의 패배였소. 그 후 13대 17이
　　　　라는 표의 대결은 한 번도 변하지 않았소. 홍기주와 김광진은
　　　　저들이 민족 진영측에 심어 놓은 프락치였소.

　　　　인민정치위원들 좌우로 퇴장한다. 홍기주와 김광진은 들어올 때
　　　　와는 달리 좌익측을 따라나간다. 조만식과 오 비서만 남는다.

　　오 비서 : 이건 다수결의 탈을 쓴 독잽니다.
　　조만식 : 그래, 우린 저들의 민주주의를 가장한 조선 적화 정책의
　　　　　　들러리에 불과해.16)

　조만식은 민주주의 탈을 쓰고 조선 적화 정책을 실천하고 있는 김일성 일파의 들러리인 줄 알면서 그 상황에서 빠져나오지 못하고 있을까. 이것은 역사적 질문이 될 수 있다. 오비서로 설정된 오영진은 남쪽으로 탈주하여 민주주의 사회로 돌아왔는데, 조만식은 끝까지 자신의 불행을 받아들이고 있다. 조만식은 어떤 사람이었길래 그런 길을 갔을까라는 물음에 대한 답을 작품에서는 찾을 수 없다. 조만식에 대한 설명을 찾아보기로 한다.

　　조만식(曺晩植, 1882~?) 독립운동가 · 정치가. 보관은 창녕. 호는 고당(古堂). 평안도 강서 출신. 아버지는 경학(景學)이며, 어머니는 진강 김씨(鎭江金氏)이다. 어린 시절 아버지로부터 한학을 수학하고 15세에 평양 성내상점에서 일하며 소년 시절을 보냈다.23세에 평양 숭실중학(崇實中學)에 입학하면서 기독교에 입교하였다. 1908년 일본 동경으로 유학, 세이소쿠영어학교를 거쳐 1910년 메이지대학 법학부에 입학하였다. 유학중 백남훈 · 김정식과 함께 장로교 · 감리교연합회 조선인교회를 설립하였고, 간디의 무저항주의에 심취하여 민족운동의 거울로 삼았다.1913년 졸업 후 귀국하여 평안북도 정주에 동지인 이승훈(李承薰)이 설립한 오산학교(五山學校)의 교사가 되었으며, 2년 후인 1915년 교장이 되었다. 1919년 교장직을 사임하고 3 · 1운동에 참가하였다가 잡혀 1년간 옥고를 치렀다. 출옥 후 다시 오산학교 교장으로 복귀하였으나 일본 관헌 탄압으로 제대로 재직하지 못하고 평양으로 돌아가 1921년 평양기독교청년회 총무에 취임하는 한편, 산정현교회의 장로가 되었다. 이 무렵 알게 된 평생의 심우(心友) 오윤선(吳胤善)과 함께 1922년 조선물산장려회를 조직, 그 회장이 되어 국산품애용운동을 벌였다. 1923년 송진우(宋鎭禹) · 김성수(金性洙) 등과 함께 연정회(硏政會)를 발기하여 민립대학기성회를 조직하엿으나 일제탄압으로 실패하였고, 숭인중학교(崇仁

---

16) 박조열, 앞의 책, 208~209쪽.

中學校) 교장을 지내다가 1926년 일제에 의해 강제 사임당하였다. 이듬
해 신간회(新幹會)에 참여했으나 일제의 방해로 활동이 좌절되었다.
1930년 관서체육회 회장으로 민족지도자 육성에 기여하였고, 1932년 조
선일보사 사장에 추대되어 언론을 통하여 민족의 기개를 펴는 데 앞장
섰다. 1936년 전국적인 민족정신 앙양운동의 일환으로 평양에서 을지문
덕장군수보회를 설립하였다. 이 무렵 평양 조선인 사회의 유일한 공회
당이었던 백선행기념관(白善行記念館)을 개설하고 인정도서관을 세웠
다. 1943년 지원병제도가 실시되자 협조를 간청해온 재조선일본인 사령
관 이타가키의 면담요청을 거절하여 한때 구금당하였다. 광복 직후 평
안남도 건국준비위원회를 구성하여 그 위원장이 되었다. 소련군정당국
이 그들이 만든 최고행정기관인 북조선인민정치위원회 위원장에 취임
할 것을 종용하였으나 거절하였다. 그해 11월 3일 조선민주당을 창당하
여 당수가 되었다. 이 조선민주당을 통하여 북한에서 반탁운동을 전개
하다가 1946년 1월 5일 소련군에 의해 고려호텔에 연금당하였다. 그뒤
생사가 분명하지 않은 가운데 1950년 6·25 전쟁 직전 평양방송이 그와,
체포된 간첩 김삼룡·이주하의 교환을 제의하였다. 평생을 기독교정신
의 실천가로서 생활하였고, 일제에 대하여는 비폭력·무저항·불복종
의 간디즘으로 대항하였으며 적색치하에서는 공산주의를 배격하는 행
동을 하였다.[17]

이러한 평전을 통하여 조만식이 갖는 인물로서의 특성은 기독교, 민족운
동으로 결정된다. 오영진이 조만식과 정치적인 뜻을 같이 하여 조선민주당
당수의 비서가 된 것은 오영진의 아버지 오윤선이 조만식과 아주 친한 친구
였다는 데에서 그 이유를 찾을 수 있다. 그래서 그랬는지는 몰라도 조만식
은 후에 오영진을 남한으로 가도록 하였다. 조만식이 기독교적 희생 정신을
발휘하였다고 하겠다. 조만식의 정치적 생명을 죽이기 위하여 로마넹코와
김일성이 자행했던 잔인하고 과격한 행동도 노정된다.

---

17) 정신문화연구원, 『한국인물대사전』, 중앙일보, 1999. 2096쪽.

①

현준혁 : …… 해방 전까지는, 그리고 해방 후 소련군이 진주해 오
기 전까지도 공산당원으로서의 내 의무와 조선 민족으로서의
내 의무가 상치되리라고는 상상조차 할 수 없었습니다. 지금
많은 공산당원들이 이 문제를 놓고 고민중일거라고 생각합니
다.
로마넹코 : (벌떡 일어난다) 현준혁을 처치해라! 저자는 민족주의와
공산주의 사이에서 헤매는 회색분자다. 저렇게 당성이 약한
자는 언제고 당을 배반한다.

암살자가 등장한다. 현준혁 앞으로 곧장 가서 선다. 조만식과
오 비서는 등을 돌리며 현장의 목격자가 아님을 암시한다.

암살자 : 현준혁이지?
현준혁 : 누구요?
암살자 : (관객을 향해서 고함) 야 이 빨갱이 새끼야! (권총으로 사살
한다) …… (종이를 꺼내서 읽는다) 오늘 조선 인민들이 경애
하는 님주투사의 한 분인 현준혁 동지가 암살되었다. 이것은
조국의 민주적 통일 독립을 방해하려는 반동분자들의 발악적
음모의 시작에 불과하다. 조선공산당은 인민의 적들에 대한
보다 가혹하고 치열한 투쟁을 전개하고 조국의 민주적 독립을
위하여 매진함으로써 현준혁 동지의 죽음을 보상할 것이다.
로마넹코 : 소련군 사령부는 범인을 체포하기 위해 즉각 광범한 수
사에 착수했다. (증인석에서 내려오며) 조만식 위원장, 현준혁
씨의 죽음에 대해 얘기를 나누고 싶습니다.[18]

②

로마넹코 : 우리가 현준혁을 암살한 목적이 그 사건을 빙자하여 우
익측을 탄압하려는 데도 있었으리라는 추리는 가당찮다. 우리
가 현준혁을 죽인 진짜 이유는 세 가지다. 첫째는 민족주의적

---

18) 박조열, 앞의 책, 212~213쪽.

경향이 지튼 국내 토착 공산당원들에 대하여 경고하자는 데
있었다. 그러기 위해서 우리는 현준혁 암살의 하수인이 누구
인가를 은근히 일부러 암시해 주기까지 했다. 그 효과는 좋았
다. 그 후 사적으로 우익 진영과 왕래하는 자는 일체 없어졌
으니까. 둘째는, 현준혁의 당내 조직 기반을 무너뜨릴 필요에
서였다. 그의 조직 기반은 우리들의 목적을 방해하고 있었던
것이다. 셋째는 …… 김일성 동지에게 평남 공산당의 조직 기
반을 넘겨 주기 위해서였다. 김일성 동지. (김일성 일어선다)
가서 평남 공산당 조직을 접수하시오.

김일성, 현준혁의 시체가 있는 데로 내려와서 한 발로 그를 밟
고 선다.[19]

③

김일성 : (슬라이드 텍스트 — '1946년 10월 13일. 조선공산당 북조선
분국 설치의 테제') 조선 혁명의 특징은 첫째, 자체의 힘으로
해방된 것이 아니라 외래의 힘에 의하여 해방되었다는 것이
며 외래의 힘은 하나의 힘이 아니라 둘, 즉 사회주의 조국인
붉은군대의 힘과 자본주의 국가인 영미의 힘으로 해방되었다
는 것이다. 우리 당은 우리 조국에 조성된 정세로부터 출발하
여 위대한 소련군이 부여해 준 유리한 제조건을 이용하여 북
조선에서 조국 통일의 기초가 될 수 있는 민주 혁명 기지를
창설하는 길밖에 없다.

작 가 : 김일성이 북한에서 행한 최초의 발언 기록입니다. 요컨대
소련군의 힘을 빌려서 북한만에라도 먼저 사회주의 체제의
기반을 닦고 굳히겠다는 뜻입니다. 북한에 진주한 소련군의
임무는 이제 대리인 김일성이 표면에 나서기 시작하면서부터
구체적인 모습을 띠게 된 것입니다.[20]

---

19) 박조열, 앞의 책, 214~215쪽.
20) 박조열, 앞의 책, 215쪽.

이러한 상황에서 조만식이 택한 길은 통일 정부를 세우는 것이었다. 조만식은 '기왕에 참아온 것. 끝까지 은인 자중해야지. 암만 저래 봤자 무슨 소용있나. 어차피 소련군은 물러갈 것이고, 민심은 우리 편 아닌가. 우린 그저 꾸준히 당의 조직을 넓혀 나가면 되는 거야. 통일 정부를 세우는 선거에 대비해서. 선거가 진정한 민심을 밝혀줄테니까.'라는 게 그의 인식이었다. 그런데 모스크바 3상회의는 한국에 대한 신탁통치를 결의하였다. 이로부터 조만식과 김일성의 갈등이 표면으로 나타나게 된다.

> 조만식 : 김일성 씨. 당신들 공산당은 소련군 사령부의 명령이라면
>   무조건 복종하려드는데 이번만은 제발 우리 민족의 입장에서
>   태도를 결정해 주시오. 당신들 지금 조직 기반이 약하니까 혹
>   신탁통치 기간을 이용해서 세력을 넓히려는 속셈인지 몰라
>   두……
> 김일성 : 닥쳐요!
> 조만식 : 아니면 반탁해야지!
>
> 두 사람 한참 대결한다.
>
> 김일성 : 늙어 빠진 반동 새끼!
> 조만식 : 자네 날 첨 만났을 때부터 맘속으로는 늘, 날 그렇게 부르
>   고 있었지?
>
>   김일성, 증인석으로 돌아간다.
>
> 로마넹코 : 따바리쉬 최가 마지막으로 다시 만나 보시오.
>
>   최용건, 조만식을 찾아간다.
>
> 최용건 : 선생님.
> 조만식 : (막으며) 날 설득할 생각은 말게. 자네가 날 도와 조선민주

당을 창당하잘 때부터 프락치일거라는 짐작은 했었지만 그래
　　　　도 자네만은 설마, 하는 생각을 가지고 있었지. 자네 지금도
　　　　공산당원이 아니라고 내게 말할 수 있는가.
최용건 : …… 선생님, 마지막 기휩니다. 기어이 모스크바 3상회의
　　　　결정을 반대하신다면…… 선생님의 정치 생명은 끝장입니다.
조만식 : 괘씸한 놈, 이제는 스승을 협박까지 하려드나!
최용건 : …… 저엉 이러신다면…… 선생님은 이제 조선민주당 당수
　　　　가 아닙니다.
조만식 : 그리고 자네가 조선민주당의 당권을 탈취하겠단 말이지?
최용건 : …… 조선민주당은 모스크바 3상회의 결정을 지지하는 성
　　　　명을 내게 됩니다, 제 이름으로.
조만식 : …… (최용건에게 다가가서 그의 뺨을 후려친다)[21]

　　조만식과 김일성과의 대립은 민주주의와 독재의 대립이었고, 개인과 조
직의 대립이었다. 조만식은 제자인 최용건에게 '뺨을 후려치'는 마지막 폭
력을 가하고 점차 역사의 저편으로 가물거리며 넘어 간다. 그가 가지고 있
던 낙관주의도 목적성 폭력 앞에는 맥을 추지 못하고 만다.

작　가 : 선생님께서는 부인과 헤어지면서 몇 달 내로 다시 만나게
　　　　될 거라고 말씀하셨습니다. 정말 그렇게 낙관하셨던가요?
조만식 : 아니오. 하지만 난 낙관하고 있기도 했소. 모순된 대답처럼
　　　　들리겠지만 난 내 자신을 낙관주의자라고, 스스로 평한 적이
　　　　있소. 낙관주의자가 아니었다면 난 제정시대부터 독립운동을
　　　　하지도 않았을 거요.
작　가 : (관객에게) 그러나 조 선생의 낙관은 날이 갈수록 무자비하
　　　　게 배반당했습니다.
치스챠코프 : 1946년 2월 8일부로 북조선 임시 인민위원회를 수립한
　　　　다. 위원장은 김일성이다.
김일성 : 1946년 3월 5일부로 토지개혁을 실시한다.

---

21) 박조열, 앞의 책, 231∼232쪽.

　　조만식을 비추는 빛이 약간 어두워진다.

아나운서 : 1946년 5월 6일, 1차 미소공동위원회는 결렬되었습니다.

　　조만식 주변이 다시 약간 어두워진다.

　　슬라이드 텍스트—'이승만 전 대통령' 소련이 끝끝내 한국 통
　일을 반대한다면 남한만의 단독 정부라도 수립해야겠다고 생각한
　다.

　　조만식 주변 더 어두워진다.

아나운서 : 1947년 5월 21일 개최된 제2차 미소공동위원회 역시 결
　　　렬되었습니다.

　　조만식 주변 더 어두워진다.

　　슬라이드 텍스트—대한민국 정부 수립을 선포한다. 1948년 8
　　월 15일.

김일성 : 조선민주주의 인민공화국 정부 수립을 선포한다. 1948년 9
　　월 9일.

　　조만식은 완전히 어둠에 가려 버린다.[22]

조만식이 자신의 꿈을 이루지 못하고 역사의 전면에서 사라지는 광경을
보여주는 위의 예문은 상당히 무대적이다. 즉 공연적이라는 말이다. 밝음에
서 어둠에로의 돌입으로 보는 이들로 하여금 애석함을 더하게 하는 기법이
다. 다섯 단계로 진행되는 조만식의 사라짐은 김일성의 등장과 반비례의 강

---

22) 박조열, 앞의 책, 235~237쪽.

도를 가진다. 김일성과 아나운서가 차례로 나서서 조만식을 제거하고 있는 것이다. 역사의 흐름은 이처럼 무자비함을 박조열은 무대적 기법으로 보여주려고 한 것이다. 그리고 조명을 이용하여 조만식의 존재를 없애도록 함으로써 빠른 속도로 시간이 지나가고 있음을 보여주고 있다.

조만식을 북한에서 탈출시키려는 공작원이 왔을 때, 조만식은 다음과 같이 희망의 아리아를 부르고 있다.

공작원 : 선생님, 그건 메아리 없는 고집이십니다.
조만식 : 자네들은 여기에 공산 정권이 수립된 순간 민족 세력이 다
　　　　아 죽었다고 생각하나?
공작원 : 그런 건 아닙니다.
조만식 : 저들이 정권을 세우고 기승을 부리면 부릴수록 난 기어이
　　　　여기 있어야 해. 난 저들의 반민족적 역사를 사람들에게 기억
　　　　시켜 주는 유일한 산 존재야. 내가 억지로 떠나면 저들은 오
　　　　히려 어떤 생각을 할까? 그들은 나의 무사한 탈출을 축복하
　　　　겠지만 한편으론 허탈감에 빠질 거야. 그들을 허탈감에 빠지
　　　　게 해서는 안 돼. …… 난 여기서 고생하는 민족 세력들과 기
　　　　어이 함께 있겠네. 내가 여기 있어야 할 의무는 옛날이나 지
　　　　금이나 조금도 변하지 않았소. 여기 있는 민족 세력이 끝내는
　　　　공산 정권에 다아 굴복하고 한 사람만 남았다고 해도 난 그
　　　　사람을 벗하기 위해서 여기 있을 거야. 난 여기 있어야 할 사
　　　　람이야. 난 남조선 동포들에게보다 여기 북조선 동포들에게
　　　　더 필요한 사람이야. (창가로 간다) 이리 오시오…… 언젠가
　　　　도 나와 함께 저 밑을 지나가는 사람들을 함께 본 적이 있
　　　　지?…… 지금은 그때와는 많이 달라졌어. 이 앞을 지나는 사
　　　　람들이 적어졌지. 그리고 날 올려다보는 사람들은 아주 적어
　　　　졌어. 더욱이나 지금도 대담하게 날 올려다보는 사람들은 예
　　　　외 없이 공산당원이거든. 오히려 조심하느라고 머리를 숙이고
　　　　지나가는 사람들이 지금은 내 편이야. 그러나 그 사람들이 맘
　　　　속으로는 날 쳐다보고 잇는 걸 느낄 수 있지. 그리고 그 사람

　　　　들도 내가 자기들을 내려다보고 그 마음을 환히 헤아리고 있
　　　　다는 걸 알고 있지. 여기서 난 괴롭지도 않고 외롭지도 않
　　　　아…… 돌아가게.
　　공작원 : ……사모님과 아드님은 건강하십니다. 오 비서두 잘 있구
　　　　요.
　　조만식 : 나두 잘 있다고 전해 주시오.23)

성경의 한 구절을 생각나게 하는 표현인 조만식의 긴 대사에는 민족을
사랑하는 마음이 절절이 배어 있다. 그리고 그것은 반탁운동의 당위성과 연
결되어 있다. 조만식은 아직 신탁통치 결정이 소련의 뜻에 따른 것이라고
판단하고 있는 것이다.

2. 작가의 상상력

여기서 작가라 함은 박조열을 가리키는 것이다. 박조열은 위와 같이 객관
적 기록을 동원하여 사건을 전개시키고 있지만, 당대 상황에 대한 조만식의
대응방식에 회의를 품고 있는 듯하다. 그래서 작품의 제목도 '조만식은 지
금도 살아 있는가'이다. 작가가 1976년에도 조만식의 당대 대응방식이 유효
하다고 생각했다면 '조만식은 지금도 살아 있다' 정도가 되어야 하지 않을
까 하는 추정이다. 아니면 1976년의 상황에 대한 회의를 그렇게 표현했다고
할 수도 있을 것이다. 1976년 무렵에도 조만식의 대응 방식이 의미가 있는
것일까, 의미가 있는 것이 아닐까 등등의 회의를 드러내고 있는 편린이 제
목에 있다고 하겠다.
박조열은 조만식을 1976년에 살려 놓고, 극중 작가를 통하여 조만식을 깨
우치고 있다.

---

23) 박조열, 앞의 책, 238~239쪽.

작　가 : 선생님은 사모님과 헤어지실 때 우리나라가 소련의 뜻대로
　　　　　는 되지 않을 거라고 말씀하셨습니다. 그것은 상대적으로 미
　　　　　국은 신뢰했었다는 뜻으로 해석해도 좋겠습니까?
조만식 : 미국을 전적으로 신뢰한 건 아니지만……
작　가 : 선생님은, 아니 그 당시만 하더라도 우리나라 사람들은 모
　　　　　두모스크바 3상회의 결정이 한반도에서의 세력 분할을 위해
　　　　　소련의 주도하에 이루어진 거라고 생각했습니다. 그래서 빈탁
　　　　　운동은 반소 · 반공 운동의 성격을 띄기도 했습니다.
조만식 : 당연하지 않소.
작　가 : 그러나 그 후 밝혀진 자료들은 미국이 신탁통치를 주도했
　　　　　다는 걸 증명하고 있습니다.
조만식 : 그럴 수가![24]

　조만식이 '당연하지 않소'에서 '그럴 수가'로 바뀌는 데에는 미국이 간여
해 있다. 과거의 조만식이 가졌던 '공산주의자들에게 압박받는 동포들이 여
기 있는 한 난 여기 있어야' 한다는 신념은 햇볕에 사라지는 안개가 돼버렸
다. 박조열의 극적 상상력이 빛을 발하는 게 이 부분이다. 목숨을 걸고 투쟁
한 결과가 비참한 몰락이었는데, 그 몰락을 가져온 원인이 상황 파악을 제
대로 하지 못한 데에 있다면 몰락이라는 결과보다 더 비참한 상황이 벌어진
것이다. 잘못된 상황 인식에 대한 반성, 그것은 과거로부터 얻어내는 중요
한 교훈 가운데에 하나이다. 그렇다면 소련을 등에 업어 찬탁을 하고, 정권
을 잡은 김일성은 정당하고 긍정적인 인물인가? 그는 현준혁을 제거하는 과
정에서 불의의 인물임이 드러났다.
　이러한 궁금증에도 불구하고 조만식은 작품의 끝까지 남아 있다. '세월이
흘러도 잊어서는 안 될 역사를 잊어서는 안 된다.'는 작가의 언급 후에 조만
식은 마지막으로 독백을 한다.

---

24) 박조열, 앞의 책, 240쪽.

조만식 : …… 고맙소(관객에게 처음이자 마지막으로 향하면서)
          나의 가장 큰 고통도 그것이오.
          난 동포들에게 잊혀질까 두렵소.
          동포들이 잊지 않는다면…… 난 아직도 얼마든지 더 살 수 있소.

　공작원이 찾아와서 탈출하자고 했을 때, 이를 거절하는 조만식의 아리아는 희망이 사라지지 않은 내용을 담고 있었다. 그러나 마지막의 독백은 다가오는 고통에 대한 아리아이다. 잊혀지지 않는다면 얼마든지 더 살 수 있다는 것은 작품을 창작하던 당대의 현실이 조만식이 살았던 시대보다 더 나아진 게 없다는 말이다. 그러니 잊지 말아야 할 것을 잊어서는 안 된다는 지적이다. 이 부분이 박조열의 상상력이 빚어낸 백미이다. 조만식의 삶에 대해서는 회의를 품고 있지만, 현실은 그런 사람을 잊어서는 안 된다는 주장은 현실이 더 나아진 게 없다는 비판적 시각의 둘러치기 표현이라고 하겠다.

Ⅳ. 결　론

　작품의 마지막에 조만식이 '동포들이 잊지 않는다면…… 난 아직도 얼마든지 더 살 수 있소.'라고 한 말은 박조열이 우리에게 하는 말이라고 할 수 있다. 실제로 박조열은 '조만식을 그렇게 쉽게 잊어서는 안 된다.'라고 하는 말을 에둘러 표현한 것인지도 모른다. 이 작품이 창작될 당시는 유신정권의 철권이 국민들의 목을 조이고 있을 때이다. 그럴 때에 이 작품은 진정으로 국민을 위한 정치가는 누구인가 생각해 보게 할 수 있었다.
　박조열은 <조만식은 지금도 살아 있는가>에서 기록극의 일차적인 개념에 얽매이지 않고, 자기 나름대로의 상상력을 발휘하여 조만식을 오늘에 살려냄으로써, 독자나 관객들로 하여금 더 큰 교훈을 얻도록 해주고 있다. 그럼으로써 잘못된 과거사에 대해서 현대인들이 다시 한 번 더 논의하고, 돌아보게 하는 기록극의 주요 임무를 달성하고 있는 것이다.

'증인화'한 등장인물들은 무대 위에서 인형처럼 움직이지만, 관객들은 그들의 행적에 대하여 이미 알고 있기 때문에 별다른 느낌을 가지지는 않는다. 그보다는 '증인화'한 등장인물들에 대하여 비판적 거리를 갖게 된다. 이것 또한 과거를 객관적으로 돌아보게 하는 연극적 장치로 쓰인 것이다.

역사적 사실과 작가의 상상력이 잘 결합된 기록극은 보는 이들을 한 단계 승화시키는 역할을 할 수 있음을 <조만식은 지금도 살아 있는가>가 증명하고 있다.

◈ 참고문헌 ◈

권순종, 「<토끼와 포수> 드라마투르기」, 박조열 연극제 팜플렛, 2000. 5.
김천혜, 「독일 기록극과 시대 상황과의 관계 고찰」, 『독일어문학』, 제3집, 1995.
박조열, 『오장군의 발톱』, 공간미디어, 1994.
宋東準, 「독일 記錄劇 고찰」, 『현대독문학의 이해』(김광규 편, 민음사, 1984).
정신문화연구원, 『한국인물대사전』, 중앙일보, 1999.
H. 모테카트 저, 김미란 역, 『현대 독일 드라마』, 대광문화사, 1990.

부 록

- 박조열 생애·연보
- 박조열 희곡 연구 관련 논저 목록
- 박조열 미발표작

박조열 생애 · 연보

- 함경남도 함주군 하조양면 기화리에서 출생(1930. 10)
- 함남중학교 졸업(1947)
- 북한에서 중학교 문학교원(1949)
- 한국 전쟁 중 월남, 이후 12년간 육군 복무
- 드라마센터 연극 아카데미 연구과정에 입학하면서 극작(희곡, 방송 극)을 시작(1963)
- 극단 <자유극장> 창립 동인(1966)
- 여석기 교수와 함께 <한국 극작 워크숍> 개설(1973)
- 1986년 이후 희곡 창작 중단
- 1986년부터 연극에 대한 '사전 규제 제도'를 폐지시키기 위한 운동을 주도
- 동아연극상(<토끼와 포수>, 1965)
- 대한민국 방송 대상(<땅의 아들들>, 1981)
- 백상예술대상(<오장군의 발톱>, 1988)
- 한국연극협회, ITI 한국 본부 초대 극작 분과 위원장
- 동아일보, 서울신문, 조선일보 신춘문예 심사위원
- 동아 연극상, 서울 연극제, 전국 연극제 심사위원 역임
- 숭의 여자 전문대학, 한양대학교, 한국종합예술학교 출강(극작법)

박조열 희곡 연구 관련 논저 목록

· 논   저

김길수, 「<오장군의 발톱>을 통해 본 대조의 연극 미학」, 『드라마의 현실과 실제』,
　　　한국드라마학회, 1997.
김상열, 「박조열 희곡에 나타난 공간적 대립의 성격에 관한 연구」, 『반교어문연구』
　　　제7집, 반교어문학회, 1996.
김성희, 「분단 현실과 동화적 세계」, 『문화예술』, 1991.
______, 「분단 현실의 극복과 동화적 세계」, 『연극의 사회학, 희곡의 해석학』, 문예
　　　마당, 1995.
김영학, 『한국모더니즘희곡연구』, 조선대학교 박사논문, 2000.
김일영 편, 『작가와 도둑』, 중문, 2000.
김재석, 「대담으로 풀어보는 연극론, 懷鄕 정념의 발현 - 극작가 박조열」, 『민족극과
　　　예술운동』, 통권 13호, 1966년 가을호.
박명진, 「1960년대 희곡의 정치적 무의식과 알레고리」, 『한국극예술연구』, 제11집,
　　　한국극예술연구학회, 2000. 4.
박혜령, 「박조열 희곡 읽기」, 『우암어문논집』, 제8호, 부산외대 국문과, 1997.11
백로라. 『박조열 희곡의 공간 연구』, 숭실대 대학원 석사학위 논문, 1994.
오군자, 『1960년대의 한국 연극』, 서울대교육대학원 석사논문, 1971.
오영미, 「이근삼, 박조열 희곡의 희극성 고찰」, 『경희어문학』13, 경희대국어국문학
　　　과, 1993. 2.
______, 「분단 희곡 연구 I」, 『한국연극연구』, 창간호, 한국연극사학회, 1998.
이미원, 「박조열 작품론 : 양식적 실험과 통일에의 집념」, 『한국연극학』, 제5집, 한
　　　국연극학회, 1994.
______, 「박조열 작품론 : 양식적 실험과 통일에의 집념」, 『한국근대극연구』, 현대
　　　미학사, 1994.
정우숙. 「박조열의 희곡 <목이 긴 두 사람의 대화> 고찰」, 『이화어문논집』, 제12집,
　　　이화여대 한국문학연구소, 1992.
최상민, 「박조열 희곡의 주제의식 연구」, 조선대 국문과 석사논문, 2000. 8.

. 기 타

Y극회 <토끼와 포수>공연 팜플렛, (http://www.kcaf.or.kr/cgi-bin/hyper-media.)
극단 미추 <오장군의 발톱>공연 팜플렛, (http://artsbank.kcaf.or.kr/perform/htm)
극단 전위무대 <토끼와 포수>공연 팜플렛, (http://www.kcaf.or.kr/cgi-bin/hyper-media.)
극단 혼성 <목이 기 두 사람의 대화> 공연 팜플렛,

(http://www.kcaf.or.kr/cgi-bin/hyper-media.)

동아일보. 「조직사회의 비인간적 톱니에 무참히 희생되는 사내」, 1995. 6. 9.
『무천』 극예술학회, 「박조열 연극제」 팜플렛, 2000. 5.
유민영, 「분단의 지적 정한적 탐구 - 박조열의 인간과 작품」,『오장군의 발톱』, 공간
     미디어, 1994.
중앙일보, 「<연극>오장군의 발톱」, 1997. 9. 11.
한겨레신문, 「휴전선 주변 도시 돌며 '오장군의 발톱' 공연」, 1997. 4. 4.
한겨레신문, 「분단 다룬 두 연극 곧 무대에」, 1995. 5. 20
한국경제, 「극단 허리, '오장군의 발톱' 휴전선 횡단 무기 공연」, 1997. 4. 8.
한국경제, 「오장군의 발톱(극단미추)=21일까지 예술의 전당 자유 소극장」, 1997. 9.
한국연극협회 진해시지부 <토끼와 포수>공연 팜플렛,

(http://www.kcaf.or.kr/cgi-bin/hyper-media.)

일소대에서 있었던 일

[등장인물]

1. 나레이터
2. 요적당 중위
3. 이엉망 상사
4. 오비겁 일병
5. 박덕보 일병
6. 김선달 일병
7. 사령관 (대장)
8. 소리A
9. 소리B
10. 소리C

※ 소리 A B C 는 나레이터가 모두 겸해도 좋다

나레이터 (장교다. 적당한 계급. 교관처럼 지휘봉을 들고 등장) ………
지금부터 여러분께서 보실 연극은 우리 군대내 일부 지극히 몰
지각한 장병들이 빚어내는 지극히 불쾌한 상황을 객관화한 것입
니다. 이 연극의 목적은 우리 군대 내부에 일부나마 상존하고 있
는 부정적인 면을 폭로하려는데 있는 것이 아니라 이런 부정적
인 상황을 객관화 함으로써 "이래서는 안되겠다"는 긍정적인 교
훈을 얻고저 하는데 있습니다. (무대 뒤를 향하여) 시작!
(나레이터가 퇴장하자 무대 뒤에서 맨발의 선임하사관 이엉망
상사와 연락병 박덕보 일등병이 등장한다. 박일병은 한쪽 손에
상사의 군화를, 그리고 나머지 한쪽 손에는 둘둘만 종이를 들고
있다. 이상사 거만스레 의자에 앉아 껌을 딱딱 씹으면서 천한

유행가를 부르기 시작한다. 박일병은 이상사의 구두를 조심스
레 놓고 둘둘만 종이를 펴서 호리존트에 부친다. 그 종이에 쓰
인 글씨를 보고, 우리는 거기가 바로 "제일소대 본부"임을 알게
된다. 박일병 열심히 구두를 닦는다. 전화벨)

이상사　야, 전화 안받아!

박일병　전 선임하사님이 받으실줄 알구.

이상사　(오 엘) 어서 받지 못해.

박일병　(급히 받는다) 예, 일소대본부 박덕보 일병입니다… 소대장님
　　　　은 방금 변소에 가셨읍니다……대변보러 가셨으니까 최소한 10
　　　　분은 있어야 돌아오실겁니다……예, 바꿔드리겠읍니다. (이상사
　　　　에게) 선임하사님, 전화받으십시요.

이상사　누구야,

박일병　삼소대장님이십니다.

이상사　(놀라며 후딱 일어나서 전화받는다.) 예, 일소대 선임하사관이
　　　　엉망 상삽니다. 예……예, ……알았읍니다. 통화끝. (수화기를 놓
　　　　고 또 노래를 시작하다가 뚝그치고) 야 아직도 멀었니?

박일병　다 됐읍니다. (하며 딲던 구두를 들고 일어나서 이상사에게로
　　　　간다)

이상사　(노래를 계속하며 발을 내민다)

박일병　(이상사의 얼굴과 발을 번갈아 보고나서 말없이 신겨주기 시작
　　　　한다)

　　　　(가상의 출입문 밖에 오비겁 일병이 등장한다)

오일병　(노크하는 시늉을 하며) 똑똑……똑똑……

이상사　(노래를 뚝 그치고) 들어와.

오일병　(가상의 문을 열고 들어와서) 오비겁 일병 소대장실에 용무가
　　　　있어서 왔읍니다.

이상사　(친근스레) 오오 오비겁이 휴가 갔다 왔구나.

오일병   덕분에 푹 놀다가 왔읍니다. 덕보야, 너한테두 고맙다구 말해야
          겠구나.
박일병   천만에.
이상사   아니 덕보한테는 무슨 신세를 졌는데……
오일병   덕보가 가야할 휴가 차례를 제가 새치기 해서 갔잖습니까.
이상사   참 그랬지.
오일병   (들고 있던 포장한 물건중의 하나를 꺼내어 내밀며) 저 이거
          받으십시오.
이상사   뭐야 그게.
오일병   저희 엄마께서 선임하사님에게 갖다 드리라는 선물입니다.
이상사   그래! (받으며) 이런거 받으면 안되는데……
오일병   소대장님은 어디 가셨죠?
이상사   폭격하러 가셨어.
오일병   아! 네에.
이상사   소대장님에게 드릴 선물도 가져왔겠지.
오일병   그럼요. (또 하나의 포장한 물건을 두들기며) 여깄잖습니까!
이상사   그래야지 (박일병에게) 야야야, 사알 살 매. 송장 묶듯이 꽉꽉
          조이질 말구.
박일병   죄송합니다.
이상사   참! 선물 받았을땐 받는 즉시 끌러보는 것이 예의라면서 (하며
          끌르려는 것을)
오일병   아! 댁에 가셔서 사모님하구 함께 끌러보도록 하세요.
이상사   아하! 그리고보니 우리 부엌데기한테 소용되는 물건이 들었나
          보구나.
오일병   맞았읍니다.
이상사   으음 뭘까…… (하며 포장한 물건을 주물러 본다) …옷감인가
          본데?

오일병   야아 선임하사님 손,레이다 보다두 더 예민하신데요. 하하……

이상사   (속상이듯) 소대장님에겐 뭘 사왔지?

오일병   같은 겁니다.

이상사   잘했어.

박일병   다아 맸읍니다.

이상사   그래? (일어나서 적당히 매어 졌는지를 알아보기 위해 제자리
         걸음을 해보며) 음됐어. 이제부터 내 총을 수입해줘.

박일병   예.

오일병   참, 오는 길에 인천옥 갑순이를 만났읍니다. 고 계집애 제가 휴
         가간 동안에 더 포동포동해 졌던데요. 선임하사님이 그 동안 많
         이 사랑해 주셨나 보죠.

이상사   야아 임아, 인천옥에 가본지는 한달두 더 됐단말이야 임마.

오일병   그래요? 그럼 그동안 누가 갑순이를 고렇게 포동포동 윤기나게
         만들었을까……

이상사   알게 뭐냐.

오일병   선임하사님 오늘 저녁 인천옥으로 가십시다. 제가 휴가턱을 내
         죠.

이상사   오늘 저녁은 안돼.

오일병   집안에 무슨일이라도 ……

이상사   (OL) 너 휴가 갔다오더니 소식이 영 깡통이구나.
         오늘 밤은 야간 침투훈련을 하게 돼 있단 말이야.

오일병   (내뱉듯) 에이 재수 더럽게 없네. 하필이면 귀대하자 마자 침투
         훈련이 있을게 뭐람.

이상사   하하! 눈밭에서 포복 하노라면 휴가 다녀온 기분까지 땡땡 얼
         어 붙을걸.

오일병   선임하사님…… (시치미 뚝 테며)

이상사   음?

오일병   전 오늘 저녁 침투훈련에 참가 못하겠는데요.

이상사   왜?

오일병   저 휴가중에 과식을 해서 그런지 설사가 대단합니다.

이상사   하하하 (폭팔적인 웃음)

오일병   아니 왜 웃으십니까.

이상사   야 임마! 너 나하구 오늘밤에 인천옥에 가자구 한건 언제구.

오일병   그땐 설사중이란걸 깜박 잊구서

이상사   (오 엘) 야아야 관둬라. 좋아 내 봐주지. 그대신 너 내무반에서
          꼼짝말구 있어야 한다. 밖을 쏘다니다가 교육 감독관에게 걸리
          거나 하면 안 되니까.

오일병   염려 마십시오.

이상사   그럼 소대장님이 돌아오시기 전에 어서 꺼져. 소대장님에게 드
          릴 선물은 내가 전하면서 적당히 말씀 드릴테니까.

오일병   고맙습니다. 선임하사님. 그럼 인천옥엔 내일 저녁 가기로 하고
          전 이제부터 내무반에 들어가서 설사를 앓도록 하겠습니다.(절
          도있게 차렷 자세를 취하며 큰소리로) 육군 일병 오비겁 소대 본
          분에서 용무 마치고 돌아갑니다. (경례하고 나간다)

이상사   하하하……짜아식 요령 참 좋단말이야. 야 덕보야 너두 배우도
          록 해.

박일병   (열심히 총기를 닦고 있다가 뻥한 표정으로) ……? 뭘 말입니
          까?

이상사   밥통 같은 자식!

박일병   ……? (여전히 뻥한 표정)

이상사   어서 총기 수입이나 계속해.

박일병   예. (계속한다)

          (이상사 다시 천한 유행가를 홍얼대며 오비겁이 놓고 간 또
          하나의 포장한 물건을 소대장 책상 위로 갔다 놓는다. 밖에서

소대장 요적당 중위가 들어온다.)

이상사　무슨 폭격을 그렇게 오래 하셔죠?

요중위　음! 일주일이나 내리 막걸리를 퍼 마셨더니 어디가 잘못 됐나
봐(책상 위의 선물을 보고)이게 뭐요?

이상사　아! 그거요! 그건 방금 오비겁 일병이 휴가 갔도 오면서 놓구간
겁니다.

요중위　근석 휴가 다녀올 때마다 뭘 이렇게(끌르려는 것을)

이상사　소대장님, 여기서 끌르려면 안됩니다.

요중위　왜?

이상사　오비겁 일병 말이 댁에 돌아가셔서 사모님하고 함께 끌러 보시
라구 합니다.

요중위　(알아채고) 그래? 그렇담 집에 가서 끌러 보도록 하지. 허허

이상사　그자식 휴가중에 너무 처먹구서 되에게 설사를 앓고 있더군요.
그래서 소대장님이 돌아오시는걸 기다려서 휴가 귀대신고 하겠
다는걸 어서 내무반에 들어가서 자빠져 있으라고 했읍니다.

요중위　잘했소. 자식 적당히 먹을 일이지. 그럼 오비겁 일병은 오늘밤
침투 훈련에 참가 못하겠군.

이상사　물론이죠.

요중위　중대본부엔 오늘 오비겁 일병의 휴가 귀대까지 예상해서 보골
했으니까, 이상사가 중대본부에 가서 중대장님에게 보고 되기전
에 적당히 고쳐 놓도록 해요.

이상사　알았읍니다.

　　　　(이때 전화벨이 울린다)

요중위　(받으며)일소대장 요적당 중입니다. 예, 예, 알았읍니다. 곧 인
수하러 보내겠읍니다. 통화 끝. (수화기를 놓고)이상사, 우리소대
에 보충될 신병2명이 중대본부에 대기하고 있대요. 곧 인수해 오
시오.

이상사 예 (나간다)

　　　　　(나레이터가 등장한다)

나레이터 방금까지 보신것은 이 연극의 전반부 입니다. 여러분께선 모
　　　　두 자주 웃으시면서도 여기 등장한 요적당 중위와 이엉망 상사
　　　　와 오비겁 일병의 수작에 대해 경멸과 증오와 보내셨읍니다. 그
　　　　러면서 한편으로는 박덕보 일병에 대하여 동정 하셨읍니다.

요중위 으음 하긴 그래 (김일병에게)여보게! 자네 왜 중대본부에선 사
　　　　령관님 처남이란 말 안했지?

김일병 중대본부에선 제 누님이 누구에게 시집갔느냐는 질문은 안하
　　　　셨거든요.

요중위 (방백) 으음 누님께서 누구에게 시집갔느냐고 물어보길 잘했군.
　　　　비록 장난삼아 물어본거긴 하지만.

이상사 소대장님, 이 사실을 우선 중대장님에게 우선 보고드려야 하잖
　　　　을까요?

요중위 참 그렇군 (급히 야전전화를 윙윙 돌린다) 중대장실 대줘!

소리A (무대뒤에서) 예, 중대장실 최일병입니다.

요중위 나 일소대장인데 중대장님 빨리 바꿔줘!

소리A 중대장님은 방금 제 이중대장님한테 협조하러 가셨는데요.

요중위 알았다 (수화기를 탁 놓으며) 야 덕보야! 너 빨리 이중대장실로
　　　　뛰어가서 중대장님더러 나한테 전활 걸어 주시라고 해.

박일병 원 소대장님두. ……!

요중위 뭐! 뭐라구?

이상사 야 너 돌았니?

박일병 제가 뛰어 가는것보다 전화 거는게 훨씬 더 빠르지않읍니까.

요중위 참 그렇군 (다시 야전 전화를 빙빙 돌린다) 아, 이중대장실! 작
　　　　전통화야! 작전통화! 다른 통화는 싹 끊어 버리고 대.

소리B (무대뒤에서) 예, 이중대장실 장일병입니다.

요중위   거기 우리 중대장님 계시지?

소리B   우리 중대장님이라뇨? 거기가 어디죠?

요중위   아! 참! 나 일중대 일소대장 요적당 중위야.

소리B   네에.

소리C   (무대뒤에서) 아, 일중대장 전화 바꿨소. 무슨 일이오.

요중위   오늘 우리 소대에 사령과님 처남이 왔지 뭡니까.

소리C   무슨 소린지 알아들을수가 없군, 차근차근히 얘길해봐

요중위   오오늘 우리 소대에 배치된 신병들 않습니까. 그 가운데 한 녀
         석이 (뚝 그치고) 여보게 자네 이름이 뭐랬지?

김일병   김선달입니다.

요중위   김선달이라는 묘한 이름을 가졌는데 알고 보니 근석이 글쎄
         사령관님 처남이지 뭡니까.

소리 C   뭐라구! 그래서 어떻게 했지!

요중위   그 사실을 알자마자 우선 이렇게 중대장님에게 보고를 드리는
         중입니다.

소리 C   알았소. 내 곧 돌아갈테니까 그 아일 중대장실로 데려다 놓도
         록.

요중위   네. 빨리 오십시오. 통화 끝 (수화기를 놓는다) 휴우……(이마의
         땀을 닦는 흉내를 내고는 벌떡 일어서며) 김일병 날따라와!

김일병   예.
         (요중위와 김일병이 밖으로나간다. 그 뒷 모습을 기우뚱 내다
         보는 이상사……)

이상사   (그들이 퇴장하자, 제자리로 돌아오며) 야아! 일직암치 알아냈
         기 다행이지 아니었더면 큰일날뻔 했는걸. 보나마나 당장 특별
         휴가부터 보내줄거야.

박일병   (여전히 총기를 수입하면서, 불쑥) 그 신병 정말 사령관님 처남
         인가요?

이상사   뭐라구? 야 그게 무슨 소리야?

박일병   좀 이상한생각이 들어서요.

이상사   왜?

박일병   그저요. 요샌 가자가 많거든요.

이상사   밥통 같은 자식! 야 너 총 한자루를 가지구 하루종일 수입할꺼
          니?

박일병   선임하사님건 벌써 해났읍니다. 소대장님 것도 해났구요. 이건
          제껍니다. (하면서 총열을 드려다 본다. 그리고 나서 다시 수입을
          계속한다. 이상사 홍얼)
          (헬리콥터 소리가 가까워온다. 요중위가 하늘을 처다보며 등장.
          소대본부로 들어온다)

이상사   어떻게 됐읍니까?

요중위   중대장님도 어떻게 해야 좋을지 모르시던데, 처음엔 특별 휴갈
          보낼려고 하다가 상령관님께서 원체 공사구별이 엄하신 분이라
          오히려 벼락이 떨어질런지 모른다고 그만두시구 다음엔 중대장
          실 근무병으로 쓸려구 하다가……

이상사   (O L) 에이 그런 애를 중대장실에서 쓰는건 오히려 좋지 않다구
          요.

요중위   맞았어. 중대장님두 그 생각을 하시구 그만 두셨어. 아무튼 우
          리 소대에 배치하는건 취소하구 일단 중대본부로 명령을 정정하
          기로 했어요.

이상사   그건 당연한 일이구요. (하는데)

요중위   아니 근데 헬리콥터가 왜 우리 소대 막사위에서 떠나질 않지.

이상사   그렇게 말입니다. (하며 밖을 내려보다가 뛰어나가며) 어,
          아……. 소소대장님! 헬리콥터가 우리 소대 앞에 내릴려는가 봅
          니다.

요중위 뭐라구! (하며 역시 뛰어나간다)

박일병   (역시 뛰어나가는데)

요중위   야 넌 들어가 있어. 소대본부가 비잖아.

박일병   (도루 들어간다. 소대본부 밖에선 요중위와 이상사 하늘을 쳐
　　　　다보고 있다)

이상사   사령관님 헬리콥터에요. 별이 네개 달린 별판이 앞에 붙어 있
　　　　어요.

나레이터   (등장하며 연기자들에게) 그마안! (관객에게) 미안합니다. 중
　　　　단시킨 이유는 이 연극을 보다 빨리 진행시키기 위해서 입니다.
　　　　헬리콥터에서 내린 분은 정말 사령관님이었읍니다. 사령관님 어
　　　　서 등장하십시오.
　　　　(그러자 사령관이 등장한다. 나레이터는 사령관에게 경례를 하
　　　　고 퇴장한다. 사령관은 부동자세로 역시 경례하고있는 요중위
　　　　와 이상사에게 답례하며 다가온다)

사령관   (악수를 청하며) 수고를 하네. 갑작스러운 방문에 놀랐지?

요, 이   (그저 부동자세로 얼어 있을뿐)

사령관   실은 갑자기 엔진 고장이 생겨서 불시착을 한거야. 말하자면
　　　　나도 예상 못했던 방문이란 말일세. 하하하… (요중위의 명창을
　　　　드려다보며) 요적당 중위, 조종사가 엔진을 고칠동안 자네 소대
　　　　를 안내해줄 수 있겠나?

요중위   옛,

요중위   뛰어가서 소대본부 출입문을 여는 몸짓. 사령관 끄덕임면서 들
　　　　어간다. 그러자 박일병이 후딱 일어서며 경례를 부친다.
　　　　(그순간 멈칫 서며 놀라는 사령관.)

박일병   (싱겁게 씨익 웃는다)

사령관   (이재 평정을 되찾으며) 으음, 언제 입대했지?

박일병   72년XX월XX일에 입대 했읍니다.

사령관   그래? 자네 누나두 지독하군. 내겐 아무 말도 없었으니

박일병　　누님두 제가 입대한걸 모릅니다. 부모님에게 누나나 매형게겐
　　　　　　제가 입대했다는 걸 알리지 말라구 단단히 부탁을 했으니까.

사령관　　왜? 내가 돌봐주는게 싫어서?

박일병　　예.

사령관　　하하하…… 그런걸 두고 쓸데없는 걱정이라고 말하는거야. 자
　　　　　　네가 입대했다고 내가 돌봐줄 사람이 아니란걸 잘 알텐데 그래.
　　　　　　아무튼 반갑네. 박덕보 일등병! 입대를 축하한다! 그리구 내 휘
　　　　　　하부대에 배치된것을 기쁘게 생각한다 (하며 악수를 청한다)

박일병　　고맙습니다. 사령관님.

사령관　　하하하 (요중위와 이상사를 뒤로 돌아다보며) 그리고 보니 자
　　　　　　네들도 박덕보 일등병이 내 처남이라는 사실을 몰랐나 보군.

요, 이　　넷

사령관　　내 하나밖에 없는 처남이니 특별히 엄하게 다루어주기 바라네.
　　　　　　그리구 박덕보 일등병은 내가 보기엔 소총병으로 최적격이야.
　　　　　　그 이외의 직책은 전연 적성에 맞지를 않아. 이점을 특히 명심하
　　　　　　게.

요, 이　　넷

사령관　　자아 그럼 소대 내무반을 안내해 주겠나.

요, 이　　넷

　　　　　　(요중위 재빨리 또 출입문을 여는 몸짓)

사령관　　(나가다 말고) 박덕보 일병 휴가 땐 우리 집에 들려주길 바라
　　　　　　네. 자네 누나 음식 솜씨가 요새 부쩍 늘었다네.

박일병　　네(하며 경례)

사령관　　(가볍게 받고 나간다)

박일병　　(또 씨익 웃는다. 사령관과 요중위 이상사 막 소대본부를 나서
　　　　　　자 나레이터가 제지 시키는 몸짓을 하면서 등장)

나레이터　(연기자들에게) 그만! (관객에게) 미안합니다. 다시는 연극을

중단시키는 일이 없을 겁니다. 왜냐하면 연극은 이제 다아 끝났으니까요…… 예? 연극이 아직 끝나지 않은것 같다구요? 김선달 일병은 그후 어떻게 됐느냐. 그리고 요적당 중위와 이엉망 상사, 오비겁 일병같은 나쁜 장병들에게 처벌을 주는 장면도 있어야 할 것 아니냐구요? 아, 그건 제가 간단히 설명해 드리겠읍니다. 요적당 중위와 이엉망 상사는 현재 사단 감찰부에서 조사를 받고 있습니다. 오비겁 일병과 김선 일병 역시 마찬가집니다. 이건 제 개인의 의견입니다만 아마도 요적당 중위와 이엉망 상사, 그리고 김선달 일병, 오비겁 일병은 중징계 이상의 처벌을 받게 되거나 아니면 군법회의에 회부 될 것 같습니다. 중대장도 아마 지휘책임을 물어 적어도 경징계 정도의 처벌은 받게 되리라고 믿습니다. 자아 그럼 이제부터 이 연극의 교훈을 생각해 볼까요? 한마디로 안 되겠다는 것입니다. 금력이나 권력이 부대 지휘에 영향을 줄 때 그것은 곧 인사관리를 불공평하게 만들고 따라서 장병들의 불만을 일으키게 되고 따라서 장병의 단결을 해치게 되고, 따라서 군 전투력에 치명적인 해독을 끼치게 되는 것입니다. 따라서 이 금력이나 권력과 타협하는 행위를 근절하려는 노력은 곧 적과 싸우는 전쟁과 조금도 다름없는 중대성을 지니고 있는 것입니다. 예? 연극은 형편없이 했으면서 웬 그리 저창한 교훈은 들먹이려느냐고요? 죄송합니다. 다음부턴 거창하고 좋은 연극을 보여드리고 그 대신 조그만한 교훈을 들먹이도록 하겠읍니다. 오랫동안 참아 주셔서 고맙습니다. (연기자들을 돌아보며) 차렷! 아참 사령관님만은 쉬어 자세로 계십시오.

사령관　괜찮아. 이런 때가 아니면 여기 모인 장병들이 언제 사성장군의 경례를 받아 보겠나?

나레이터　맘대로 하십시오. 그럼 경례!

　　(모두 경례를 한다. 연극은 정말 다아 끝났다.)

못난이 일등병의 휴가

【등장인물】

1. 나레이터
   (중대장을 겸한다)
2. 호랑이 상사
   (극중 여차장, 노신사, 순경 역을 겸한다)
3. 못난이 일등병

나레이터와 호랑이 상사가 등장. 호상사 호리즌트에 종이를 부친다. "중대본부"라 쓰여 있다. 못난이 일등병이 가상의 문을 노크한다.

못일병   똑똑—

호상사   들어와.

못일병   (가상의 문을 열고 들어와서) 육군 일병 못난이 중대장님께 용무 가 있어서 왔습니다.

나레이터 (지금은 중대장 역을 겸한다) 오, 휴가 신고하러 왔나보군.

못일병   옛! 신고합니다. 육군 일병 못난이 ××년 ××월 ××일부터 ××년 ××월 ××일까지 휴가 명을 받았기에 이에 신고합니다.

나레이터 응. 휴가비 받았나?

못일병   옛!

나레이터 대답이 큰걸 보니 아주 기쁜 게로군.

못일병   옛! (더크다)

나레이터 (손을 내밀며) 잘 다녀오도록.

못일병   옛! (더욱크다) 그럼 중대장님 안녕히 계십시오.

나레이터 오오.

못일병   육군 일병 못난이, 중대장님께 용무 마치고 돌아갑니다. (경례
          하고 퇴장한다)

나레이터 (그동안 못일병이 꽥꽥거릴적마다 귀창이 떨어진다는 듯이
          귀를 툭툭 털고 있다가 호랑이 상사에게) 호랑이 상사.

호상사   예.

나레이터 못난이 일병에겐 휴가 출발에 앞서서 각별히 주의를 줘야할
          꺼야.

호상상   예 (하면서 출입문 밖에 나가서) 못난이 일병! 못일병!

못일병   (무대밖에서) 예예.

호상사   어디서 대답하는거야?

못일병   (무대밖에서) 내무반에서 대답하고 있읍니다.

호상사   자식, 오늘은 휴가 가게 됐다구 되에게 동작이 빠르구나. 평소
          엔 굼벵이처럼 느리더니. (하며 퇴장)

나레이터 (그동안 중대본부라 쓰인 종이를 떼고, 무대 중앙에 의자를
          하나 갖다 놓는다. 그리고 관객에게) 못난이 일병은 중대 선임하
          사관 호랑이 상사로부터 휴가중의 몸가짐에 대하여 각별한 주의
          를 받고 부대를 떠났습니다. 자아 그럼 이제부터 못난이 일병이
          과연 호랑이 상사에게 주의받은것 처럼 못난이 짓을 안하는지
          두고 볼까요.

          (하며 무대 오른쪽 또는 왼쪽 끝에 나와 서서 방관적인 자세. 곧
          이어 못난이 일병이 등장하여 "뻐스속"이라 쓰인 종이를 호리
          존트에 부치고 의자에 앉는다. 그러자 뻐스의 진행 소리, 나레
          이터가 갖다놓은 의자는 뻐스인 것이다. 못난이 일병 노래를 부
          른다. 그 노래는 6 · 25당시 한창 유행하던"전우의 시체를 넘고

넘어…"의 멜로디에 다음과 같은 가사를 붙여서 부른다.)
"강원도 산골을 뒤에 두고 앞으로 앞으로.
갑순이야 잘있느냐에 이제 곧 만나리라……"
(호랑이 상사가 여차장 모자를 쓰고 군복위에 치마를 두르고 등
장.)
(이하 잠시 상사는 여차장 역을 겸하게 된다.)
(여자 목소리로. 한창 신나게 노래 부르고 있는 못일병에게)
군인아저씨!

못일병　（계속 부른다）

여차장　아이 군인아저씨!

못일병　（뚝 그치고） 뭐야.

여차장　어디까지 가시죠?

못일병　아무데까지 간다. 왜?

여차장　차비를 내셔야죠. 150원이예요.

못일병　좀 봐다우.

여차장　아유 농담 마시구 어서 내세요.

못일병　없는 돈을 어떻게 내니 야아.

여차장　아유 어서 내세요.

못일병　없다니까 그래.

여차장　（약간 어조가 굳어지며） 아니 그럼 차비두 없이 뻐슬 타셨단
　　　　말씀이세요?

못일병　야아. 군인이 무슨 돈이 있어.

나레이터　（못일병에게 다가가며） 돈이 왜 없어? 휴가빌 줬잖아.

못일병　（경례를 딱 부치며） 주중대장님께서 어떻게 여길.

나레이터　（오 엘） 어떻게 나타났느냐 이 말인가?

못일병　예.

나레이터　그런 건 몰라두 돼! 뻐슬 탔으면 돈을 내야지. 휴가비란 이런

때 쓰라고 주는 거야.

못일병　휴가빈 벌써 다아 써버렸읍니다.

나레이터　벌써 다아 썼어?

못일병　예. 휴가 떠나는게 너무 기뻐서 영문을 나서자 니나노 집에서
　　　　사고뭉치 일병과 다아 마셔버렸읍니다.

나레이터　군인이 대낮부터 술마시구! 넌 귀대하는 대로 일주일간 중노
　　　　동이다.

못일병　…….

나레이터　왜 대답이 없어.

못일병　예.

나레이터　게다가 차비도 없이 뼈슬타고…… 넌 귀대하는 즉시 일주일
　　　　간 중노동이다.

못일병　…….

나레이터　왜 대답이 없어!

못일병　예.

나레이터　따라서 2주일간 중노동이다.

못일병　…….

나레이터　대답해.

못일병　예.

나레이터　차장.

여차장　예.

나레이터　저기 헌병 검문소에서 이 군인을 내려주시오.

여차장　아유 괜찮아요. 봐드리죠 뭐.

나레이터　안 돼요. 어서 세워요.

여차장　스토옵! (뼈스 소리 멈추고)

나레이터　내려.

못일병　예. (호리존트의 종이를 떼고 내리는 시늉)

나레이터   ……헌병!

     (그러자 여차장이 재빨리 그 자리에서 여차장 모자와 치마를 벗
     어 팽개치고 재빨리 헌병 헬멧을 쓴다. 이하 호상사는 잠시 헌
     병이 되는 것이다.)

헌 병   옛! 장교님 뭘 도와드릴까요?

나레이터   이 일병을 지나가는 군용차에 편승시키도록.

헌 병   옛. 일병 이리와.

     (헌병과 못난이 일병 퇴장한다)

나레이터   (관객에게) 방금 못난이 일병이 뻐스 속에서 저지른 추태는
     흔히 있는 광경입니다. 영문을 나서자 대낮부터 술을 마시고 숫
     한 뻐스 승객들 앞에서 술냄새를 풀풀 풍기며 돼먹지 않은 노래
     를 불러댄걸 보아서, 못난이 일병의 추태는 더 계속 될것 같읍니
     다.

     (무대 오른쪽 또는 왼쪽 끝에가서 방관하는 자세 못난이 일병이
     ‘다방’이라고 쓰인 종이를 호리존트에 부친다)

못일병   아줌마 전화 어딨죠?

나레이터   (구석에 선채 여자 목소리로) 저기 구석에 있어요.

못일병   (구석에 가서 가상의 공중전화를 건다. 동전을 꺼내 넣는 시늉)
     지잉……. (다이알을 돌리는 시늉) 찰까닥……아, 갑순아. 나 못
     난이야. 놀랬지. 하하하…… 응. 지금 막 도착했어 뻐스에서 내리
     자 마자 너한테 전화를 거는거야. 지금 곧 나올수 있어? 여긴 그
     전에 늘 만나더 "씨끄러워"다방이야. 그래 그래 빨리나와. (끊는
     다) 조금전부터 무대 뒤에서 호상사가 군복위에 신사복 상의를
     걸치고 수염을 달고 중절 모자를 쓰고 스틱을 들고 나와 못난이
     일병뒤에 서서 전화 차례를 기다린다)

못일병   (다시 동전을 꺼내서 넣는 시늉) 지잉…… (다이알을 돌리고)
     짤까닥……. 아 호빵이 오래간만이다. 내가 누군지 알겠어? 몰

라? 야아 임마 벌써 내 목소릴 잊었어? 죽어라 죽어. 하하하 이제
사 알아채린 게로구나. 그래 지금 막 도책했어. 아이들 모두 잘
있니? 응응…… 자세한 얘긴 대포 마시면서 하기로 하자. 나 갑
순일 먼저 만나고 나서 "255미리 왕대포"집으로 갈테니 그리로
나와. 참 애, 나올때 대포값 가지고 나와야 한다. 난 돈이 없으니
까. 아참 나올때 짱구 녀석두 한께 데리구 나와, 그자식 요새 뭘
하니? 놀아? 젊은 놈이 놀면 쓰나. 하하하…… 아 그리구 카라멜
녀석두 함께 데리구 나오도록 해. 카라멜은 요새 뭘하고 있지?
취직을 했어? 그럼 근석은 꼭 데리고 나와야겠구나. 주머니 사정
이 넉넉 할테니까…… 가만있자. 그리구 또 누굴 데리고 나오는
게 좋을까…… 으음 또……

노신사   (그동안 연신 뒤에서 헛기침을 하고 있다가) 여보시오.

못일병   나 말이요?

노신사   그렇소

못일병   왜요?

노신사   미안하오만 통화를 간단히 끝내줬으면 하오.

못일병   여보시오, 남이사 간단히 하든말든 당신이 무슨 상관이오?

노신사   하 이런 버릇없는 젊은이 봤나! 어른에게 대고 그 무슨 말버릇
          이.

나레이터   (무대로 나서며 O .L) 아 할아버지 고정하십시오. 제가 따끔
          하게 타일르겠읍니다.

노신사   당신 부하요,

나레이터   네, 죄송합니다. (못일병이 들고 있던 수화기를 빼앗아 들고)
          통화 끝. (끊어버리고 나서 노신사에게 건네주며) 어서 통화하십.
          시오.

노신사   고맙소. (하며 전화 거는 시늉)

못일병   (그때까지 멍하니 일어서 있다가) 아아니 중대장님 여긴 또 어

떻게.

나레이터   닥쳐! 먼저 저 어른에게 "죄송합니다. 용서하십시오"라고 사
          과를 해.

못일병   ……

나레이터 어서!

못일병   예 (통화중인 노신사의 등에 대고) 죄송합니다. 용서하십시오.

나레이터 경례두 해야지.

못일병   (경례를 한다)

나레이터 (노려본다)

못일병   (일어서 부동자세를 한채 나쁜짓 하다 들킨 개구쟁이처럼 콧
          물을 실죽거리며 드러마신다) ……

나레이터 뭘 잘못했는지 알지?

못일병   예.

나레이터 넌 귀대하는 대로 일주일간 더 중노동을 해야겠다.

못일병   예.

나레이터 그럼 모두 몇주일간 중노동을 하게 되나?

못일병   삼주일간 입니다. 맞습니까?

나레이터 그래 정확해

못일병   육군 일병 못난이 중대장님께 주의 받고 돌아갑니다.

나레이터 여기서 갑순양을 기다기로 했잖아.

못일병   문밖에서 기다리겠읍니다. 중대장님 계신 앞에서 만나고 싶지
          않습니다.

나레이터 좋도록 해.

못일병   옛.

          (못일병 경례하고 나간다. 노신사는 이미 나갔다)

나레이터 (관객에게) 민간인에게 버릇없이 굴거나 오만하게 대하는 군
          인들이 많습니다. 군복이란 어떤 특권을 상징 하는것이 아닙니

다. 군복이란 나라와 국민을 지키는 영예를 상징하는 것입니다. 우리는 우리들이 왜 군복을 입고 있나를 잊어서는 안되겠읍니다. 국민에게 버릇없이 굴거나 오만을 부리는 군인은 국민과 군인 사이를 이간시키는 해충과도 같은 존잽니다. 나라를 사랑한다는것은 곧 국민을 사랑한다는 뜻임을 명심해야겠읍니다. 아! 이거 너무 이야기가 딱딱해 졌군요. 그럼 속죄하는 뜻으로 못난이 일병의 웃으꽝스런 추태를 또 하나 보여드리기로 하겠읍니다.

(무대 왼쪽 끝 또는 오른쪽 끝에 가서 방관적인 자세)

(곧 이어 못난이 일병이 시시껄렁한 유행가를 부르며 등장한다. 어지간히 취했다. 노래가 가끔 딸국질 때문에 중단되곤 한다.)

못일병　(무대 중앙에 다시 뚝 그치고 꽹한 눈으로 관객을 한참 보고 있다가) 꼭! 가만 여기가 어디죠? 예? 서울 한복판이라구요? (사방을 휘이 둘러보고 나서) 에이 여보시오. 거짓말 마시오. 저기 명동극장이란 간판이 붙어 있는데 어째서 여기가 명동이란 말이오. 엉! 그러나 저러나 이거 오줌이 마려워서 견딜수 있나. 이래서 막걸리는 좋지 않단 말이야. 취하기도 전에 배가 부르고 오줌만 자꾸 나오구…… (하며 바지 앞단추를 끄른다. 단추가 잘 벗겨지지 않는다) 아아 이놈의 단추가 왜 얼른 끌러지지 않어! 너 기합 좀 받아봐야 알겠어! 엉! 옳지 옳지, 자식 꼭 큰 소릴 쳐야 말을 듣는단 말이야. 날 닮았구나…… (하며 뒤돌아 서서 오줌을 눈다. 뭔가 시시껄렁한 노래를 또 흥얼대면서…… 호랑이 상사가 순경 모자를 쓰고 등장한다.)

순　경　여보시오.

못일병　네?

순　경　거기서 뭘 하시오.

못일병　보시다 싶이요.

순 경 아니 이게 무슨 짓이오. 대로상에서 오줌을 누다니 파출소로
        갑시다.
못일병 뭐라구요. 아니 군인이 대로상에서 오줌을 좀 누기로소니 파출
        소에 가자니! 이봐요, 당신 군인을 뭘로 아는거요. 엉. 꺅!
나레이터 (무대로 나오며) 못난이 일병!
못일병   (놀라며 그러나 술이 취해서 중대장이 오는 방향과는 반대쪽
        을 향해) 옛!
나레이터 (못일병 앞으로 도라가서 마주 서서 노려본다)
못일병   (차려 자세이긴 하나 취해서 흔들흔들) 꺅!
나레이터 (다시 한참 노려 보다가 관객을 향하여) 못난이 일병의 못난
        이 행각은 이 정도로 그만두게 해야겠읍니다. 화가 나서 더 이상
        참고 볼수가 없군요. 자아 그럼 이 극은 일부 군인들이 갖고 있
        는 열등감과 오만을 보여주고자 한 것 입니다. 뻐스 타고 요금을
        안내려한다던지 대로상에서 오줌을 누는 따위에 극한된 행위가
        아니라도 우리 군인들 가운데서 스스로를 더럽히는 행위를 하는
        경우를 자주 보게 됩니다. 군인이 공기로 만들어진 인간이 아닌
        데 어째서 뻐스 요금을 안내도 된단 말입니까. 군인이 개나 돼지
        가 아닌 바에야 어째서 대로상에서 오줌을 눠도 괜찮다는 말입
        니까. 우리는 우리 스스로를 더럽히는 못난 짓을 하지 말아야겠
        읍니다. 군인의 가장 큰 재산은 나라와 겨레를 위하여 목숨을 바
        친다는 명예입니다. 우리는 이 명예와 자존을 굳게 간직합시다.
        군인이 국민을 천대한다면 그것은 자기가 왜 군인이 되었는지를
        모르는 사람입니다. 우리는 늘 국민을 위하고 한편 국민으로부
        터 사랑을 받는 군인이 되어야겠습니다. (뒤돌아 서서 못난이 일
        병에게) 알았나?
못일병   옛!
나레이터 이제 술이 깬 모양이군

못일병   옛!

나레이터   또다시 이런 못난 짓을 할텐가!

못일병   에이 중대장님두 제가 어디 한두살 먹은 어린앤 줄 아십니까.

호상사   (어느새 순경 문자를 벗고 군모를 쓰고 있다) 임마, 그게 무슨
         말버릇이야. 군인답게 말을 해.

못일병   (놀라서 호상사를 멍하니 처다보고 있다가) …… 아니 호랑이
         상사님은 또 언제 나타나셨죠?

호상사   그런것은 몰라두 돼.

못일병   옛.

나레이터   (관객에게) 이것으로 연극은 마치겠습니다. 차렷. 경례!

박조열 희곡 연구

인쇄일 초판 1쇄 2001년 2월 23일
        2쇄 2015년 2월 12일
발행일 초판 1쇄 2001년 2월 23일
        2쇄 2015년 2월 19일

지은이 무천극예술학회 편
발행인 정 찬 용
발행처 국학자료원
등록일 1987.12.21, 제17-270호

서울시 강동구 성내동 447-11 현영빌딩 2층
Tel : 442-4623~4 Fax : 442-4625
www. kookhak.co.kr
E- mail : kookhak2001@hanmail.net
ISBN 978-89-8206-584-2 *93810
가 격 12,000원

*저자와의 협의 하에 인지는 생략합니다.